KB056155

이야기 3
축구부

* 책은 실제에 바탕을 두고 있지만 새롭게 창작한 것으로 특정 인물이나 특정 기관 등과 무관합니다.

축구부 이야기 3

펴낸날 | 2021년 5월 28일

지은이 | 조두행 · 조성원

편집 | 김동관
일러스트 | 윤재연
디자인 | 석화린
마케팅 | 홍석근

펴낸곳 | 도서출판 평사리 Common Life Books
출판신고 | 제313-2004-172 (2004년 7월 1일)
주 소 | 경기도 고양시 덕양구 중앙로558번길 16-16. 7층
전 화 | 02-706-1970 팩 스 | 02-706-1971
전자우편 | commonlifebooks@gmail.com

ISBN 979-11-6023-269-1 (03810)
ISBN 979-11-6023-266-0 (전3권)

잘못된 책은 바꾸어 드립니다.
책값은 뒤표지에 있습니다.

축구부 이야기 3

조두행 · 조성원 소설

평사리
Common Life Books

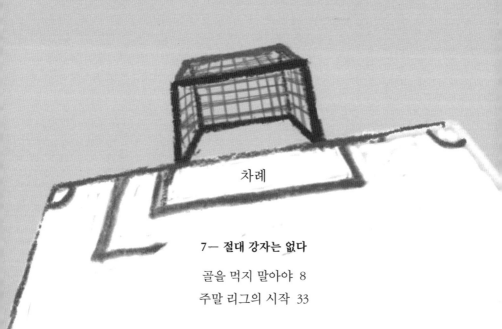

차례

7

절대 강자는 없다

골을 먹지 말아야

    절대 강자는 존재하지 않는다. 아버지의 말씀이다. 아버지는 역사에 관심이 많아 늘 역사책을 보고 가끔 내가 시간이 있을 때 역사 이야기를 해 주셨다.

    아버지께선 세상에 절대 강자, 지지 않는 해는 없다고 하셨다. 멀리 유럽과 아시아를 정벌하던 알렉산더도 정복 전쟁으로 엄청난 제국을 건설했지만 결국 병으로 죽고 그 제국은 오늘날 그리스라는 작은 나라로 남아 있다. 로마 제국은 어떤가? 유럽 전체와 북아프리카, 그리고 소아시아에 걸쳐 대제국을 건설해 영화를 누리던 로마도 끝내 붕괴되어 지금은 여기저기 그 황금시대의 유적만이 남아 있다. 중국사를 봐도 마찬가지다. 고대 중국의 황제 시대부터 하나의 왕조가 흥하다 멸하고 새로운 왕조가 들어서길 되풀이하다가 청나라 말에는 서양 세력에 침탈까지 당했다. 대영 제국을 봐도 그렇다. 전 세계에 식민지를 두고 해가 지지 않는 제국이라 자처했지만 결국 지금의 영국으로 축소되었다. 이렇게 많은 나라가 생겨나 흥했다가 결국은 쇠퇴해 사라지기도 하고 근근이 명맥만 유지하는 국가도 많다. 그런 이유가 뭘까?

아버지는 많은 이유가 있지만 가장 중요한 공통적인 이유는 정신의 소멸이라고 하셨다. 국가를 처음 세운 사람들은 기존의 잘못된 부분을 고쳐서 새로운 나라로 거듭나 백성들을 잘살게 하고 국가를 부강하게 만들려고 노력하지만, 시간이 지나면 어느덧 그 정신을 잊어버리고 후손들이 과거의 멸망한 나라와 같이 부패에 빠져 국가가 멸망한다고 하셨다.

축구에 대해서도 말씀하셨다. 과거에 영국, 그중에서도 잉글랜드 (영국은 잉글랜드, 스코틀랜드, 웨일즈, 그리고 북아일랜드로 구성되었다)는 축구 종주국으로 세계를 제패했다. 하지만 영국 축구는 아주 단순하게 공격과 수비를 구분해, 수비는 수비만 하고 공격도 윙에 의한 크로스 플레이나 중앙 공격수의 돌파에 의한 공격에 치우쳐 발전하지 못했다. 반면에 남미에서는 가난한 빈민들이 공을 갖고 노는 과정에 개인기를 익혀 종주국 영국과는 전혀 다른 형태의 축구가 발전했다.

우리도 알고 있듯이 남미 축구는 화려한 개인기에 바탕을 두고 발전해 유럽 축구를 정벌했다. 과거 개인기 축구를 대변하는 펠레나 마라도나, 소크라테스, 호나우두 등이 그런 화려한 축구로 팀을 이끌어 브라질과 아르헨티나가 세계를 호령했다. 하지만 남미 축구는 축구가 개인 경기가 아닌 팀플레이임을 챙기지 못했다.

축구가 팀플레이라는 걸 입증한 나라는 독일과 네덜란드였다. 남미에서 유럽으로 축구의 중심이 다시 넘어갔다. 독일과 네덜란드는 단순한 축구도 아니고 개인기 위주도 아닌 조직력의 축구를 도입했다. 포지션에 구애받지 않고 조직 전체가 공격과 수비를 하는 토털사커와 다양한 전술적 움직임을 통해 상대를 굴복시키는 독일과 네덜란드 축구는 기존 축구의 개념을 바꾸어 놓았다. 베켄바워나 요한 크루이프로 대변되는 독일과 네덜란드 축구는 쌍용의 시대를 구가했다.

하지만 이러한 축구도 스페인에게는 굴복할 수밖에 없었다. 조직력과 개인기를 결합하니 당연히 그러했다. 스페인이라는 나라의 특성이 그대로 반영되었다. 스페인은 중세 시대부터 아프리카 문명과 유럽 문명이 만나는 곳으로, 개방적인 성향이 강했고 새로운 것을 받아들이는 걸 주저하지 않았다. 요한 크루이프의 조직력과 아프리카 그리고 남미의 개인기가 조합을 이루어 환상적인 스페인 축구가 만들어졌고 스페인의 시대가 열렸다. 메시와 이니에스타로 대변되는 FC바르셀로나 팀이 세계를 호령했다. 화려한 개인기와 조직력, 거기에 압박 축구까지 FC바르셀로나는 완전히 새로운 축구를 열었다. 물론 스페인 대표 팀도 그랬다. 그렇지만 축구는 거기에서 멈추지 않았다.

개인기, 조직력, 압박에 더해 힘과 속도를 갖춘 새로운 형태의 축구가 시작되었다. 최근의 리버풀이나 바이에른 뮌헨은 이 모든 걸 구비해 EPL(England Premier League)과 분데스리가를 호령하고 있다. 물론 유럽 챔피언스 리그(Europe Champions League)도. 세계 축구를 유럽이 지배하고 있는데 두 팀이 챔피언스 리그 우승을 도맡아 한 것도 그러한 새로운 형태의 축구이기에 가능했다.

축구는 끊임없이 발전해 왔다. 기존 강자의 단점을 극복한 새로운 강자가 속속 등장했다. 국가도 흥망성쇠를 거듭하지만 축구도 똑같은 과정을 겪고 있다. 이유는 단순하다. 기존의 국가나 기존의 강자가 현실에 안주할 때 그들을 꺾기 위해 다른 세력들이 얼마나 많은 준비를 하고 새로운 대안을 찾았겠는가?

그래서 절대 강자는 없다. 다만 새로운 강자가 계속 나타날 뿐이다.

우리가 추계 대회에 이어 춘계 대회를 우승한 후 나태해진 건 분명했다. 동계 훈련을 가기 전 나는 9번을 배번으로 받았다. 9번은 팀 공격의 핵심이다. 감독님께서 배번을 배정하면서 고심하셨겠지만 대부분 예상한 번호 그대로였다. 그 배번을 달고 춘계 대회에 출전해 우승했다. 동료들은 대부분 자기 배번이 곧 우승의 증거물인 양 생각했다. 그리고 그 배번으로 모든 게 결정될 수 있다고 생각하기도 했다. 나 역시 그랬다. 더구나 춘계 대회 우승 시 많은 스카우터들이 다녀갔다는 이야기가 돌자 마치 우리가 갈 학교가 이미 결정된 듯 착각을 하고 있었다. 후에 알게 되었지만 스카우터는 절대

한 경기만 보고 결정하지 않고 한 번 눈에 들어온 선수를 계속 관찰해 여러 가지 사항을 확인한 후에야 선택을 했다. 감독님이 아버지께 하신 말씀에 의하면, 스카우터는 선수도 보지만 선수의 부모님을 보고 선수가 더 성장할 여지가 있는지 파악하고 학교생활에 대해서도 조사해 인성도 본다고 하셨다. 선수의 현재 모습만이 아니라 미래의 모습과 팀에 대한 적응성 등을 함께 본다는 의미다. 그런데 우린 우승했다는 이유로 모든 게 우리가 원하는 대로 될 거라는 착각에 빠져 있었다.

감독님이나 두 분 코치님이 이를 모르실 리 없었을 거다. 훈련의 긴장도가 떨어지고 우리끼리 그런 잡담을 하고 있으면 옆으로 지나치면서 이야기를 들으셨을 테니 당연히 아셨을 거다.

아니나 다를까 개학 후 얼마 지나지 않아 감독님이 그런 상황을 묵과하지 않고 철퇴를 내리셨다.

"3학년 전원! 오늘은 운동장만 뛴다."

뜬금없이 운동장만 뛰라니 이게 무슨 말이지? 나와 동료들은 어리둥절했지만 뛰라니 뛸 수밖에! 우린 열을 맞추어 운동장을 돌기 시작했다. 처음에는 열 바퀴 정도 뛰는 걸로 쉽게 생각하고 뛰고 있었다. 그런데 삼십분을 뛰었는데도 그만 하라는 말씀이 없으셨다. 처음엔 농담도 하며 뛰던 동료들이 차츰 말이 없어지고 지치기 시작했다. 일부는 투덜대기도 했고 조금 심한 말을 하기도 했다. 하지만 달리기는 중지되지 않았다. 거의 한 시간을 뛰었는데도 감독님은 1학년과 2학년 훈련에만 몰두하시고 우리에겐 관심을 끊고 계셨다. 물을 마시지 못하고 계속 뛰기만 하니 이젠 갈증도 심하게 나고 다리도 더 뛰기가 힘들 정도가 되었다. 한 시간 삼십 분 정도를 달리고 나니 그제야 감독님께서 우리를 부르셨다.

"많이 힘들어?"

"……."

"힘들지 않나?"

"네."

"그럼 더 뛰어."

"네에?"

"더 뛰라고!"

일단 감독님의 지시가 엄하기에 우린 투덜대면서도 다시 운동장을 뛰기 시작했다. 그러면서 누가 감독님의 질문에 답했냐고 시비가 붙기도 했다. 뛸 만큼 뛰었는데도 감독님이 계속 뛰라고 하시니 모두 기분이 말이 아닌 상태가 되었고, 누가 조금만 뭐라 해도 바로 시비가 붙을 정도로 분위기가 악화되었다. 그건 어쩌면 감독님에 대한 불만이었다. 지칠 만큼 지쳐 있는 상황에서 다시 뛰는 상황이니 나 역시 뭔가 억울하지만 뛰어야 했다. 그렇게 삼십 분을 더 뛰고 후배들의 훈련이 끝날 즈음 감독님이 그만 뛰라고 지시를 내리셨다. 그러고는 특별한 말씀도 없이 안으로 들어가셨다. 조쌤이 나섰다.

"너희들, 오늘 감독님이 왜 뛰기만 하라고 시키셨는지 아직도 모르겠냐?"

"……."

"정말 모르겠어?"

"……."

"한심한 놈들! 들어가!"

도대체 어떻게 돌아가는 상황인지 감을 잡을 수 없었다. 감독님도 그렇지만 이젠 조쌤까지 거들고 있다. 그렇다면 우리가 뭔가 크게 잘못하고 있다는 건가?

기고만장! 기운이 펄펄 나는 모양을 말하지만 사실은 오만방자함을 뜻하는 말이다. 우리는 늘 함께 생활하기에 우리가 외부에 비치는 모습은 생각하지 않고 우리들만의 세상에 안주하고 있으니 우리의 기고만장한 모습을 알 수가 없었다. 하지만 우리와 함께 생활하는 감독님과 코치님들은 그걸 알고 계셨다.

내가 2학년 때 선배들이 춘계 대회에서 우승을 한 이후의 행동에 대해 못마땅하게 생각했던 걸 어느새 우리가 똑같이 하고 있다는 사실을 깨닫지 못했다. 그저 나와 우리가 최고라는 생각만 했지 다른 생각은 필요가 없었다. 학교의 친구들과 부모님들 모두가 우리가 최고라는 말만 했으니 그럴 만도 했다.

저녁을 먹고 야간 자율 학습을 위해 우리가 교실에 모였을 때 아버지가 오셨다. 자율 학습은 부모님들이 번갈아 오셔서 학습을 감독하거나 우리에게 도움이 될 만한 말씀들을 해 주시는 시간이었다. 감독님과 함께 식사를 하신 아버지께서는 처음엔 우리가 많이 힘들 걸 예상해 쉬게 하거나 재미있는 이야기를 해 줄 생각이셨지만 감독님 말씀을 들으시고 생각을 바꾸셨다고 했다.

"다들 자리에 앉아라. 오늘은 너희를 좀 쉬게 해 주려 했는데 몇 마디 이야기를 해야겠다. 괜찮지?"

"네."

"대답이 씩씩하구나. 그럼 내 이야기를 하기 전에 혹시 누가 나에게 궁금한 게 있으면 질문해도 좋다."

"아버님! 성원이 형 어렸을 적 얘기해 주세요."

"오, 호기로구나. 그래. 성원이의 어린 시절이라. 성원이는 한마디로 놀기 좋아하고 운동 좋아하던 아이였다. 성원이가 어릴 때 태권도를 배웠는데 보통 아이들은 도장에 한 번 갔다 오면 다시 가려고 하지 않는데 성원이는 아예 도장에서 살았다. 하루에 세 번이나 강습을 받은 적도 있었다. 공부를 그렇게 했으면 좋았겠는데 운동을 그렇게 했다. 난 제 형도 스포츠학을 전공하고 있으니 막내는 공부를 했으면 좋겠는데 내 생각과는 반대로 운동에 흠뻑 빠졌었다. 한 번은 제 생일에 뭘 선물을 해 줄까 물었더니 선물 말고 축구를 하게 해 달라고 해서 내가 지고 말았다. 성원이는 운동을 정말 좋아했다. 여기 있는 상만이와는 같이 클럽 생활을 했으니 잘 알 거다. 거기다 승부 근성도 있었다. 한 번은 클럽 대항전에서 어떤 경기를 꼭 이겨야 본선에 진출할 수 있는 상황이었는데 전반에 0 : 1로 지고 있었지. 그런데 후반에 감독님이 안 되겠던지 성원이를 센터백에서 포워드로 올렸어. 그랬더니 거의 미친 듯이 날뛰더니 혼자 두 골을 넣고 기어이 본선에 진출하더라. 덕분에 난 저기 충청북도 보은으로 경상남도 남해로 성원이 경기 따라 놀러 다녔다. 됐지?"

"네."

"그럼 다른 이야기를 좀 해도 될까?"

"네."

"오늘의 주제는 로마 제국 이야기다."

"……."

"로마 알지?"

"네. AS 로마는 압니다."

누군가 장난스럽게 답을 했다.

"그래. 바로 그 AS 로마의 로마 이야기다. 축구팀 AS 로마는 아마 이탈리아의 수도인 로마에 적을 두고 있는 팀이지? 한때는 꽤 날리던 팀이었는데 지금은 좀 별로지. 그런데 진짜 로마가 한때는 날리던 나라였는데 지금은 초라한 이탈리아가 된 걸 보면 유사점이 있는 것 같다. 로마는 지금 이탈리아의 수도이고 많은 관광객들이 찾는 곳이지만 옛날 로마는 전 유럽과 북아프리카를 지배하던 대제국이었다. 모든 길은 로마로 통한다는 유명한 말도 그래서 나왔지. 원래 로마는 작은 도시였는데 왕과 시민들이 뜻을 모아 정복 전쟁에 나서서 유럽을 정복한 거야. 그 당시의 로마 사람들은 근면하고 검소했으며 로마를 위해 목숨을 바치는 걸 영광스럽게 생각했다. 그리고 그렇게 로마를 위해 목숨을 바친 사람의 가족은 시민들이 도왔고 왕도 도와주었다. 그만큼 서로 상부상조했지. 로마 제국은 엄청난 기세로 영토를 확장했다. 특히 초기의 왕이 다스리던 나라에서 시민이 주체가 된 공화정으로 바뀌면서 급속한 성장을 이루었고, 포에니 전쟁에서 카르타고를 무찌르면서 유럽과 북아프리카 그리고 페르시아를 포함하는 대제국을 건설했다. 그리고 유명한 5현제 시대를 거치면서 최고의 영화를 누리기 시작했지. 하지만 그런 영화를 누리던 로마 제국도 천천히 무너져 가는데, 그 주요 원인을 사치와 향락으로 인한 내부로부터의 몰락이라고 학자들은 평가하기도 한다. 그런데 왜 로마 사람들이 사치와 향락에 빠져들었을까?

"……."

"좀 어렵지? 하지만 좀 설명을 해야겠다. 원래 사람의 마음이란 게 간사해서 어렵게 살고 힘들게 일할 때는 모르지만 재산이 늘고 부유해지면 과거의 어려움과 힘든 걸 잊어버리게 된다. 로마 사람들은 자기들이 정복한 많은 나라들로부터 좋은 음식 재료와 온갖 귀한 보물들이 들어오고 정복한 나라 사람들을 노예로 데려와 부리다 보니 일을 하지 않아도 먹고 사는 데 지장이 없어졌다. 그러다 보니 과거에 선조들이 목숨을 아끼지 않고 치열하게 싸우던 정신을 잃어버렸다. 놀고먹는 데 정신이 빠지다 보니 변방의 다른 민족이 침략해도 과거와 같이 싸우지 않고 협상으로만 풀려 했고, 그러다 보니 점차 영토도 줄고 속국으로부터 받는 것도 줄었다. 그때라도 정신을 차려 다시 일어서야 하는데 로마의 정신은 완전히 몰락한 상황이라 일어설 수가 없었지. 그렇게 로마는 무너져 갔다."

"……."

"사실은 우리 조선도 같다. 처음 태조 이성계가 조선을 세울 때만 하더라도 중국을 넘보던 기개가 있었는데, 점차 양반 중심의 사회가 정착하고 중국에 대한 사대주의가 만연하면서 조선의 개국 정신이 썩어 간 거다. 이것이 확실히 드러난 게 임진왜란이었지. 알 만한 백성들은 이미 왜적이 침략하리란 걸 느끼는데 그걸 대비해야할 왕과 조정은 당파 싸움만 하고 있었다. 그러다 보니 전쟁 준비는 전혀 하지 못하고 있다가 왜적의 침략으로 선조 임금은 중국으로 망명까지 하려 했다. 만일 그때 이순신 장군이 우리의 바다를 지키지 않았다면 아마 조선은 멸망하고 지금의 우리는 없을 수도 있겠지. 조선도 결국은 내부가 썩어 바깥의 공격에 대비하지 않았기 때문에 왜적의 침략에 속절없이 당했던 거다. 이해가 되나?"

"네, 아버님. 말씀은 이해가 되지만 그게 우리와 어떤 관련이 있나요?"

민한이였다.

"오! 그래. 좋은 질문이다. 오늘 꼭 말하고 싶은 건데 적절하게 질문을 해 주는구나. 여기 들어오기 전에 감독님과 잠깐 이야기를 나누었는데 요즘 너희가 속된 말로 많아 빠졌다고 하시더구나. 빠졌다는 게 뭔지 알지?"

"……"

"이 녀석들, 알고 있으면서도 입을 다무네. 그럼 내가 말하지. 요즘 너희들 고등학교가 어떻게 결정되었는지 그것만 관심이라며?"

"……"

"대답하지 않아도 안다. 물론 너희의 가장 큰 관심사니 나도 충분히 이해가 간다. 하지만 너희가 정말 관심을 가져야 할 건 그게 아니다. 너희가 관심을 두지 않아도 스카우터는 너희를 살피고 있고, 오히려 너희가 스카우터를 의식하면 플레이가 제대로 나오지 않아 더 좋지 않은 모습을 보여 주게 된다. 그리고 만일 지금 너희가 스카우터 눈에 들었다 해도 스카우터는 너희의 성장을 꾸준히 지켜보고 마지막에 결정을 한다. 그것도 모르고 한 번 이름이 오르내렸다고 해서 대충하다간 스카우터는 너희를 버리고 끝까지 열심히 하는 선수를 택하게 된다. 왜 그럴까? 그건 로마의 멸망이나 왜적의 조선 침략과 같기 때문이다. 너희는 앞으로 계속 성장해야 하는데 자기만족으로 더 이상 성장하지 않고 제자리에 있으면 성장하는 다른 선수에게 밀리고 결국은 퇴출될 수밖에 없다. 그런 증상이 팀 전체에 나타나게 되면 그때는 팀 전체가 망하게 된다. 지금의 너희가 그 입구에 와 있는 것 같다."

"……"

"공부를 잘하는 학생이 지금 1등을 한다고 해서 더 이상 공부를 하지 않고 게을리하면 계속 1등을 유지할 수 있을까?"

"……."

"역사학자 토인비라는 분은 인류의 역사를 도전과 응전이라는 관점에서 보았다. 현재의 약자가 기존의 강자에게 도전하고 기존의 강자는 이에 응전하는 가운데 역사는 발전한다는 의미다. 도전하는 자는 끊임없이 기존의 강자를 꺾기 위해 연구하고 힘을 기르는데, 기존의 강자가 현실에 안주해 발전하지 않으면 결국 도전하는 자에게 패배하고 기존의 약자가 강자가 된다. 하지만 그렇게 강자가 되어도 도전하는 새로운 세력에 대해 대비하지 않으면 또 패배하고 새로운 강자에게 자리를 내주어야 한다. 너희가 지금은 강자인 건 맞다. 하지만 다른 팀들은 너희를 꺾기 위해 지금도 힘을 기르고 너희를 깰 수 있는 방법을 찾고 있는데 너흰 지금 현실에 안주하고 있다. 그렇다면 결국 누가 이길까?"

"……."

"자, 이젠 너희 스스로 답을 찾아라. 지금의 현실에 안주하고 준비하지 않다가 너희 자리를 내주고 패자의 길로 갈지, 아니면 여기서 끊임없이 더 노력해 강자의 자리를 지킬지. 그건 너희의 선택이다. 그리고 감독님이 너희에게 힘든 달리기를 통해 깨달으라고 한 게 뭔지 알기 바란다."

아버지의 설명은 우리 모두에게 충격을 주었다. 그냥 혼내는 게 아니라 역사를 통해 우릴 훈계하셨지만 우리도 그 의미를 알 수 있었다. 모두 숙연해졌다. 말씀을 마치신 아버지는 문을 닫고 나가셨다. 한참동안 침묵이 흘렀다.

야간 자율 학습을 마치고 숙소로 돌아와 정리를 하고 잠자리에 들 즈음 친구들이 내게 말했다.

"성원아. 아버님이 역사를 정말 잘 아시네. 그리고 우리에게 꼭 필요한 말씀을 해 주셨어. 아버님 말씀이 맞아. 우리가 잘못했어. 내일부터 우리 다시 열심히 하자."

다행스럽게도 동료들은 아버지의 충고를 알아들었고 마음을 다잡았다. 아버지께서 우리의 흐트러진 마음을 잡아 주셨지만 내일 훈련부터 감독님이 어떻게 바뀌실지 알 수 없어 불안했다. 그래도 다시 열심히 하면 될 거라는 생각으로 잠에 빠져들었다.

개학을 했지만 아직은 3월인지라 훈련을 시작하는 저녁시간엔 제법 쌀쌀했다. 하지만 어제 아버지의 말씀을 새겨들은 동료들은 학교 일과가 끝나자 부리나케 운동복으로 갈아입고 운동장으로 뛰었다. 감독님이 우리에게 훈련이 아닌 운동장 뛰기를 시킨 이유를 알기에 우린 감독님과 조쌤의 지시가 없어도 우리끼리 열을 맞추어 운동장을 돌기 시작했다. 누가 그렇게 하자고 한 것도 아닌데 운동장을 뛰면서 크게 번호를 맞추기도 했다. 후배들은 선배들이 먼저 움직이기 시작하니 뭔 일이 있는 줄 알고 허겁지겁 우릴 따랐고, 운동장에는 우리의 열기가 퍼지기 시작했다. 그렇게 운동장을 뛰고 있는데 조쌤이 먼저 나왔고 조금 후에 감독님과 정 선생님이 뒤를 따랐다, 두 분 코치님들은 감독님 뒤에 서서 우릴 바라보았고 감독님은 표정 없이 우릴 내려다보고 계셨다. 한참을 우릴 지켜본 감독님이 집합을 알렸다.

"오늘은 수비 훈련을 한다. 이미 너희가 해 본 훈련이지만 저번 대회에서 빠른 윙어에 대응하는 부분이 약했기에 그것부터 진행한다. 그리고 2학년과 1학년은 계속 패스 훈련을 하도록."

감독님이 다시 부분 훈련 시작을 지시했고 그건 감독님이 우리의 잘못에 대해 우리 스스로 마음을 다잡은 걸 인정하시겠다는 의미로 느껴졌다. 나와 동료들 모두 묵묵히 지시에 따라 수비 훈련을 했다.

감독님은 수비수 출신이라고 했다. 풀백이었다. 그래서인지 감독님은 수비 훈련만큼은 직접 시키셨다. 수비 훈련은 공격 훈련에 비해 재미없는 훈련이다. 공격은 상대방을 제압해 골을 넣는 거라 이기는 맛이 있지만 수비 훈련은 골을 주지 않기 위해 상대를 막는 거라 공격에 비해 성취감이 크지 않았다. 아무리 잘해도 골을 먹지 않았다는 거 외에 칭찬받을 일이 없기에 우리가 수비 훈련을 할 때는 아무래도 열기가 떨어졌다. 상대를 막거나 밀어내고 또 공을 걷어내면서 기껏해야 공격수들에게 공을 연결하는 역할만 하다 보면, 관중들 입장에서도 크게 신경을 쓰지 않게 되고 잘하는 선수를 구별해 내는 게 쉽지 않다. 하지만 공격은 수비수 하나를 제칠 때마다 박수와 환호를 받고 또 골을 넣으면 마치 그 경기를 혼자 한 것처럼 대접을 받기도 한다. 그래서 축구 선수나 그 부모들은 모두 공격수가 되기를 바란다. 전에는 축구를 하면서 실력이 좀 떨어지는 선수가 수비를 맡는 게 일반적인 때도 있었다. 하지만 축구를 계속 하다 보면 공격보다 오히려 수비가 중요하다는 걸 알게 된다.

지겨운 수비 훈련을 마치고 저녁식사를 하는데 식사 후에 감독님이 하실 말씀이 있다고 집합하라는 조쌤의 전달이 있었다. 혼자 생각으로 감독님이 우리에게 화낸 거에 대해 말씀하시지 않을까 생각했다.

"다들 식사는 잘했나?"

"네."

"그럼 질문을 하나 하자. 축구에서 이기는 팀과 지지 않는 팀 중 어느 쪽이 좋을까?"

"이기는 팀이요."

거의 대부분이 이기는 팀을 좋아한다고 소릴 지르며 손을 들기도 했다.

"그래. 그럼 지지 않는 팀은 별론가?"

"일단 이겨야죠."

"그럼 이기기 위해서는 어떻게 해야 하지?"

"골을 넣어야 합니다."

쉬운 질문에 우린 신나게 큰 소리로 대답했다.

"그렇지. 골을 넣어야지. 그럼 한 골 넣고 두 골을 먹으면 어떻게 되지?"

"……."

순간 전체가 조용해졌다. 아마도 감독님의 의중을 읽기 시작한 모양이다.

"가끔 내가 수비의 중요성에 대해 그렇게 말을 해도 너희는 잊어 버리지. 까마귀 고기를 먹은 것도 아닌데. 오늘 다시 수비에 대해 이야기하겠다. 너희도 잘 알지만 수비는 상대의 공격을 막는 거다. 상대는 우릴 이기기 위해 있는 힘을 모아서 우리의 골문을 노린다. 그러면 우린 그걸 막기 위해 최선을 다한다. 그러다 우리의 수비 전술이 잘못되거나 힘이 떨어지면 골을 먹게 되지."

"네, 그렇습니다."

"그럼 우리가 그 골을 만회하지 못하면 지는 거지?"

"네."

"그럼 일단 골을 먹지 말아야 이길 수 있는 기반이 만들어지는 거네."

"우리가 골을 더 넣으면 이길 수 있습니다."

호기가 자신 있게 답했다.

"그래. 우리가 골을 더 넣으면 이기지. 그런데 상대가 완전히 꽉 막아 버리면 어쩌나?"

"그래도 헤집으면 골문은 열립니다."

"호기가 우승을 하더니 자신감이 생겼네. 좋아. 그럼 우리가 상대의 골문을 열기 위해 총력으로 공격하면 우린 역습을 당해 또 골을 먹을 수도 있지 않을까?"

"그땐 수비를 잘해 골을 먹지 않으면 됩니다."

"음. 결국 호기도 수비를 잘해야 이길 수 있다는 데 동의를 하는 거네?"

"……."

"우리 역사에 수비에 대해 가장 뛰어난 장군이 한 분 있는데 누구 아는 사람?"

"강감찬 장군이요."

역시 공부 잘하는 민한이다.

"강감찬 장군! 그래, 고려가 거란의 침략을 받았을 때 귀주 대첩으로 나라를 구한 영웅이었지. 그런데 그분이 수비를 한 건가, 아니면 공격을 한 건가?"

"……."

"내가 알기로 강감찬 장군은 거란을 공격해 물리친 장군 아닌가? 수비의 대가는 아니지, 아마."

"누구 다른 사람?"

"……."

"그래, 그럼 이순신 장군은 어떨까?"

"이순신 장군도 공격을 하신 분 아닙니까?"

이번엔 상만이가 답했다.

"그렇지. 그럼 상만아, 장군이 공격해서 이긴 전투가 어떤 전투지?"

"제가 읽은 책에서는 옥포와 당항포 해전, 그리고 한산 대첩 등에서 왜군을 공격해 물리쳤습니다."

"그렇지. 잘 아는군. 그래, 임진왜란이 터지고 초기에 조선이 왜군에 밀릴 때 장군은 공격적으로 싸워서 승리를 거뒀지. 그런데 임진왜란이 몇 년간 계속되었는지 아는 사람?"

"네, 7년입니다."

민한이다. 도대체 민한이는 모르는 게 없는 것 같았다.

"역시 민한이구나. 민한이 말 그대로 임진왜란은 7년간 지속되었다. 그럼 정유재란은 뭐지?"

"……."

이번엔 민한이도 입을 다물었다.

"좀 어렵지? 그래, 임진왜란은 사실 7년간의 전쟁이었다. 왜군이 임진년인 1592년 4월에 침략해 우리 조선을 유린하자 4월 말에 임금은 평양으로 피신하고 말이 아니었지. 백성들은 무수히 죽고 또 고향을 떠나 피난을 갔지. 그해 5월에 이순신 장군은 첫 전투를 시작한다. 그 전투가 옥포 해전이고 6월엔 당항포, 7월엔 그 유명한 한산 대첩이 있었지. 그리고 9월엔 부산포 해전이 있었다. 그런데 그 다음 해전은 너희가 영화로도 잘 아는 명량 대첩인데, 그건 정유

년인 1597년 9월이었다. 그러니까 왜란이 시작된 첫 해에 장군은 옥포, 당항포, 한산도, 그리고 부산포에서 적을 무찌르고 5년이 지난 후에야 명량에서 왜군과 열두 척의 배로 전투를 치른 거지. 그럼 그동안은 뭘 했을까?"

"이순신 장군이 선조의 미움을 받아 옥에 들어가지 않았습니까?"

민한이는 정말 아는 게 많았다.

"그렇지. 그런데 장군이 투옥된 시기는 1597년 1월이었다. 그럼 1593년부터 1596년까지 4년의 기간이 비는데 그때 장군은 뭘 했을까?"

"……."

한국사는 정말 어렵다. 외워야 하는 게 많아 대충 넘어가다 보니 임진왜란은 알지만 저렇게 깊숙한 이야기는 모른다. 이번에는 민한이도 말문이 막혔다.

"어렵지? 어려울 거야. 그런데 이때가 정말 장군의 전략과 전술이 빛을 발한 때란다. 조선이 우리 힘만으로는 왜군을 물리치기 어렵다고 판단해 명나라에 구원병을 요청하자 명나라가 군대를 파병해 싸우게 되는데, 명나라도 평양성에서 왜군에게 당하자 화친을 시도하게 된다. 그런데 그 화친이 진행되는 기간이 그 4년이다. 4년 동안 왜군은 조선의 땅을 조금이라도 더 자기 땅으로 만들어 화친을 유리하게 만들려고 했는데 그걸 막아선 사람이 바로 이순신 장군이었다. 남쪽으로 몰린 왜군을 조선의 관군과 의병들이 막자 왜군은 남해를 돌아 바로 한양으로 가 선조를 잡으려고 했고, 장군이 이를 막으셨던 거다. 그러니 왜군에게 장군은 눈에 가시 같은 존재였다. 그래서 음모를 꾸며 선조가 장군을 고문하고 옥에 가두게 만들었지. 그러자 선조는 원균을 장군 대신 삼도수군통제사로 임명했는데 원균은 그 직책을 수행할 능력이 없었어. 그래서 1597년 7월 칠천량이란 곳에서 이순신 장군이 어렵게 만든 150척의 배와 장병들이 왜군에게 파손되고 죽게 만들었다. 물론 원균도 거기서 죽었지. 한마디로 조선 수군이 전멸한 거다. 그때 경상우수사 배설이 겨우 열두 척의 배를 거두어 도망갔는데 그게 명량 해전의 그 열두 척이다."

감독님이 잠시 숨을 고르셨다.

"장군은 적의 배가 조선보다 월등히 많고 군사도 많으니 자칫 실수해 패하면 임금과 나라를 잃게 될 것을 염려해 4년간 적극적인 공세보다 왜군이 바다를 돌아 한양으로 가는 길목을 막는 것, 즉 수비에 치중했다. 공격을 하면 승리할 수도 있지만 패할 경우 모든 걸 잃을 수도 있기에 장군은 때를 기다리면서 적의 공격을 차단하는 수비 전술을 구사했다. 너희도 남해를 가 보면 알겠지만 남해는 섬이 많고 바다가 좁으며 또 물살이 거세게 흐르니 특정 지역, 그러니까 우리가 방어하기에 유리한 지역을 선점해 수비하면 아무리 대군이 쳐들어온다 해도 막을 수 있는 곳이 있었다. 대표적인 곳이 지금의 거제도와 육지 사이에 있는 견내량이란 해협이었다. 견내량은 한산도에서 멀지 않고 물살도 거셀 뿐 아니라, 폭이 좁아 왜군이 밀려와도 몇 척씩만 통과할 수 있으니 한산도 방향에서 대포로 충분히 적을 소탕할 수 있었다. 그러니 장군은 위험 부담을 안고 공격하기보다 일단 안전하게 지키면서 기회를 노리는 전략을 택한 거지. 그런데 이 전략 때문에 어찌할 줄 모르던 왜군이 결국 장군을 음해했고, 그래서 장군이 투옥되고 원균이 통제사가 되어 칠천량 해전에서 조선 수군이 거의 전멸한 거다. 선조 임금이나 조정에 있던 신하들이 이순신의 수비 전략을 알지 못하니 왜군의 음모에 넘어간 거지."

감독님은 다시 숨을 고르며 우리를 한 번 둘러보시곤 말씀을 이으셨다.

"뭐, 축구의 수비를 이야기하면서 이순신 장군에 대한 얘기를 이렇게 깊게 할 필요가 있을까 하는 생각도 있을 수 있겠지만, 수비의 중요성을 알지 못하면 이런 결과가 나올 수도 있다는 걸 알려 주려고 장군의 이야기를 꺼냈다. 각설하고 장군의 수비 전략에 빗대어 우리 수비 전략과 전술을 살펴보자. 장군은 왜군을 공격하기 전에 완벽한 준비를 했다는 건 이미 전에 말했고, 4년간에 걸친 수비 전략에서 왜 견내량을 선택했는가가 가장 중요한 부분이다. 앞서도 말했지만 견내량은 거제도와 육지 사이의 좁은 해협인데, 왜군이 한양으로 가기 위해서 서해로 가려면 여기를 통과해야만 한다.

그렇지 않으면 거제도를 돌아가야 하고 그쪽은 바람과 파도가 항상 거세다. 그러니 꼭 여기를 지나야 한다. 그러니 장군은 여기만 틀어막으면 왜군의 서해 진입을 차단할 수 있다고 확신했다. 다른 길로 가려면 멀리 위험을 안고 돌아가야 하는데, 최단거리이고 안전한 견내량은 축구에서 공을 가장 잘 공급하는 선수와 그 공을 받아 가장 슈팅을 잘하는 선수 사이와 같다. 확실한 패스가 공격수에게 전달되면 바로 슈팅이니 이것처럼 확실한 길이 어디 있겠니. 그렇다면 수비 입장에서는 그 길은 꼭 막아야 하는 견내량이다. 그 길을 차단하면 상대의 공격은 끊길 수밖에 없다.

너희가 결승전에서 한 수비가 바로 그와 같았다. 상대는 중앙 공격보다 좌우 윙어에 의한 크로스를 선호했고 잘 연결되었다. 우리가 힘들었던 건 그 길을 차단하지 못했기 때문이었다. 더구나 제원이가 퇴장당한 상태에서 수비하기에 무척 어려운 상황이었지만 난 그 순간에 견내량을 생각했다. 그리고 공격수인 성원이를 오른쪽 풀백으로 내렸다. 일단 적이 공격하는 길을 막아야 우리가 살 수 있는 방법을 찾을 수 있으니까. 그리고 그렇게 상대가 공격하는 길을 막으니 당연히 상대가 당황했다. 자기들이 자신 있게 공격하던 길이 막혔지만 상대는 그 길을 계속 두들겼다. 왜냐하면 그 길 외에는 다른 길을 별로 생각하지 않았기 때문이다. 우리와는 완전히 다른 스타일이다. 우린 상황에 따라 다양한 공격 루트를 이용하지만 상대는 그것만 훈련한 것 같다. 아마도 대부분의 팀이 그런 형태로 공격을 운영하는 경향이 있으니 그런 팀을 상대하려면 그 팀의 주요 공격 루트가 어디인가를 살펴야 한다. 그리고 그 길목을 막아야 한다. 좀 더 구체적으로 말하면 상대의 키 맨(key man), 즉 공 배급 담당과 그 공을 받아 슈팅하는 공격수를 차단해야 한다. 그게 효율적인 수비다. 너희가 공부에서도 알겠지만 시험에 나올 만한 부분은 항상 나온다. 공부를 잘하는 아이는 시험에 나올 걸 공부하고 공부를 못하는 아이는 시험에 나오지 않을 걸 공부한다. 수비는 상대가 주로 사용하는 공격 루트를 차단하는 게 핵심이다."

감독님이 열을 올리며 말씀을 하시다 잠깐 쉬자 우리도 함께 큰 숨을 내쉬었다. 감독님이 이순신 장군의 전술을 떠올리고 우리의 결승전 위기를 넘겼다는 건 놀라움 그 자체였다. 그리고 정말 그랬다.

"우리가 경기를 할 때 우리도 주로 사용하는 전술이 있다. 하지만 우린 상대가 그 길을 막아서면 너희의 위치를 바꾸든지 아니면 다른 공격 루트를 이용한다. 그러면 상대도 혼란이 오지. 반대로 우리가 하나의 길만 이용한다면 상대도 우릴 수비하는 게 쉽다. 우리가 공격을 다양하게 전개하면서 상대의 주된 공격 루트를 차단하면 적어도 우린 상대에게 골을 먹지는 않는다. 그러면 우린 적어도 지지는 않게 되는 거다. 그렇게 단단하게 수비가 잡아 주면 당연히 공격은 편해진다. 뒤를 걱정하지 않아도 되니 편하게 공격에 임할 수 있다. 반면에 뒤가 불안하면 당연히 공격이 부담된다. 패하지 않을 준비가 되어 있는 팀이 가장 무서운 팀이다. 이기는 팀은 질 수도 있지만 지지 않는 팀은 이기거나 무승부이므로 우린 패하지 않는 팀을 목표로 해야 한다. 그만큼 수비가 중요한 이유다."

감독님의 기나긴 설명이 끝났다. 그 설명을 듣고 있던 우리 모두 머리를 끄덕이거나 조용히 머리를 숙여 감독님의 설명이 옳다고 동조했다. 수비가 안정된 팀이 확실히 강한 팀이다!

수비에 대한 인식이 바뀌었다. 지금까지 우리 대부분이 수비를 조금 아래로 본 게 사실이었다. 공격해서 상대 골문에 골을 넣는 게 가장 중요하다고 생각했지만 감독님의 설명을 듣고 나서 우린 축구는 수비가 우선이라는 확신을 갖게 되었다.(후에 들었지만 감독님은 선수를 선발할 때 우선 중앙 수비수를 먼저 뽑고 다른 선수를 선발한다고 했다.)

주말 리그의 시작

주말 리그 편성표가 게시되었다. 서울에는 학교와 클럽 팀이 많아 보통 5개 정도의 그룹으로 나뉘어 리그를 하게 되는데 한 그룹에 10여 개의 학교가 속한다. 우리가 속한 그룹은 나름 강한 팀도 있고 약한 팀도 있었다. 두봉중이나 문리중, 그리고 고산중 같은 학교는 나름 명문이고 춘계 대회의 성적도 좋았다. 거기에 안평FC나 중대중, 서관중은 떠오르는 강자였고, 보은중이나 용미중도 쉽지 않은 팀이었다. 그나마 FC서울의 유스팀인 오산중 저학년 팀이 쉬운 팀이었다.

단기간의 대회가 없는 학기 중 매주 주말에 열리는 주말 리그 경기는 우리에게 끊임없는 긴장을 요구했다. 일시에 몰아서 하는 춘계 대회나 추계 대회와는 달리 봄부터 가을까지 주말마다 계속 이어지는 경기라 꾸준히 몸을 만들고 경기력을 유지해야 했다. 아무리 강팀이라 하더라도 만일 중간에 선수들 중 누군가 탈이 나거나 부상을 당하면 경기력이 떨어져 패할 수도 있기에 주말 리그를 우승하는 건 매우 힘든 일이라 들었다. 그리고 주말 리그를 전승으로 우승한 팀이 거의 없는 게 사실이었다.

더구나 한 경기장에서 오전부터 오후까지 다섯 경기가 계속 이어지니 다른 팀에서는 강팀을 관찰하기에 더없이 좋은 기회가 되기도 했다. 그리고 스카우터들에게는 춘계 대회에서 점찍어 둔 선수의 발달 과정을 지켜볼 수 있는 자리이기도 했다. 물론 부모님들에게는 매주 자신의 아들이 열심히 뛰는 모습을 직접 볼 수 있는 기회였다. 이기는 팀의 부모님들은 흥이 나서 돌아가고 지는 팀의 부모님들은 다음을 기약하며 아쉬운 발걸음을 옮겼다.

주말 리그는 선수에게도 부모님들에게도 주말을 기다리게 하고 감독님과 코치님들에게는 매주 한 번씩 열병을 앓게 만들었다.

주말 리그를 위해 우린 또 매주 수요일이면 리그의 다른 그룹 팀들과 연습 경기를 하곤 했다. 때론 그 연습 경기의 상대가 고등학교 팀일 경우도 있었다. 고등학교 팀일 경우는 우리들 중 누군가가 그 학교에 진학이 예정되어 있어서 테스트를 겸해 진행되었다. 그래서 고교 팀과의 경기가 예정되면 우린 누가 그 학교로 가는지가 이야깃거리가 되었다.

시운이가 돌아왔다. 동계 훈련 직전 후배들과의 연습 경기에서 부상을 당해 동계 훈련과 춘계 대회를 뛰지 못한 시운이가 훈련에 합류했다. 잘생긴 얼굴로 여학생들에게 늘 인기가 많았던 시운이가 부상으로 춘계 대회를 뛰지 못하자 학교 진학에 영향을 받을까 걱정해서인지 조금은 수척해진 모습이어서 안쓰러웠지만, 다시 훈련에 합류하게 되어 다행이었다.

우리에게 부상은 늘 있는 일이지만 부상의 정도에 따라 심할 경우 축구를 그만둬야 하는 경우도 발생한다. 나 역시 지난여름 연습 경기에서 입은 발목 부상이 계속 불편했지만 그래도 견딜 만하기에 뛰고 있었다. 우리 중에 성오가 허리 부상으로 계속 치료를 받고 있고 재건이도 치료를 받고 있었다. 부상은 내가 잘못해서 발생하기도 하지만 상대의 과격한 몸싸움이나 태클로 인해 발생하는 경우가 대부분이다. 나 역시 상대의 태클로 인해 인대에 부상을 입었고 좀 심해지면 발목에 밴딩을 하고 경기에 임해야 했다.

같은 목표를 가진 선수들이기에 서로 존중해야 하지만 경기가 과열되면 순간적으로 과격한 행동을 하게 된다. 물론 그 선수를 이해하지 못하는 건 아니다. 나 역시 결정적인 순간에 공을 뺏기거나 슈팅 찬스에서 상대에게 파울을 당하면 욱하고 올라와 비이성적인 행동을 하기도 하는데, 그렇다고 상대에게 심한 행동을 하진 않았다. 그러나 심한 행동 하나가 자칫하면 한 선수의 선수 생명을 날려버릴 수 있다는 걸 항상 생각해야 한다. 프로 선수나 대표 선수들 중에서도 부상으로 인해 선수 생활을 그만두는 경우가 종종 있는데, 우리 같은 학생들은 그런 상황이 오면 꽃도 피우기 전에 꺾이는 것과 같다. 그러므로 선수들은 항상 서로 존중하고 배려하는 마음을 갖고 경기를 해야 한다. 경기를 하다 보면 선수들은 침착함을 유지하는데 오히려 감독이나 코치진이 선수들을 자극하는 경우도 종종 볼 수 있었다. 그건 정말 아닌 것 같았다.

시운이의 가세로 우린 다시 3학년만으로 주전을 구성할 수 있었다. 시운이가 빠지면서 그 자리를 2학년인 시현이가 잘 메웠지만 시운이가 특유의 스피드를 살려 시원하게 오른쪽을 돌파하는 모습을 보고 싶었다.

주말 리그가 시작되기 전 연습 경기를 알리는 게시문이 붙었다. 이번엔 조금 먼 천안에 있는 학교가 연습 경기 상대였다. 토요일 오전에 출발해 천안에서 그 학교 선수들과 점심을 먹고 2·3학년이 별도로 경기를 하는 일정이었다. 우리의 연습 상대는 거의 서울이나 인천 등 경기도에 있는 학교였는데 천안은 조금 거리가 있어서 여행을 겸할 수 있을 거 같아 기다려졌다.

천안에서 먼저 우리들 연습 경기가 시작되었다.

감독님은 시운이를 점검하려는지 원래 포지션인 오른쪽 윙어 자리에 두고 나를 원톱으로 한 4-2-3-1의 포메이션으로 경기에 임하도록 지시하셨다. 경기가 시작되어 우린 공을 돌리면서 상대의 빈틈을 찾아 계속 연결하며 슈팅 찬스를 노렸고, 두 골을 넣어 2:0으로 앞선 상태에서 전반전을 마쳤다. 지방에서 열리는 경기인데도 주말이라 부모님들께서 거의 오셨고 우리가 골을 넣거나 좋은 연결이 이뤄지면 박수를 보내 주셨다. 시운이도 완전히 회복된 건 아니지만 충분히 제 몫을 했기에 우리 모두 시운이에게 힘내라는 말을 해 주기도 했다.

그런데 후반전에 들어서면서 문제가 터졌다. 감독님께서 이제까지 한 번도 변화를 주지 않았던 주선이의 왼쪽 풀백 자리에 2학년 후배를 교체한 게 문제의 발단이었다. 감독님은 아마도 2학년 후배의 기량을 점검해 보시려는 의도였던 것 같은데 주선이 부모님이 교체에 대해 반발을 하셨다. 처음에는 작게 시작된 게 차츰 언성이 높아지는 듯했다. 다소 어수선하게 경기가 진행되어 3:1로 경기를 마치고 나왔을 때 이미 주선이는 자리에 없었다. 감독님은 2학년 경기가 계속 이어지기에 바로 다시 경기에 임했지만 우린 조쌤이 보이지 않아 아마도 주선이 부모님을 만나고 있으려니 짐작했다. 경기를 보면서 우린 주선이가 사라진 것에 대해 이런저런 이야기를 나눴다. 여간해선 말이 없는 민한이가 주선이가 이해가 간다고 해 다들 의아하게 생각했지만, 생각해 보니 민한이도 시운이가 작년에 뛸 때는 지현이와 자주 교체되었기에 민한이가 말한 의미를 나도 알 것 같았다. 민한이도 교체가 되면 경기가 끝난 후 부모님께 좀 죄송한 생각이 들었다고 했다. 그런데 지금은 우리가 진학을 고려해야 하는 시점이라 더 예민해지는 시기인데, 주선이가 교체되었으니 부모님들이 항의를 할 수도 있겠다고 생각했다. 만일 내가 교체되면 아버지와 어머니는 어떤 반응을 보일까 궁금했다. 만일 동료와 교체가 된다면 어느 정도 이해를 하시겠지만 후배와 교체가 된다면 아마도 아버지는 꽤 화를 내실 것 같았고, 어머니는 내게 아픈 곳이 있냐고 물으실 거라 생각되었다. 그런 이야기도 나누고 이런저런 생각도 하며 경기를 보는데 2학년도 2:0으로 경기를 마쳤다. 경기가 끝나자 감독님은 부모님이 데려갈 수 있으면 데려가라고 하셔서 나는 부모님과 함께 집으로 향했다.

아버지가 운전 중에 재범이 아버지의 전화를 받으셨다. 아버지는 바로 차를 세우고 바깥에서 한참 전화를 하시더니 다시 차를 몰면서 학교로 가 봐야겠다고 하시면서 나에게 혹시 주선이가 학교 기숙사에서 무슨 일이 있었냐고 물으셨다. 난 아무 일도 없고 주선이가 경기를 잘하고 있는데 후반에 교체가 돼서 그게 문제일 거라고 말씀드렸더니 알았다고 하시곤 차를 급하게 모셨다. 그리고 집에 도착하자 아버지는 어머니와 나를 내려놓고 바로 학교로 가셨다.

주선이 부모님은 주선이를 바로 집으로 데려가셨던 모양이다. 그 의미는 학교를 그만두겠다는 거고, 그렇게 되면 우리는 뛰어난 왼쪽 풀백을 잃게 되어 그 구멍을 메울 방법이 없다고 생각했다. 타학교로 전학을 가든지 전학을 오면 몇 개월간 경기에 출전할 수 없는 규정이 있어 결국 주선이 자리를 2학년 후배가 맡거나 성인이나 다른 누군가가 메워야 했다. 그런데 왼쪽 풀백은 왼발을 주로 쓰는 선수가 맡아야 하는데 3학년에는 주선이 말고 대안이 없었다. 왼쪽 풀백과 윙어는 크로스를 올리거나 패스를 시도할 때 왼발을 주로 사용한다. 오른발잡이는 정확도가 많이 떨어지게 되고 또 오른발을 쓰려면 방향을 완전히 전환한 후에나 가능하기에 한 발 늦게 된다. 2학년 후배는 아직 속도나 크로스 능력에서 주선이에게 미치지 못했는데, 그렇게 되면 우리가 흔히 하는 말로 그쪽에 구멍이 생기는 거였다.

아버지나 재범이 아버지도 그런 상황을 잘 알고 계시고 감독님은 더더욱 잘 아시기에 주선이 부모님과 전화를 하고 설득을 하려 했지만 전화도 받지 않으셨던 모양이다. 결국 아버지가 통화를 하고 감독님이 결코 다른 뜻이 있어서 그런 게 아니라, 우리가 앞서고 있으니 2학년 후배가 어느 정도 감당할 수 있는가를 측정하기 위해 교체를 한 것이니 이해하라고 간곡히 말씀을 드려 겨우 한밤중에 만날 수 있었다고 말씀하셨다. 그러면서 주선이 부모님이 충분히 이해가 된다고 하셨다. 아버지가 주선이 아버지와 충분히 이야기를 나누시고 다시 감독님과 함께 이야길 나누셔서 오해가 풀렸고, 월요일에 주선이는 우리와 함께 기숙사로 들어갈 수 있었다. 그리고 주선이는 한동안 말없이 생활을 했다. 우리도 꼭 할 말이 아니면 주선이에게 말을 걸지 않았다. 주선이가 참 힘들어 보였다.

첫 번째 주말 리그 상대는 문리중이었다. 문리중은 작년에 선배들이 주말 리그에서 패한 팀이었다. 그때 그 경기를 보면서 많은 생각을 했던 기억이 떠올랐다. 문리중이 강하기는 했지만 선배들의 전력으로는 충분히 상대할 수 있고 이길 수 있는 경기였는데, 선배들이 개인 플레이를 하는 바람에 졌던 것이다. 개개인의 능력을 보면 분명 우리가 앞섰고 춘계 대회에서의 성적도 우린 우승 팀이었기에 당연히 이긴다고 생각했었는데 연결과 수비 불안으로 결국 패했었다. 내 생각이지만 이번만큼은 작년의 기억을 지워 버리고 싶었다. 아니, 나뿐 아니라 동료들도 모두 패배를 설욕할 이때를 기다리고 있있는지도 모르겠다.

감독님은 여전히 변화가 없으셨다. 20년을 같은 생활을 해 오셨기 때문이지 모르겠지만 감독님은 주말 리그 첫 경기 문리중과의 경기를 앞두고도 표정의 변화조차 없으셨다. 그저 익숙한 일을 하시는 그런 과정처럼 보였다.

토요일 경기를 앞두고 우린 무척 설레었다. 첫 경기에 대한 설렘! 그것은 3학년이 되어 맞는 첫 경기이기에 꼭 이기고 싶은 설렘이었다. 첫 경기를 이기면 나머지 리그 경기를 계속 이겨 누구도 가 보지 못한 전승 우승의 첫발을 내딛는 게 아닌가? 물론 다음 경기에서 패할 수도 있지만 첫 경기를 이겨야 그런 꿈이라도 꿔 볼 수 있기에 감독님과는 반대로 우린 이기는 꿈을 꾸며 들떠 있었다. 그리고 문리중에 대한 복수전이라고 나름 떠들었다.

경기 전날 감독님이 전술 회의를 소집하셨다.

"내일 우리 상대는 문리다. 다들 문리에 대해서는 잘 알고 있겠지만 다시 한 번 이야기하면 강팀이다. 작년엔 우리가 패하기도 했다."

"네. 그런데 이번엔 우리가 꼭 복수할 겁니다."

운제가 기세등등하게 감독님의 말씀을 자르면서 끼어들었다.

"복수? 너희가 문리와 원수졌니?"

"네. 작년에 우리가 패하지 않았습니까?"

"응, 그래. 우리가 패한 건 맞는데 그게 우리와 문리가 원수지간이 될 원인이 될 수 있는 걸까?"

"우리가 졌으니 당연히 복수를 해야 하지 않습니까?"

"운제 말고 너희들도 그렇게 생각하나?"

"……."

"허, 이놈들. 너흰 스포츠 정신이 제로구나. 어떻게 경기에 졌다고 원수지간이 되어 복수를 한다고 하나? 스포츠는 정당한 경쟁을 하는 거지 결코 복수를 하는 게 아니야. 그럼 지금까지 너희들에게 패한 팀은 다들 우리를 원수로 여기고 복수를 다짐하고 있겠네? 그렇지 않나?"

"……."

"생각을 해 봐라. 스포츠는 경쟁을 하는 거지 결코 싸움을 하는 게 아니야. 작년에 우리가 진 건 문리가 우리보다 잘했기 때문이지 우리가 잘했는데도 진 건 아니잖아."

"그렇기는 합니다만 그때 문리는 비신사적인 행동도 했고 그랬잖습니까."

운제가 그때의 기억을 되살리는 말을 했다.

"그래. 물론 그랬을 수도 있지. 하지만 그 경기는 분명히 심판이 있었고 심판이 정확하게 파울도 지적하고 경고 카드도 준 걸로 기억한다. 그렇지만 경기는 우리가 못해서 패한 게 맞지. 우리가 못해서 지고는 상대를 원수처럼 생각하면 그건 잘못된 생각이다. 그리고 잘못된 생각은 잘못된 행동을 낳고 잘못된 행동은 잘못된 결과를 낳는다. 니희가 원수처럼 생각하면 원수를 때려잡으려고 하지 축구의 경쟁 상대로 보지 않을 거 아닌가? 그러면 행동이 거칠어지고 파울은 우리에게 선언되겠지. 그러다 경고나 퇴장을 받으면 그건 우리 손해야."

감독님의 말씀은 논리적이었다. 아무도 말을 하질 못했다.

"축구는 스포츠야. 스포츠 정신도 없이 축구를 하는 건 옳지 않아. 그러다 부상을 입히거나 부상이라도 당하면 결국 너희 손해야. 당부하건대 앞으로 경기를 할 때 결코 그런 마음으로 임하지 마라. 항상 정정당당하게 승부를 겨루는 거라고 생각해야만 정상적인 플레이가 나올 수 있음을 명심하기 바란다."

우리 모두 머리를 푹 숙였다.

"문리가 조금 터프한 건 맞다. 그렇지만 너흰 이미 그런 팀을 다루는 방법을 알고 있다. 어쩌면 문리가 그렇게 터프하게 하는 이유는 너희를 도발하려는 것일지도 모른다. 너희의 멘탈을 깨뜨려 정상적인 전술을 펼칠 수 없도록 하려는 의도일 수도 있다는 거다. 지난 대회에서도 흥분해 먼저 도발하는 바람에 제원이가 우승을 말아

먹을 뻔도 하지 않았나? 경기에서 멘탈이 깨지면 그때는 어떤 전술이나 작전도 먹히질 않아. 그러니 결코 그렇게 넘어가면 안 돼. 알았나?"

"네!"

"그래 그럼 내일 전술에 대해 설명하겠다. 원톱은 재범이가 서고 밑에는 성원이가 선다. 왼쪽 윙어는 민한이, 오른쪽 윙어는 시운이. 시운이 가능하지?"

"네. 열심히 뛰겠습니다."

"좋다. 경태와 재선이가 미드필더를 맡고 주선이와 운제가 좌우 풀백을 맡는다. 센터백은 제원이와 인성이. 문리는 아마도 여전히 터프하게 나올 거라 예상한다. 작년에 그렇게 해서 우리에게 이겼으니 올해도 그럴 거다. 그런데 너희가 그 전술에 말려들면 우린 또 패할 수도 있다. 상대가 강하게 나오면 오히려 우린 부드럽게 상대해야 한다. 강한 건 부러질 수 있지만 부드러운 건 부러지지 않는다. 여기서 부드럽다는 건 상대의 어떤 행동이나 플레이에도 휩쓸리지 않고 우리의 플레이를 한다는 뜻이다. 그러기 위해서는 평정심이 필요하다. 평정심이란 어떤 상황에서도 본연의 마음을 잃지 않는 걸 말한다. 상대가 어떻게 나오든 거기에 반응하지 않고 너희의 플레이를 하는 게 평정심을 유지하는 거다. 알았나?"

"네!"

"문리는 미드필더가 힘이 있고 수비 라인도 거칠다. 공격진과 미드필더가 많이 부딪칠 거다. 그땐 화가 나도 참아라. 그리고 할 수 있다면 오히려 웃어라. 그리고 반칙을 한 선수에게 괜찮다고 사인을 보내라. 그건 심판에게도 좋은 이미지를 심어 주어 너희에게 득이 될 거다. 모든 상황은 너희가 판정하는 게 아니라 심판이 판정하는 거다. 너희가 어필을 한다 해도 판정은 바뀌지 않는다. 이미 다 경험해 보지 않았나. 터프한 팀에 너희가 화가 나서 행동하거나 심판에게 어필을 자주 하면 오히려 너희에게 불리한 결과만 나올 뿐이다. 좀 심한 이야기지만 상대가 그렇게 나오면 오죽하면 그럴까 하고 넘겨라. 난 너희가 정상적인 플레이를 하면 문리는 넉넉하게 이길 수 있다고 본다. 다만 양쪽 윙어는 경계를 해라. 좌우 윙어를 막는 방법은 이미 너희가 다 알고 있다. 다시 말한다. 내일 경기는 너희가 얼마나 평정심을 유지할 수 있느냐가 관건이다. 끝까지 평정심을 유지해라."

감독님은 우리에게 문리의 터프한 플레이에 말려들지 말라고 주문하시면서 평정심을 유지하라고 하셨다. 생각해 보니 작년 선배들도 문리중의 그런 플레이에 휘말린 거 같았다는 생각이 들었다. 선배들이 많이 흥분했고 그래서 오히려 우리가 파울을 범한 적이 많았다. 더구나 실점을 만회할 욕심에 개인 플레이가 많아져 스스로 자멸했다. 그렇다면 우린 감독님의 전술에 따라 평정심을 유지하면서 끝까지 우리의 플레이를 유지하기만 하면 반드시 이길 수 있을 거다.

토요일 아침부터 서두르기 시작했다. 오전 첫 경기라 10시부터 경기가 있으니 우린 7시에 아침식사를 해야 했다. 1학년들은 어제 저녁 훈련을 마치고 집으로 갔지만 2학년은 우리와 함께 경기장으로 가기에 함께 식사를 했다. 유민이가 옆에 앉았다.

"성원이형. 오늘 우리가 이기겠지?"

"글쎄."

"형이 글쎄라고 하면 어떻게 해."

"민아, 그럼 우리가 이긴다고 하는 게 맞아?"

"그야 당연하지. 형들은 져 본 적이 없잖아."

"아니야. 우리도 져 본 적 많아. 1학년과 2학년 초의 성적은 오히려 너희가 우리보다 더 좋지 않아?"

"그건 형들이 운이 없었던 거고."

"운도 열심히 하는 팀에 붙는다고 하더라."

"그래도 형들이 이길 거야."

"이겼으면 좋겠다는 바람이지?"

"맞아. 바람이야."

"그럼 이기도록 노력해 볼게."

"뭐 그런 말이 있어!"

"네가 이겼으면 좋겠다고 하니 이기도록 노력해 본다는 건데 문제 있어?"

"형, 어쨌든 이겨 줘."

후배 유민이가 꼭 이겨 달라는 부탁을 해 왔다. 수비만큼은 특출해서 아끼는 후배인지라 그 부탁이 마음에 다가왔다.

버스에 오르는데 주선이가 다가왔다.

"성원아, 같이 앉아 갈까?"

"그러자."

주선이가 저번 일로 많이 힘들어 한 걸 알고 있기에 주선이가 뭔가 할 얘기가 있는 것 같아 함께 앉기로 했다.

"저번 천안에서의 일로 힘들었지?"

주선이가 말이 없어 먼저 말을 걸었다.

"좀."

"이젠 어때?"

"아직은 감독님이나 코치님들 보기가 좀 그래."

"나라도 그럴 거 같아. 눈치가 보이지?"

"응."

"우리 아버지가 많이 걱정하셨어. 왼쪽 풀백은 네가 빠지면 문제가 크다고 하셨어."

"그건 아버지에게 들었어. 너희 아버지가 우리 부모님께 많은 이야기를 해 주셨다고. 그래서 아버지가 마음을 바꾸셨어."

"내가 아는 우리 아버지는 좋고 싫은 게 분명해. 아버지가 네가 꼭 있어야 한다고 생각하셨으니까 나섰을 거야."

"너희 아버지에게 꼭 고맙다는 인사를 드리고 싶은데……."

"그럼 이번 경기에서 잘하고 아버지께 인사드리자."

"그래. 꼭 그러자."

경기장은 학교에서 멀지 않은 광명시에 있어서 주선이와 오랜 이야기를 나눌 수 없었다. 하지만 주선이의 마음이 충분히 느껴졌다. 우리가 운동장에 도착했을 때 이미 부모님들께서 자리를 잡고 계셨고 버스에서 내리는 우릴 반겨 주셨다. 아버지와 어머니도 와 계셨다. 아버지는 가볍게 손만 흔드셨고 어머니는 내게 다가와 아픈 데는 없냐고 물으시고는 손을 꼭 잡아 주셨다.

오늘 첫 경기라 경기장이 비어 있었다. 우린 바로 경기복으로 갈아입고 천천히 뛰기 시작했다. 반대편에서는 문리중도 몸을 풀기 시작했다. 주말 리그 첫 경기여서 그런지 아직은 추위가 느껴졌지만 관중석은 꽉 차 있었다. 어쩌면 저 안에 스카우터가 있을지도 모른다는 생각이 스쳤다. 그러면서 감독님이 말씀하신 '평정심'도 떠올랐다. 잘해야 하지만 가능한 한 자제해야 한다. 절대 흥분하면 안 된다.

조쌤이 우릴 불러 모았다.

"첫 경기라고 긴장들 하지 마라. 그냥 너희가 지금까지 해 온 그대로 하면 된다. 감독님께서도 어제 너희에게 평정심을 잃지 말라고 말씀하셨지만 나 역시 그 말을 하고 싶다. 절대 흥분하지 마라. 누가 그런 이야기를 했는지 모르겠지만 '연습은 실전처럼 실전은 연습처럼'이란 말이 있다. 그 말이 평정심이란 말과 같은 의미일 거다. 난 너희가 흥분하지 않고 연습할 때 했던 그대로만 하면 충분히 이길 수 있다고 본다. 괜히 더 잘하려고 하지 마라. 그러면 균형이 깨진다. 이제 인성이가 주장이니 경기 템포를 잘 조정해라. 그리고 마찰이 생기면 인성이만 심판에게 어필해라. 아니 인성이도 하지 마라. 필요하면 내가 나서겠다. 문리중 윙어가 잘한다는 이야기는 감독님도 하셨지만 그걸 막는 방법은 너희가 더 잘 알고 있다. 초반에 문리가 밀고 올라오면 성원이와 재선이가 뒷공간을 노려라. 여차하면 수비에서 미드필더를 거치지 말고 바로 길게 올려라. 문리는 아마 급하게 올라올 거다. 우리와 부딪치려고. 우린 오히려 그걸 역이용한다. 문리가 덤비면 부딪치기 전에 빠르게 연결해라. 괜히 공을 끌지 말고. 공을 잡고 지체하면 반드시 태클이 들어오거나 몸으로 부딪쳐 올 것이다. 좋을 게 없다. 빠르게 연결하고 수비 라인에서는 뒷공간을 노려라. 준비해라."

경기 전 인사를 나눌 때 문리중 선수들 어깨에 힘이 들어간 게 느껴졌다. 꽤 많은 경기를 치르다 보니 어느새 나도 상대의 상태를 읽는 습관이 생겼다. 인사를 나누며 상대의 눈을 보고 손바닥을 부딪치면 때론 강함이 느껴지기도 하고 때론 부드러움이나 날카로움이 느껴진다. 물론 그런 느낌이 든다고 해서 위축되거나 마음이 흔들리는 경우는 거의 없다. 문리중 선수들이 힘이 들어가 있다고 느낀 건 내 손바닥을 세게 부딪쳐 왔기 때문이었다.

경기 시작 전 둘러서서 문리가 먼저 파이팅하길 기다리는데 주장인 인성이가 다시 한 번 평정심을 강조했다. 그리고 문리가 파이팅을 외치는 소릴 듣고 우리도 힘껏 파이팅을 외쳤다.

문리중의 선축으로 경기가 시작되자 재범이가 상대 지역으로 들어갔고 나는 조금 내려서면서 공이 어디로 연결되는지 살폈다. 문리중 미드필더가 공을 잡아 길게 오른쪽 윙어에게 연결했다. 바로 운제가 공의 방향을 보고 움직였고 나는 위로 올라갔다. 잠시 우리 진영에서 일진일퇴를 거듭하다가 주선이가 공을 잡은 뒤 상대 뒷공간을 보았는지 바로 길게 킥을 했다. 그 공이 재범이를 향한 걸 확인한 후 나는 곧장 앞으로 뛰었다. 많이 연습한 상황이라 재범이가 내게 공을 떨굴 걸 알기에 속도를 올렸고 재범이는 정확하게 내 앞으로 공을 보냈다. 앞의 수비수가 나를 막기 위해 다가섰지만 공을 수비수 옆으로 몰면서 골문을 보니 골키퍼가 전진하고 있어 칩슛으로 공을 띄웠다. 앞으로 나오던 골키퍼가 자기 머리 위로 공이 지나가는 걸 보며 멍한 표정을 지었다. 첫 골이 들어갔다.

시작하고 얼마 지나지 않아 첫 골을 먹은 문리중은 거칠게 나오기 시작했다. 우리가 공을 잡기만 하면 몸을 붙이며 강하게 압박했고 태클도 깊게 들어왔다. 하지만 동료들 모두 여유 있게 공을 돌리며 대응했고 오히려 패스 연결에 속도가 붙었다. 지금은 문리중이 급한 상황이다. 이런 상황에서는 패스 연결로 상대를 힘들게 하고 다급하게 만들면 오히려 상대방이 실수를 하게 된다.

두 번째 골은 경태가 만들었다. 전반전 끝나기 전 문리중 문전에서의 혼전 상황에 경태가 슈팅한 게 골문 오른쪽으로 빨려 들어갔다. 얼마 후 전반전 종료를 알리는 휘슬이 울렸다.

"잘들 했다. 전술적인 부분보다 너희가 심판에게 어필 한 번 하지 않고 마무리한 건 잘한 일이다. 후반에도 이어 가기 바란다. 그리고 시운이는 힘들어 보이는데 더 뛸 수 있나?"

"네. 뛸 수 있습니다."

감독님의 질문에 시운이가 대답했지만 감독님은 분명 시운이의 몸 상태가 아직 완전치 않다고 보신 듯했다. 느낌상 후반에 교체가 있을 것 같았다.

관중석을 보니 부모님들이 우릴 향해 손을 흔들고 박수를 보내고 계셨다. 천천히 대기석으로 움직이는데 누가 등을 치기에 돌아보니 주선이였다.

"성원아, 결국 네가 넣었네."

"그건 네가 워낙 정확히 재범이에게 공을 보냈으니까 내게 찬스가 온 거지. 멋진 킥이었어."

"문리가 올라오며 뒷공간이 열려서 보니 재범이가 있잖아. 그래서 킥을 하면 네가 뛸 거라고 생각했지. 예전처럼."

"그러고 보니 우린 그게 잘되네. 전에도 몇 번 그랬잖아"

"손발이 맞는 것 같아."

"그런데 재범이가 헤더에는 귀신이 된 것 같아. 너하고도 콤비 플레이가 잘 맞아. 네가 올리면 재범이가 나나 재선이에게 정확하게 떨구잖아. 꼭 첼시의 지루 같아."

지난 동계 훈련부터 감독님이 재범이를 원톱에 기용하면서 우리들 사이에 말이 있었다. 하지만 재범이는 골을 직접 넣는 역할보다 큰 키를 이용해 후선에 찬스를 내주는 플레이를 자주 하면서 오히려 우리들의 신임을 얻었다. 특히 상대 센터백이 장신이 아닌 경우 크로스를 직접 헤더나 슈팅으로 마무리하기보다 후선의 공격 자원들에게 찬스를 내주었기 때문에 더 많은 득점 기회가 만들어졌다. 상대에 따라 감독님은 나와 재범이를 번갈아 원톱으로 활용하면서 전술을 바꾸셨다.

후반전이 시작되고 얼마 후 감독님은 시운이를 후배인 지현이와 교체했다. 지현이는 개인기가 뛰어나지만 그로 인해 공을 오래 끄는 경향이 있어서 다소 아쉬웠다. 하지만 문리중 입장에선 3학년이 2학년에 당한다는 생각이 들어서인지 지현이에게 더 강하게 압박을 했고, 그로 인해 파울이 자주 나왔다. 그리고 그 파울로 얻어진 프리킥이 세 번째 골로 이어졌다. 지현이가 프리킥한 공을 상대 수비가 걷어 내자 후선에 있던 재선이가 낚아채 슈팅한 게 골로 연결되었다.

감독님은 3 : 0으로 앞서 나가자 운제를 성인이로, 재선이를 상만이로, 그리고 민한이를 종인이로 차례로 교체하셨다. 문리중은 어떻게든 만회하려고 애썼지만 우리의 상대는 아니었다. 몇 번의 좋은 찬스를 놓쳤지만 우린 여전히 침착하게 공을 돌렸고 상대의 플레이에 휘말리지 않고 경기를 마칠 수 있었다. 감독님은 여전히 팔짱을 끼고 말없이 그 자리에 서 계셨다.

관중석의 부모님들이 자리에서 일어나 박수를 보냈다. 우리 모두 부모님들께 달려가 인사를 했고 부모님들께서는 다시 한 번 우리에게 박수와 환호를 보내 주셨다. 우리뿐 아니라 어쩌면 부모님들 또한 작년의 아쉬움을 떨쳐내셨을 거란 생각이 들었다.

이렇게 주말 리그의 첫 단추를 잘 꿰어서 너무 기뻤다. 어쩌면 허황된 꿈일지는 몰라도 전승 우승을 향해 힘차게 한번 달려가 보자고 동료들과 어깨를 맞대고 다짐했다. 파이팅!

8

아쉬웠던 소년 체전

출사표

소년 체전 예선전의 방이 붙었다. 주말 리그의 시작과 함께 우릴
또 기다리고 있는 것은 소년 체전이었다. 서울시 소년 체전 예선은
3월 중순 주말 리그와 동시에 시작된다. 주말 리그와 소년 체전 예
선이 겹치고, 또 예선이 끝나면 바로 본선이 이어지기에 심한 경우
일주일에 네 경기를 치러야 하는 빡빡한 일정이 이어진다. 그래서
우린 3월 31일을 복싱 데이(Boxing day)라고 칭했다.(원래 복싱 데이
는 12월 26일에 농노들에게 하루 동안 휴가를 선사했던 전통에서 이어져 내
려온 유럽의 공휴일이다. 휴가와 함께 박스에 식량이나 농기구, 의복 따위
를 넣어 주어서 이런 이름이 붙었다. 영국 축구 리그에서는 이날부터 연초까
지 각 팀들의 경기가 몰려 있다. 심지어는 일주일에 세 경기 이상을 치르기도
한다.) 소년 체전은 4월 1일부터 본선이 시작되는데, 일주일 사이에
결승까지 치르려면 네 경기를 해야만 하고 이를 견뎌 내려면 강한

체력을 필요로 한다.

주말 리그나 춘계 및 추계 대회는 축구부의 행사처럼 여겨지지만 소년 체전은 축구부가 아닌 학교의 행사가 된다. 다른 대회와 달리 소년 체전은 학교의 평가에도 반영이 되어 교장 선생님 이하 모든 선생님들뿐 아니라 학교 친구들도 이때만큼은 축구에 대한 관심이 높아진다. 그래서 3월 중순에 주말 리그 첫 경기가 시작되면 동시에 소년 체전 예선도 준비해야 했다.

주말 리그 첫 경기를 치르자마자 소년 체전 예선이 우릴 기다리고 있었다. 주말 리그는 매주 토요일에 열리기에 여유가 있고 체력에도 부담을 주지 않지만 소년 체전은 단기간에 집중되기 때문에 아주 강한 체력과 두터운 선수층을 필요로 한다. 주전 선수가 아무리 뛰어나다 해도 단기간에 여러 경기를 치르면 체력 고갈로 본선의 중요한 경기에서 힘을 쓸 수 없기에 주전을 뒷받침하는 선수들이 탄탄하고 여유가 있는 팀이 우승할 확률이 높다. 물론 동계 훈련과 춘계 대회에서 충분한 훈련과 경기 경험을 쌓았다고 해도 다시 빡빡한 일정을 소화하기에는 어려움이 많았다.

문리중과의 주말 리그 첫 경기를 3:0으로 가볍게 승리한 후 감독님은 체력 훈련의 강도를 높였다. 감독님은 이미 이런 상황을 충분히 알고 계시기에 초반부터 우릴 다잡았고 2학년 후배들 중 몇명을 우리 경기에 뛰게 하신 거였다. 물론 이로 인해 주선이와 같은 문제도 발생했지만 상황을 이해하신 부모님들이 받아들이셨기에 감독님은 조금은 여유를 가지실 수 있었다. 그렇다고 하더라도 후배들과 우리는 분명하게 격차가 있어서 후배들은 우리가 연습 경기를 여유 있게 이기고 있을 때 투입되었다.

동계 훈련 때와 같이 연습 경기를 하고서도 체력 훈련이 이어졌고 주말에도 줄넘기 시험을 통과해야만 집에 갈 수 있었다. 힘든 일정이 이어졌지만 동료들은 버티고 있었다. 이미 이런 훈련과 일정을 소화해 보았기에, 그리고 그 결과도 알기에 악착같이 버티며 뛰었다. 하지만 부상에서 회복하지 못한 성오는 뛰질 못하고 우리가 훈련하거나 연습 경기를 할 때면 운동장 옆을 걷기만 했다. 잠깐 얼굴을 마주치면 손을 흔들거나 힘내라고 소리를 쳤지만 성오의 표정은 어둡기만 했다.

작년엔 선배들이 예선에서 탈락하는 바람에 본선은 참가도 못했기에 우린 어쩌면 더 소년 체전을 기다리고 있었는지도 모른다. 작년 추계 대회 이후 패배를 거의 모른 채 지금까지 달려왔기에 작년에 가 보지 못했던 소년 체전 본선에 꼭 오르고 싶었고, 또 결승에서 우승기를 받는 꿈도 꾸고 있었다. 그래서인지 동료들이 모이면 예선에서 상대할 팀을 어떻게 공략해서 승리할 것인가를 이야기했고 심지어는 본선에 올라올 학교를 우리 나름대로 예상하기도 했다. 운제는 호기롭게 학교 친구들에게 우리의 우승을 장담했고 친구들도 꼭 우승하라고 격려해 주었다.

예선 첫 경기는 우리 학교 근처의 영산중이었다. 영산중은 그리

강하지 않은 팀이라 그런지 감독님께서 특별한 전술 주문을 하지 않으셨다. 오히려 우리에게 부상을 주의하라는 당부를 하셨고 우리도 평상시의 연습 경기를 하는 것처럼 경기를 치러 3:0으로 승리했다. 전반에 두 골을 넣고 후반 초에 한 골이 들어가자 감독님은 상만이와 성인이 그리고 종인이를 바로 투입하셨고 2학년도 일부 투입하셨다.

예선 두 번째 상대는 문리중이었다. 이미 문리중과 주말 리그 첫 경기에서 여유 있게 승리했기에 자신감도 충만했고 감독님께서 주문한 평정심도 잊지 않은 상태였다. 아니 이미 이긴 팀이니 복수심 같은 걸 가질 필요도 없고 우리가 늘 하던 플레이를 하면 됐다. 동료들도 전과 같이 문리중을 특별한 팀으로 생각하지 않았다.

문리중과의 예선 두 번째 경기 또한 3:0 완승으로 마치고 숙소로 복귀했다. 부지런히 경기복과 속옷을 세탁기에 넣고 샤워를 마쳤다. 오후 수업을 마치고 경기를 했기에 우리가 숙소에 도착했을 때는 이미 저녁 식사 시간이 한참 지난 때였다. 주방 이모님이 특식이라며 평소와는 다르게 풍성한 음식과 간식까지 내놓으셨다. 조금 어리둥절해하자 교장 선생님이 축구부에 특식을 제공하신 거라고 말씀하셨다. 우린 한참 배가 고파 있었기에 눈치 볼 것 없이 정신없이 먹어 치웠다. 식사 후 정리가 끝나자 감독님 방에서 교장 선생님과 감독님이 함께 나오셨다.

교장 선생님께서 말씀을 시작하셨다.

"지난 춘계 대회에서 우승한 것을 진심으로 축하합니다. 우리 학교의 축구부가 강하다는 걸 잘 알고 있지만 지난 대회에서 보여 준 여러분의 투혼과 그 결과는 다른 어떤 학교와 비교해도 대단한 것이었습니다. 3학년의 우승도 대단했지만 2학년과의 동반 우승은 다른 학교들이 이룰 수 없는 큰 성과였습니다. 우리 감독님과 여러분이 힘을 합쳤기에 가능했을 겁니다. 여러분의 노력에 감사하고 특히 여러분을 잘 이끌어 준 감독·코치님들께 깊은 감사를 드립니다. 더하여 이제 여러분에게 우리 학교의 명예를 드높일 소년 체전에서도 좋은 성적, 아니 우승할 수 있기를 기대합니다. 지금까지 여러분이 보여 준 실력을 보면 저의 이런 기대가 막연한 것이 아니라 충분히 가능한 일이라고 확신합니다. 많이 힘들겠지만 우리 학교를 대표해서 나서는 만큼 감독님을 중심으로 꼭 우승기를 받아 오기를 기대합니다."

교장 선생님께서 말씀을 마치시고 감독님을 바라보았다. 이윽고 감독님이 천천히 우리들 앞에 서서 교장 선생님께 인사를 먼저 드렸다.

"오늘은 교장 선생님께서 너희가 춘계 대회에서 우승한 걸 축하하시면서 저녁식사를 준비해 주셨다. 잘 먹었지?"

"네. 맛있게 먹었습니다."

교장 선생님이 빙긋이 웃으셨다.

"앞서 교장 선생님께서 말씀하셨지만 지금 우리 앞엔 소년 체전이라는 목표가 놓여 있다. 지난 춘계 대회에서 어렵게 우승을 하고 아직 체력이 회복되지 않은 상태지만 너희들이 열심히 뛰어 예선을 통과했다. 내일은 본선 조 추첨이 있고 그러면 우린 4월 1일부터 바로 본선 토너먼트에 들어가게 된다. 일정상 추첨을 잘하면 부전승으로 시작하겠지만 그렇지 않으면 결승까지 6일간 네 경기를 치러야 한다. 그리고 경기가 끝나면 바로 주말 리그가 우릴 기다리고 있다. 지금까지 너희는 어려운 팀들과도 경기를 했고 빡빡한 일정의 경기도 해 왔지만 너희의 정신력과 노력으로 이를 훌륭하게 극복했고, 그래서 좋은 결과를 만들었다. 이 자리를 빌려 다시 한 번 여러분의 노력과 헌신에 감사한다."

감독님의 칭찬에 우린 식사 후의 나른함을 이겨 내려는 듯 힘차게 박수를 쳤고 감독님은 잠시 기다린 후 다시 말씀을 이었다.

"이제까지 우리 축구부는 많은 대회에서 우승했지만 이상하게 소년 체전과는 운이 닿지 않았다. 소년 체전 예선이 춘계 대회를 끝내고 돌아온 얼마 뒤 바로 시작되어 준비할 수 있는 시간이 부족한 탓도 있지만 그건 다른 팀도 같을 테니 이유가 되진 않을 것이다. 결과적이지만 그건 내가 준비를 잘 못했기 때문이겠지. 춘계 대회에서 좋은 성적을 거두면 방심을 하게 되고 또 좋지 않은 성적을 거두면 그것을 전화위복으로 삼아 잘해야 하는데 그렇게 하지 못한 것 같다. 모든 것이 내 책임이다. 하지만 이번에는 다시 우승에 도전하고 싶다. 너희가 지금까지 충실하게 훈련을 따라 주어 체력이 준비되었고 전술 훈련도 잘 되었다. 이 정도라면 우리가 우승에 도전한다 해도 충분하다고 본다. 물론 다른 학교들도 많은 준비를 할 테지만 우리 역시 충분히 준비했고, 교장 선생님을 비롯한 학교의 선생님들과 여러분의 교우들이 응원하고 있으니 우승할 수 있을 것이다. 자만하지 말고 경기가 끝나는 순간까지 집중해서 꼭 우승기를 가져 오도록 하지."

"네!"

우리는 짧고 굵게 답했다.

감독님 말씀이 끝나자 교장 선생님께서 감독님과 악수를 하셨고 우린 힘차게 박수를 쳤다.

개구리 뜀뛰기 전술

소년 체전 본선은 그야말로 체력전이었다. 3학년의 체력은 어느 정도 갖추어져 있었지만 뒷받침하는 선수들은 내가 생각해도 좀 부족한 느낌이 들었다. 2학년이 있다고는 하지만 아직은 우리와 격차가 많이 나고 지현이 정도만 합류가 가능했다.

감독님이 대진표를 벽에 붙인 날은 3월 31일이었다. 우리는 부전승 없이 결승까지 가려면 세 경기, 결승을 포함하면 6일간 네 경기를 해야만 하는 일정이었다. 묵동중은 부전승으로 올라가 있었다. 그리고 강희중과의 첫 경기가 오후에 잡혀 있어서 당장 내일 경기 준비를 해야 했다. 강희중은 우리와는 지역이 달라 주말 리그에서도 경기를 해 본 경험이 없어 어떤 팀인지 알 수 없었다.

훈련을 마치고 저녁식사를 하는 중에 식사 후 전술 미팅이 있다는 전달이 있었다. 첫 경기이고 아직 아무것도 모르는 팀이기에 모든 게 궁금했다.

"내일은 강희중과 경기를 한다. 강희도 나름 예선을 거쳐 올라온 팀이니 실력은 있겠지. 하지만 결국은 너희 하기 나름이다. 내일은 성원이가 원톱을 선다. 재범이가 미드필더로 가고 재선이가 성원이 밑에 선다. 지현이가 왼쪽 윙어를 맡고 오른쪽은 시운이, 경태가 미드필더, 수비 라인은 주선이와 운제가 풀백, 제원이와 인성이가 센터백을 맡는다. 내일 이기면 바로 다음날 8강 경기가 이어지기 때문에 빠르게 교체될 수 있으니 대기석에서는 계속 몸을 풀고 있어야 한다. 알았나?"

"네."

"그런데 골키퍼는요?"

재건이가 손을 들며 질문했다.

"승민이가 선다."

감독님이 웃으면서 답하자 긴장하고 있던 우리도 한참을 웃었다. 재건이가 자신이 훈련 중 부상으로 뛰지 못하는 상황이라 걱정이 되었는지 질문을 했지만 감독님은 큰 문제가 아니라는 듯 답변을 하셔서 우릴 웃게 만들었다. 하지만 나는 걱정이 되었다. 아직 2학년인 승민이가 우리와 발을 맞추어 보질 않아 수비에서 연결이 문제가 될 수도 있을 것 같았고 경험이 부족한 게 걸렸다.

"한 가지 주문할 게 있다."

감독님께서 정색을 하시며 말씀을 다시 시작하자 우린 모두 웃음을 그치고 감독님을 주시했다.

"내일부터 경기를 간결하게 해 주었으면 한다. 물론 상대가 세게 나올 수도 있고 거칠게 나올 수도 있지만 개인이 공을 소유하지 말고 원터치 패스로 빠르게 돌려라. 그리고 체력을 스스로 안배해야 한다. 내일 한 경기를 이기고 다음날 힘이 빠져 경기에 진다면 그건 어리석은 짓이다. 체력을 아끼기 위해서는 가능한 한 빠르게 연결해야 한다. 그리고 수비 라인을 하프 라인까지 올린다. 인성이가 주장이니 동료들을 계속 관찰하면서 뒷공간 수비를 해야 한다. 나머지는 너희가 하던 그대로 하면 된다. 경기 중에 문제가 있으면 그때는 별도로 지시를 하겠다. 질문 있나?"

"감독님. 저희가 압박을 하다가 오히려 역습을 받을 수도 있지 않습니까?"

"그렇다. 그래서 인성이에게 뒷공간을 챙기라고 한 거다."

"……."

"다른 질문 있나? 없으면 마치겠다."

특별한 게 없는 전술 미팅이었다. 하지만 한 가지 '간결하게'라는 지시가 와닿았다.

다음날 강희중과의 경기는 5 : 1 압승이었다.

어쩌면 감독님은 강희중의 전력을 알고 계셨기에 우리에게 '간결하게'라는 주문을 하신 것 같았다. 강희는 우리의 상대가 아니었다. 전반에 세 골이 터지자 감독님은 바로 교체를 시작해 2학년 후배들까지 마지막엔 교체를 하셨다.(단기전이라 7명까지 교체가 가능했다.) 우린 감독님이 주문한 그대로 빠른 원터치 패스로 경기를 풀었고 강희중 선수들은 우릴 잡기 위해 뛰다가 지쳐 버렸다. 경기는 5 : 1로 끝났고 덕분에 우린 많은 체력 손실 없이 바로 다음 경기를 준비할 수 있었다. 다만 승민이의 실수로 한 골을 내준 게 아쉬움으로 남았다.

4월 2일은 토요일이었다. 그리고 상대는 신남중으로 결정되었다. 신남중은 작년에 주말 리그에서 3학년 선배들과 경기를 해 본 팀이었다. 그때 가까스로 비긴 경험이 있는데 이번에도 만만치 않을 것 같았다. 저녁식사 후 다시 전술 회의가 소집되었다.

"신남은 너희도 잘 알고 있을 것이다. 이번엔 우리와 다른 권역의 주말 리그에 배정되었지만 작년에는 우리가 힘겹게 비긴 팀이다. 스피드도 있고 또 피지컬도 상당히 좋다. 아마 우리가 전력을 다해 싸워야 할 거다. 포메이션은 그대로 가는데 라인을 올리지는 마라. 신남의 윙어들이 빠르니 우리가 라인을 올리면 감당하기가 좀 어렵다. 오히려 신남이 더 적극적으로 나올 수 있다. 오늘 신남 경기를 보니 공격은 강한데 상대적으로 수비수의 발이 느리다. 그러니 성원이는 항상 하프 라인에 있어라. 아마 신남과의 경기는 중원에서 결정될 것이다. 신남은 중원이 탄탄하다. 오늘 본 미드필더는 피지컬도 좋고 공을 잘 다룬다. 특히 원톱에게 공을 찔러 주는 과정이 아주 간결했다. 그건 신남 미드필더가 공간을 볼 줄 안다는 거다.

그리고 원톱과의 호흡도 뛰어나다 제원이와 인성이는 원톱이 들어오는 것을 어떻게 하든 막아야 해. 더구나 신남은 많이 뛰는 팀이다. 잘 알겠지만 많이 뛴다는 건 그만큼 공간이 없다는 거다. 공간이 없을 때는 어떻게 해야 하지?"

"우리가 더 움직여야 합니다."

주선이가 답했다. 주선이는 천안에서의 일로 힘든 시간을 보냈지만 저번 경기에서 좋은 모습을 보여 주더니 자신감을 찾은 듯했다.

"그래. 맞다. 우리가 더 움직여야 한다. 축구에서는 공을 소유한 사람보다 공을 소유하지 않은 사람들의 움직임이 더 중요하다. 공을 소유하지 않은 사람이 공격이나 수비에서 유리한 공간을 점유하면 그만큼 연결이 쉽게 이뤄질 수 있고 빠른 공격과 안정적인 수비가 가능하다. 그러니 내일은 뛰는 축구를 해야 한다. 그리고 상대는 밀고 올라올 때 미드필더까지 같이 올라오니 수비는 공간이 없거나 연결이 어려우면 바로 전방으로 공을 보내라. 하프 라인에 성원이가 있으니까."

감독님도 신남중은 걱정이 되시는 것 같았다. 그러면서도 감독님은 여유 있게 전술을 설명하셨고 우리도 차분하게 들었다.

전날 경기로 인해 몸이 완전히 회복되질 않았다. 보통 경기를 뛰면 회복하는 데 3일 정도가 필요했다. 하지만 지금은 그렇게 할 수 없고 오늘 당장 경기를 해야 한다. 일찍 일어나 산책을 했다. 학교 운동장이 넓지 않아 천천히 걷는데 재건이가 이미 산책을 하고 있었다. 재건이는 아직 몸이 완전한 상태는 아닌데도 일찍부터 산책을 하고 있었다.

"재건아. 넌 오늘 뛰지도 않는데 쉬지."

"아니야. 난 아침에 이렇게 해야만 하루가 잘 풀려."

"하여간 네 열성은 못 말리겠다. 허리는 좀 어때?"

"많이 풀렸어. 조금만 더 풀리면 경기도 뛸 수 있을 것 같아."

"그래도 조심해. 나도 작년에 발목 돌아간 게 아직도 불안해. 우리들 중 부상 없는 사람 없지만 그래도 조심조심해야지."

"넌 그렇게 이야기하고는 경기장에 들어가면 돌변하잖아."

"그건 어쩔 수 없잖아. 내가 조금만 더 움직이면 골을 넣을 수 있는데 안 움직이면 그게 더 문제지."

"그렇지. 나도 그렇잖아. 상대가 덤벼 오면 덮쳐야 하는데 그게 사실 무섭거든. 그리고 그건 습관이 되지 않으면 할 수 없어. 무의식적으로, 반사적으로 해야 해. 생각하고 하면 벌써 공은 골문으로 들어가거든. 그래서 훈련 때도 실전하고 똑같이 할 수밖에 없고."

"그렇기는 하지."

재건이와 같이 걷는데 동료들이 하나둘 가세해 얼마 후에는 거의 대부분이 산책을 하고 있었다. 모두 오늘의 경기가 신경이 쓰이는 거 같았다.

점심식사를 한 후 오후 수업을 들어가지 않고 우린 바로 이동을 했다. 본선은 효창운동장에서 열리기에 오후 경기를 위해서는 빠르게 이동을 해야 했다. 효창운동장은 훈련 때문에 많이 왔기에 익숙하지만 승부를 겨루기 위해 오는 효창운동장은 어색하다. 둘 중 어느 팀인가는 웃으며 여기를 나올 거고 패자는 말없이 나가게 된다. 승자는 다시 여기에 올 것이고 패자는 올 수 없다. 우리가 다시 올 수 있을지는 경기를 마칠 때 알게 될 것이다.

조쌤이 경기 전 또다시 계속 움직여 공간을 확보할 것을 지시했다. 그리고 나에게 별도로 뒷공간을 보라고 덧붙였다.

경기는 처음부터 과열되었다. 신남중은 시작하자마자 바로 밀고 올라왔고 우리는 수비에 급급했다. 얼마 후에는 승민이가 길게 날아온 공을 잡을지 걷어 낼지 잠시 멈칫거리다 상대에게 슈팅을 허용했는데 다행히 공은 골포스트를 맞고 아웃되었다. 신남중 미드필더는 피지컬이 무척 좋았다. 거기다 개인기까지 있어서 경태가 따라붙었다. 공은 계속 중앙에서 놀았고 결정적인 찬스는 쉽게 오지 않았다. 나 역시 슈팅 찬스를 잡았지만 수비수에게 밀리면서 슈팅을 해 아웃되고 말았다.

전반전을 마치고 나오자 감독님은 쉬라는 말씀 외에 특별한 지시가 없었다. 오히려 조쌤이 나섰다.

"너희들, 왜 이렇게 끌려 다녀. 상대가 서두른다고 너희도 서두르면 우리 경기를 못하잖아. 상대가 서두르면 우린 우리 페이스를 유지해서 상대가 혼란스럽게 해야지. 같이 방방거리면 골이 들어가? 제발 좀 침착해라. 침착! 좀 쉬고 감독님이 소집하실 거다."

전반전을 생각해 보니 신남중 페이스에 우리가 끌려간 게 맞았다. 우왕좌왕하면서 공이 있는 곳으로 몰려다녔다. 반대편에 공간이 있는데도 공은 계속 한쪽에서 놀았고 연결은 이루어지지 않았다. 아니 신남중이 엄청 뛰면서 연결을 차단했다. 우리의 연결 속도가 좀 더 빨랐어야 했다. 감독님이 우릴 부르셨다.

　"후반엔 경기장을 넓게 써라. 전반엔 너희가 너희 경기를 못했다. 특히 미드필더가 많이 꼬였다. 재범이와 경태는 무조건 전진하려 하지 말고 앞이 막히면 수비수에게 공을 빼 뒤에서 전방으로 한 번에 공을 넘기도록 해라. 우리가 빌드업을 하려 해도 상대가 많이 움직여 공간이 없으면 바로 넘어가는 방법을 써라. 저녁에 자세히 얘기하겠지만 필요 없는 싸움은 할 필요가 없다. 상대가 미드필드에서 공격을 차단하기 위해 엄청 뛰는데 그 벽에 계속 부딪혀 봤자 너희만 손해다. 재선이는 전방으로 더 올라가 성원이와 나란히 서고 오프사이드 벽을 깬다. 수비수는 말 안 해도 알지?"

　"네."

　"벽이 두꺼우면 돌아가거나 훌쩍 넘어가야지 벽을 깨려 하면 너희만 힘들다. 후반엔 결정을 내자."

　가끔 감독님은 어려운 이야기를 하신다. 벽이 두꺼우면 돌아가라니, 또 훌쩍 넘어가라니. 어디로 돌아가고 어떻게 훌쩍 넘어가야 하나? 양쪽 윙 플레이를 하라는 건가? 아니면 킥 앤드 러시인가? 하여간 벽에는 부딪치지 말라는 주문인 건 확실하다.

후반전이 시작되자마자 신남중이 또 밀기 시작했다. 경태와 재범이는 재치 있게 공을 다루며 빠르게 연결하는 미드필더인 반면에 상대는 묵직하게 힘으로 직진하는 미드필더였다. 일진일퇴가 거듭되었다.

첫 골은 운제로부터 시작되었다. 운제가 오버래핑해서 오른쪽 골라인 근처까지 공을 몰고 간 뒤 재선이에게 보냈지만 재선이가 앞에 수비가 있는 걸 보고 뒤의 시운이에게 그대로 흘려보냈다. 시운이가 그 공을 슈팅했으나 골키퍼의 손을 맞고 튀어나왔고 그때 뛰어들던 내 발에 걸렸다. 골문 왼쪽이 크게 보였다. 중심을 잃어 쓰러지면서 오른발로 슈팅을 했고 공이 골네트에 꽂히는 걸 볼 수 있었다.

1 : 0

동료들에게 실컷 두들겨 맞았다. 누구는 머리를 누구는 등짝을 두들겼다. 나는 두들겨 맞으면서도 웃었다. 마지막으로 제원이가 올라와 어깨를 두드렸다.

신남중의 반격은 매서웠다. 특히 내가 공을 받기만 하면 바로 태클이 들어오거나 몸싸움을 걸어 왔다. 신남은 수비도 훌륭했다. 중반을 지날 즈음 오른쪽 시운이의 연결을 받아 전방으로 돌아서니 골키퍼만 보여 주저하지 않고 그대로 공을 몰았다. 그러자 골키퍼가 앞으로 나왔고 내가 옆으로 슬쩍 비켜나려 하자 그대로 태클을 걸었다. 순간 몸이 붕 뜨는 느낌이었고 잠시 정신을 잃었다. 눈을 뜨니 여러 명이 나를 내려다보고 있었다. 조금 더 있으니 정신이 들어 일어나는데 전번에 다친 발목이 욱신거렸다. 천천히 걸어서 바깥으로 나왔다. 정 선생님이 소염 진통제를 발목에 뿌려 주셨다. 잠시 후 발목이 조금 아팠지만 경기장 안으로 다시 들어갈 수 있었다.

두 번째 골은 제원이가 우리 진영 깊은 곳에서 전방으로 킥을 하면서 시작되었다. 상대 수비수가 공을 키핑하려다가 좀 멀리 튕겨서 골키퍼와 수비수 사이에 떨어지는 걸 보고 난 순간적으로 스프린트를 했다. 그러자 골키퍼가 막기 위해 앞으로 전진했고 나는 골키퍼를 제친 후 텅 빈 골문으로 공을 밀어 넣었다.

2:0

이번에는 더 많이 맞았다. 동료들은 신난다고 나를 두드렸다. 나는 또 웃었다.

얼마 후 경기가 끝났다. 먼저 관중석을 보았다. 아버지가 주먹을 불끈 쥐고 어퍼컷을 먹였다. 여간해서 하지 않는 축하 세리머니였다. 감독님은 가볍게 웃고 계셨고 조쌤은 어깨를 눌렀다. 오늘은 멀티 골을 기록했다. 더구나 두 골을 내가 다 넣었다. 이젠 4강이다. 어깨에 힘이 들어갔다.(뒤에 들은 이야기지만 아버지는 부모님들께 치킨과 맥주를 엄청나게 사셨다고 한다.)

저녁식사 전에 4강 상대가 석간중이라는 이야기가 들렸다. 석간중은 작년에도 여유 있게 이긴 경험이 있어서 안심이 되었고 오히려 묵동중과 오산중의 경기 결과가 궁금했다. 서울에서 최강을 다투는 3강이 우리와 묵동중 그리고 오산중이었기에 이들 중 하나와 우리가 결승에서 맞붙을 확률이 높았기 때문이다. 지금 컨디션이라면 어디와 맞붙어도 이길 수 있을 것 같았다.

저녁식사 후 발목에 아이싱(얼음찜질)을 했다. 전에 다쳤던 발목이 많이 부어 있었다. 재건이 어머니께서 비닐 팩에 얼음을 담아 주셔서 계속 발목에 올려놓고 있었지만 쉽게 가라앉질 않았다. 오히려 통증이 계속 이어졌다. 지나가는 동료들이나 후배들이 괜찮은지 물었지만 난 별거 아니라고 말했다. 경기를 계속 뛰고 싶은 생각이었기에 지금은 좀 아파도 내일은 나을 거라 믿었다.

석간중과의 경기는 발목이 좀 아팠지만 뛸 만했기에 조쌤에게 괜찮다고 했다. 조쌤은 혹시나 발목이 불편하면 경기 중이라도 신호를 보내라고 말씀하셨다.

석간중은 나름 열심히 움직이고 뛰었지만 우리 상대는 아니었다. 경기는 우리가 일방적으로 밀어붙여 4 : 0으로 끝났다. 나는 1골 1어시스트를 기록했다.

결국 묵동중과 결승을 치르게 되었다.

묵동은 나에게는 아주 익숙한 팀이고 또 특별한 팀이다. 이미 두 번의 경기를 해서 두 번 다 아깝게 패했고, 또 우리가 패하는 데 결정적인 기여를 한 골키퍼가 나와 광명유소년FC에서 함께 축구를 한 재원이였기에 익숙하고 특별한 팀이다. 광명유소년FC에서는 내가 센터백이었고 재원이가 골키퍼였기에 둘이 손발을 맞춰 탄탄한 수비로 두 번의 우승을 경험할 수 있었다. 재건이는 뒤늦게 팀에 합류해 나와 함께했지만 재원이는 묵동으로 진학을 했고 2학년 때부터 일찌감치 주전 골키퍼로 자릴 잡았다. 재원이는 마른 체구이지만 민첩하고 특히 페널티킥이나 승부차기에서 아주 강했다.

묵동중 선수들과도 골든에이지에서 자주 만났기에 익숙했다. 더구나 묵동중에는 오산중과 포항중에서 이적한 선수가 새롭게 가세해 팀 전력이 만만치 않았다. 효창운동장에서 함께 훈련할 때 경험한 그 선수들의 실력은 상당했고 기존의 선수만으로도 벅찬데 그들까지 가세한 상황이라 만만치 않겠지만 우리 또한 그동안 많은 성장을 했기에 충분히 해볼 만했다. 그리고 지금까지 우리가 노력해 만들어 온 팀워크가 있고 개개인의 실력도 충분히 성장했기에 이길 수 있다는 자신감이 있었다. 더구나 교장 선생님께서 3학년 학우들의 의견을 받아들여 응원을 할 수 있게 해 주셨기에 자신감을 더 배가시켰다.

경기 전날 감독님이 미팅을 소집하셨다. 감독님은 표정 없이 전술판 앞에 서서 우리에게 내일의 전술을 설명하셨다.

"묵동과의 경기는 매우 어려울 것이다. 이미 경기를 해 봐서 잘 알고 있지만 저번 경기 때보다 묵동의 전력은 더 강해졌다. 문제는 우리가 4일간 세 경기를 해서 체력이 많이 떨어졌고 묵동은 부전승으로 두 경기만 치러 체력 면에서 우리보다 많이 유리하다는 점이다. 체력 부족을 정신력으로 어느 정도 커버할 수는 있겠지만 상대보다 우리가 불리한 건 어쩔 수 없다. 2002년 월드컵에서 우리나라는 히딩크 감독이란 분을 모셨었다. 당시에 대표 팀이 외국 팀들과 경기를 하면 경기력이 떨어져 쉽게 지고 하니 유명한 외국인 감독을 모시자고 해서 선택된 분이지. 그런데 그분이 와서 대표 팀을 점검한 뒤에 내린 진단은 체력이 가장 큰 문제라는 거였어. 그러니 축구 관계자들이나 국민들은 놀랐지. 너희도 히딩크 감독을 알고는 있지?"

"네."

"나도 그분을 존경한다. 그 히딩크 감독이 대표 팀을 개선하기 위해 내놓은 방안이 체력 훈련이었어. 그 가운데 유명한 것이 셔틀 런이지. 삑삑이! 너희가 제일 힘들어 하는 거지. 하지만 그 훈련을 통해 선수들은 전후반을 뛰고도 남을 체력을 갖추게 되었고 그제야 전술 훈련을 시작해 월드컵 4강에 들 수 있었다. 전술이 아무리 뛰어나고 좋다 하더라도 선수의 체력이 받쳐 주지 않는다면 전술을 구사할 수 없게 된다. 그래서 축구에서 무엇보다 필요한 게 체력인데, 단기간에 집중된 경기로 인해 너희의 체력이 많이 떨어진 게 걱정이 된다."

"감독님. 걱정하지 마세요. 우린 잘할 수 있어요."

운제가 손을 번쩍 들며 자신 있게 소리쳤다.

"그래. 운제가 자신 있다니 우리 한번 힘을 모아 보자. 내일은 우리가 체력적인 부담이 있으니 경기를 좀 더 간결하게 풀어야 한다.

묵동이 강하게 밀어붙일 거고 우리도 이기기 위해서는 밀고 올라가야 하는데, 물론 많이 뛰어야 하지만 그보다 중요한 건 좋은 공간을 잡고 빠르게 연결하는 것이다. 공이 있는 곳을 확인하면 내가 어디로 가야 할지 빨리 판단해 이동해야 하고 공이 오면 가능한 한 드리블하지 말고 계속 연결해야 한다. 그리고 패스의 속도도 높여야 한다. 이미 경험해 보았겠지만 묵동은 수비 라인도 어느 팀보다 단단하다. 그리고 우리가 연결하는 길도 훤히 알고 있으니 패스의 속도를 높이지 않고는 연결 자체가 어려울 수 있다. 포메이션은 4-2-3-1로 간다. 개인 포지션도 지금까지 한 그대로 간다. 골키퍼는 재건이가 선다. 지금까지 잘해 왔으니 내일도 잘해 주리라 믿는다. 운제는 누굴 주의해야 하는지 알지?"

"네. 17번입니다."

"그래. 거기가 걱정이다. 최선을 다해서 막아라. 발도 빠르고 개인 돌파도 능하니 운제 네가 잘 막아야 한다. 묵동전의 견내량은 거기다. 미드필드에서도 함께 수비를 해야 한다. 윙어지만 크로스와 중앙으로의 돌파에도 능하다. 거기를 막지 못하면 실점 위기를 맞게 된다. 중앙 공격도 만만치 않으니 미드필더가 밀리면 절대 안 된다. 우리가 수비를 걱정하듯 묵동도 우리의 공격을 어떻게 막을까를 고민하고 있을 거다. 이미 우리 공격 길이 상대에게 다 노출된 상황이라 묵동이나 우리나 같은 조건에서 싸우게 된다. 이런 상황에서의 경기는 결국 집중력의 싸움이 될 수밖에 없다. 경기를 간결하게 가져가면서 빠르게 연결하고 최종 슈팅까지의 공 터치 횟수를 줄이는 게 핵심이다. 더하여 내일 경기에선 중원을 생략한 공격을 시도한다. 묵동은 아마도 중원에서의 우위를 점하여 싸움을 걸어 올 것이다. 지금까지 그래 왔으니까. 체력이 부족한 상황에서 굳이 중원에서 다투며 체력을 소진할 필요가 없다. 미드필더가 좀 더 내려와 수비벽을 두텁게 하고 공을 탈취하면 바로 전방으로 연결한다. 굳이 미드필더가 공을 돌리며 전방까지 연결하지 말고 바로 연결한다. 이런 형태를 중원을 건너뛰는 공격이라 하는데 보통은 시간에 쫓길 때 쓰지만 상대의 미드필더가 강하고 수비력이 좋을 때 사용할 수도 있다. 상대의 골문이 목표인데 중간에 단단한 성이 있어 진격이 어려우면 그 성을 지나쳐 바로 목표로 가는 전술이다. 자칫하면 공격과 수비가 분리되어 공격진이 고립될 수도 있지만 후선 수비에서 전방으로 공을 계속 올려 준다면 결국은 묵동 미드필더들이 뒤로 물러설 거다. 이때 공격진은 자리다툼에서 밀리지 말고 공을 잡아야 한다. 이런 전술은 전쟁에서도 적용되었다. 너희 맥아더 장군이라고 알지?"

"네. 한국 전쟁 때 연합군 사령관이었습니다."

또 민한이다. 민한이는 모르는 게 없는 것 같다.

"그래. 바로 그 맥아더 장군은 제2차 세계 대전에서 미군의 태평양 지역 사령관이기도 하셨다. 태평양 전쟁이 시작되고 필리핀에 주둔하던 장군은 일본군에게 패해 호주로 후퇴했다. 일본군이 필리핀을 비롯해 태평양에 있는 거의 모든 섬을 점령하고 호주 북쪽에 있는 파푸아뉴기니라는 섬까지 일부 점령하자 후퇴하던 미군을 주축으로 한 연합군이 반격을 하게 된다. 이때 맥아더 장군이 사용한 전술이 그 유명한 '개구리 뜀뛰기 전술'이었다. 일본군이 점령한 섬들을 연합군이 다시 탈환하기 위해서는 엄청나게 많은 전투를 치러야만 했다. 이때 맥아더 장군은 중요한 섬, 그리고 큰 섬이 아니면 건너뛰는 전술을 택했다. 이유는 간단하다. 작은 섬을 점령하기 위해 시간을 지체하면 일본군은 그 위에 더 강한 방어선을 칠 것이기에 과감하게 작은 섬을 건너뛰고 전술적으로 의미가 있는 섬만 점령하는 작전을 선택했다. 그렇게 하면 작은 섬은 보급이 끊어져 결국 항복하거나 도망갈 수밖에 없다고 생각한 거지. 그렇게 해서 맥아더 장군은 태평양의 작은 섬들을 건너뛰어 필리핀을 포함한 몇 개의 큰 섬들에 화력을 집중해 짧은 기간 내에 희생을 최소화하면서 일본으로 향할 수 있었다. 이런 전술은 우리 한국 전쟁에서도 적용되었다. 인천 상륙 작전이 바로 그것이다. 북한의 남침으로 시작된 전쟁에서 우리가 남쪽으로 계속 밀려 낙동강 방어선만 남았을 때 맥아더 장군은 북한군과 싸우면서 북진하면 많은 희생자가 발생하고 시간이 오래 걸릴 수밖에 없다고 판단했다. 그래서 북한군의 보급선을 차단하고 남쪽으로 내려온 부대를 고립시키기 위해 우리나라의 허리 지점인 인천에 상륙을 결정하게 된다. 그 인천 상륙 작전이 성공해 북한군이 후퇴한 거다. 맥아더 장군의 전술이 특별한 점은 상대의 핵심을 빠르게 타격해서 다른 건 건드리지 않아도 스스로 무너지게 만든다는 데 있다.

이것은 축구에서도 아주 의미가 있다. 많은 패스를 하고 공의 점유율을 높이는 것도 중요하지만 그게 공격으로 이어지지 않으면 의미가 없다. 공격으로 이어져 득점을 했을 때만 점유율은 의미가 있다. 바르셀로나와 AT마드리드의 경기를 보면 점유율은 바르셀로나가 70% 이상을 가져가지만 실제 득점은 거의 한 골 이상 차이가 나지 않는 경우를 봤을 거다. 때로는 점유율이 낮은 AT마드리드가 이기기도 하고.

그렇다고 우리가 AT마드리드처럼 4-4-2 진형을 쓰는 건 아니다. 4-2-3-1 진형을 취하면서 두 명의 미드필더가 조금 내려서면 묵동이 거기에서 시작을 할 테니 거기를 미드필더가 막자는 거다. 그리고 미드필더가 공을 잡으면 바로 전방으로 보내고 수비가 잡으면 바로 또 전방으로 보낸다. 어떻게 보면 이제까지 우리가 해 온 빌드업과는 좀 다르지만 체력을 감안하면 경제적인 방법이 된다."

특별한 팀과의 경기에서 감독님의 전술은 늘 우리가 생각한 이상이었다. 이번에는 빌드업을 생략한 공격을 주문하셨다. 경태와 재범이가 내려서서 수비 라인을 두텁게 하고 공을 탈취하면 바로 역습으로 전환하는 전술을 선택하셨다. 묵동중의 좌우 윙어는 주의를 해야 한다. 같이 훈련할 때도 두드러져 보일 정도로 공을 잘 다루고 속도도 빨랐다. 운제와 주선이가 내일 잘 막아야 경기를 유리하게 풀어 갈 수 있을 거란 생각이 들었다. 재건이가 골키퍼라는 점은 어려움 속에 있는 우리에게 큰 힘이 되었다. 2학년 승민이가 아직 경험이 부족하고 수비진과의 호흡도 맞지 않아 여러 차례 실점을 했고 또 실점 위기가 있었기 때문이다.

감독님이 말씀을 마치고 우리에게 아픈 사람은 없는지를 체크했지만 나는 손을 들 수 없었다. 발목이 계속 불편했지만 결승전만큼은 꼭 뛰어서 무언가를 이루고 싶었다. 복수심이나 잘난 체하고 싶어서 그런 게 아니라 그동안 내가 훈련하고 노력한 결과를 평가받고 그 결과를 보고 싶은 마음이 컸다. 나와 동료들의 변화한 모습이 어떤 결과를 만들지 직접 뛰면서 겪어 보고 싶었다.

운제가 어깨를 쳤다.

"너 17번 잘 알지?"

"그래."

"어떻게 막아야 해?"

"글쎄……."

"잘 안다며."

"잘 알기 때문에 어려워."

"그게 뭔 말이야?"

"쉽지 않다는 거야."

"뭐가?"

"좀 뭐하지만 네가 막기에 벅찰 수도 있다는 말이야."

"얼마나 잘하기에 그래?"

"빠르고 개인 기술도 정말 좋아. 아마 오산도 걜 못 막았을 거야."

"그 정도야?"

"그래. 하지만 최선을 다해 봐야지. 잘 막아."

돌아서는 운제의 어깨가 무거워 보였다. 매사에 자신 있는 운제지만 감독님도 걱정하는 상황을 맞게 되자 확실히 부담이 되는 모양이었다. 내가 수비를 선다 해도 같은 입장일 거였다. 수비는 아무리 잘해야 본전인 자리라고 우리끼리 이야기하곤 했다. 골을 먹지 않으면 일단 지지 않을 수 있지만 그것으로 이기지는 못하기에 빛나는 자리가 아니라는 의미다. 내가 수비를 서는데 계속 뚫려 골까지 먹게 되면 그야말로 멘붕 상태에 빠지게 된다. 그러면 몸에 힘이 들어가고 머리는 혼란스러워져 더 실수를 하게 돼 수비가 무너진다. 운제가 잘 막아 주기를 바랄 뿐이었다. 아버지 말씀이 떠올랐다. 아버지는 수비수 특히 상대의 핵심 공격수를 막아야 하는 수비수는 심적인 부담 때문에 더 힘들다고 말씀하셨다.

재건이에게 다가갔다.

"어때?"

"뛸 만해."

"다행이다. 네가 장갑을 끼지 않으면 불안해."

"……."

"그나저나 상대가 재원이네."

"재원이가 너라고 봐주겠어?"

"봐주는 건 둘째 치고 더 날아다닐까 걱정된다. 재원이가 승부 근성이 만만치 않잖아."

"하긴, 하지만 결국 이기려면 너나 공격 라인에서 골을 넣어야 하잖아. 꼭 좀 넣어라."

"그럼 닌 절대 골 먹지 마라."

전술 미팅을 마친 동료들의 표정이 밝지만은 않았다. 자심감은 있지만 체력이 많이 소진되었음을 우리 스스로도 알고 있고 또 상대가 묵동중이라는 현실 때문이리라. 취침 시간이 되어 자리에 누웠지만 잠을 쉽게 이룰 수 없는 건 나만이 아니었다.

버스에서 내리니 이미 부모님들이 오셔서 우릴 반기셨다. 아버지가 내 어깨를 툭 치셨다. 그러고는 아무런 말씀도 없이 돌아서서 감독님과 인사를 나누셨다. 아무래도 내게 부담을 줄 거 같아 말씀을 아끼시는 듯 보였다. 효창운동장 관중석엔 학우들이 자리를 잡고 우리의 승리를 기원하며 경기 시작 전부터 큰 소리로 응원을 하고 있었다. 그것을 본 나와 동료들 모두 얼이 빠졌다. 순간 조쌤이 나섰다.

"정신 차려! 너희들이 이런 상황이 처음이라 그런 것 같은데 절대 관중석에 눈길도 주지 마라. 너희가 집중해야 하는 건 경기다. 너희가 한순간이라도 학우들에게 신경을 쓰면 경기를 망친다. 빨리 경기복 갈아입고 몸 풀 준비해!"

잠시 주춤하던 우리는 조쌤의 지시에 후다닥 안으로 들어가 준비를 시작했다.

동료들과 준비를 하면서도 말을 아꼈다. 다른 경기 전에는 스코어를 예측하는 농담도 하고 경기가 끝나면 무엇을 할 건지를 이야기하면서 웃고 떠들었는데 지금은 다들 긴장하는 모습이 역력했다.

결승전이라 그런지 행사가 먼저 진행되었다. 우린 잘 모르는 분들이 우리와 악수를 했고 그중엔 교장 선생님도 계셨다. 다들 잘하라고 격려하시며 악수를 했다. 행사가 끝나고 묵동중과 우리가 경기장에 들어갔고 묵동중이 먼저 함성을 지르자 인성이가 신호를 보냈다.

"악!"

"악!"

경기는 나의 선축으로 시작되었고 밀고 밀리는 공방전이 계속되었다. 주선이가 내게 연결한 공을 잡는 순간 묵동중 수비수가 나를 밀어 좋은 위치에서 프리킥 기회를 얻었다. 지현이가 슈팅했지만 재원이가 다이빙을 하며 잡았다.

운제가 길게 올려준 공을 내가 헤더로 밀었지만 재원이에게 잡혔다. 얼핏 묵동중의 사마준 감독님이 수비수에게 나를 놓치지 말라는 지시를 내리는 소리가 들렸다.

운제가 묵동중 17번을 놓쳤다. 슈팅한 공이 아슬아슬하게 골문을 비켜갔다. 묵동중은 짧은 연결 패스로 우리 수비를 뚫으려고 했고 우리는 후방에서 전방으로 공을 길게 연결했다. 사마준 감독님은 계속 지시를 내렸지만 제갈 감독님은 특별한 지시가 없었다.

코너킥을 얻어 지현이가 공을 높이 올렸고 경태가 헤더를 시도했으나 또 재원이에게 잡혔다.

묵동중은 끈질기게 짧은 연결로 중앙을 파고들었다. 감독님이 재범이와 자리를 바꾸라고 지시해 나는 미드필더로 내려갔다. 묵동중의 공격을 막고 역습으로 나섰을 때 재선이가 내게 공을 연결한 순간 수비벽이 보이지 않아 30미터 중거리 슛을 시도했다. 재원이가 또 다이빙하며 잡았다.

공방전이 이어졌다. 몇 차례 서로 슈팅이 오갔지만 위협적이지 않았고 재원이와 재건이의 선방에 막혔다. 재원이와 재건이는 완전히 다른 모습을 보였다. 재원이는 공을 잡으면 바로 킥을 했지만 재건이는 여유 있게 우리가 자리를 잡을 때까지 기다리며 시간을 벌었다.

전반전을 득점 없이 비겼다.

하프타임에 감독님은 특별한 말씀이 없으셨다. 다만 수비는 끝까지 선수를 놓치지 말라는 주문을 하셨다. 동료들의 모습에 조금은 지친 기운이 비쳤다. 조쌤도 정 선생님도 말씀을 아끼셨다. 지금은 빨리 수분을 보충하고 쉬어 주어야 한다.

후반전이 시작되었다. 공격 라인에 재범이가 서면 힘에서 상대방에게 밀린다. 재범이는 상대의 라인을 깨는 형태가 아니라 신장을 이용해 후선에 공을 배급하는 역할에 적합했다. 그런데도 감독님이 나와 자리를 바꾸게 한 걸 이해할 수 없었지만 내가 미드필더로 가서 묵동중 공격진과 부딪혀 보니 이해가 되었다. 우리가 힘에서 밀렸다. 감독님은 일단 지지 않는 방안을 선택하신 거 같았다.

재선이의 슈팅을 재원이가 몸을 던져 잡았다. 최종 수비인 제원이는 안정적으로 공을 잡아 전방으로 보내 주었다.

상대 공격을 막고 공을 빼앗은 뒤 킥을 하는 순간 다쳤던 발목이 다시 삐끗했다. 잠시 서 있다가 다시 움직였지만 계속 시큰거렸다.

묵동중의 역습에 당할 뻔했다. 다행스럽게 슈팅한 공이 골포스트를 맞고 나왔다.

내가 재선이를 보고 길게 킥을 했고 재원이가 잡으려다 놓쳤다. 공은 골문을 비껴나갔다.

한쪽 발목이 아프니 반대쪽 발에 힘이 많이 들어가고 균형을 잡기 어려웠다. 묵동중 공격을 차단한 뒤 역습 상황에서 나는 왼쪽의 지현이에게 공을 연결한 뒤 2:1 패스를 바라며 스프린트를 했고 지현이가 정확하게 내 앞에 공을 보내 슈팅을 했다. 재원이가 다이빙을 하며 잡으려 했지만 잡지 못했고 아깝게 공은 또 살짝 골대를 빗나갔다.

얼마 후 묵동중이 프리킥을 찼고 공은 골문으로 빨려 들어가는 듯했지만 순간 재건이가 펀칭으로 크로스바를 넘겼다. 숨이 멎을 뻔했다. 감독님도 자리에서 벌떡 일어서셨다.

묵동중 17번이 재건이와 1 : 1 상황에서 슈팅을 했고 재건이가 자세를 낮추며 공을 안았다. 위험했다. 재건이가 수비 라인에 침착하라고 주문을 했다.

공을 다투어 따낸 후 역습을 하는 순간 나는 태클에 걸렸고 쓰러지면서 왼발에 살짝 쥐가 났다. 오른발이 아파 왼발에 힘을 많이 주나 보니 쥐가 난 거였다. 주선이가 달려와 왼발을 펴고 발끝을 눌러 주니 좀 풀렸다. 다시 일어섰다.

묵동중이 밀고 올라오다 슈팅을 시도했다. 재건이가 다이빙을 했고 공은 골포스트 바깥으로 흘렀다.

재선이의 슛이 옆 그물에 맞았다. 재원이가 펄펄 뛰었다.

그 순간 다시 쥐가 나 다리를 펴고 주물렀다. 의료진이 들어오는 게 보였고 조쌤이 팔로 원을 그려 괜찮은지 물었다. 나는 일어나 천천히 걸어서 바깥으로 나왔다. 조쌤이 가능하냐고 물었고 난 괜찮다고 말하며 들어갈 준비를 했다. 감독님과 눈이 마주쳤다. 묵동중이 선수 교체를 했다.

잠시 후 후반 종료 휘슬이 울렸다. 나와 동료 몇 명이 경기장에 누웠다. 우려했던 대로 체력이 떨어진 게 눈에 보였다. 잠시 쉬는 시간에 성인이가 다리를 주물러 주었다. 고마웠다.

연장전이 시작되었다.

주선이가 쥐가 나 쓰러졌다. 묵동중 선수가 주선이의 다리를 펴고 발끝을 눌러 주었고 얼마 후 주선이가 일어났다. 우리가 밀리기 시작했고 묵동중이 또 선수 교체를 했다. 쥐가 났던 왼발이 묵직했다. 감독님께서도 시운이를 민한이와 교체했다.

묵동중 공격을 막다가 왼발에 다시 쥐가 나 일어설 수가 없었다. 결국 들것에 실려 나왔고 내 자리엔 성인이가 들어갔다. 정 선생님이 계속 마시지를 해 주셨다. 조금 걸을 만하기에 일어나 대기석으로 이동했다. 동료들에게 미안했다. 경기를 하면서 쥐가 올라와 물러난 건 처음이었다. 연장 전반이 끝났다. 동료들이 자리에 주저앉았다.

연장 후반이 바로 시작되었다.

그나마 민한이가 힘이 남아 있어서 전방으로 보내는 공은 민한이에게 몰렸다. 우리가 체력이 고갈된 걸 아는지 묵동중이 라인을 올리고 밀고 올라왔다. 경태가 좌충우돌하며 막았고 성인이가 많이 뛰었다.

동료들이 힘들어하는 걸 보다가 갑자기 치호 생각이 났다. 작년에 우리 학교로 오려다 취소되었던 치호가 있었다면 지금 이런 상황은 아니었을 텐데. 치호가 만일 미드필더에 있고 내가 그대로 전방에 있었다면 지금 이 순간까지 오지는 않았을 텐데 하는 생각이 들었다.

연장 후반전마저 종료되었다. 동료들이 경기장에 드러누워 버렸다. 물론 묵동중 선수들도.

이젠 승부차기다. 승부차기는 또 다른 경기다. 어쩌면 이건 골키퍼의 경기일 수 있다. 다섯 번의 기회 중 상대 골키퍼가 몇 개를 막아 내느냐의 싸움이다. 반대로 우리가 몇 개를 성공시키느냐는 키커로 나서는 개별 선수의 능력이지만 그 모든 킥 앞에 서는 골키퍼의 능력이 결과를 좌우한다. 그 두 명의 골키퍼가 재건이와 재원이다. 둘 다 나와 친한 친구들이지만 지금은 각각의 팀을 대표해 승부를 결정하는 임부를 맡는다.

묵동중이 먼저 승부차기를 시작했다. 첫 번째 킥이 재건이가 다이빙한 반대쪽에 꽂혔다.

재원이가 골문 앞에서 팔을 크게 벌리며 자신 있다는 모습을 보였다. 경태가 첫 키커로 나서서 골문 왼쪽을 노리고 슈팅을 시도했고 그 순간 재원이가 그쪽으로 다이빙을 하면서 공을 걷어 냈다. 실패였다. 재원이가 무릎을 꿇고 두 손을 번쩍 들어 마치 승리한 듯 포즈를 취했다.

이후 묵동중과 우리의 킥은 계속 성공했고 결국 마지막 킥을 할 필요가 없어 3:5로 우리가 승부차기에서 패했다.

동료들의 눈물이 터졌다. 특히 경태는 유니폼을 뒤집어쓰고 얼굴을 들지 못했다. 승부차기는 잔인하다고 하지만 지금 이 순간 경태의 마음은 어떨까? 위로를 해 주고 싶었지만 다른 동료들 역시 무너지고 있어서 천천히 걸어가 손바닥만 마주쳤다. 동료들과 함께 묵동중 사마준 감독님께 인사를 했다. 사마준 감독님은 열심히 했다고 우릴 위로하셨다.

감독님 앞에 섰다.

"오늘 참 잘했다. 너희는 경기에 진 게 아니라 승부차기에서 진 거다. 물론 승부차기도 경기의 일부이지만 경기 전체로 너희가 밀리지도 않았고 잘해 주었다. 하지만 결과에는 승복해야 한다. 묵동의 승리를 인정해라. 앞으로도 우린 치러야 할 경기가 많다. 몸이 많이 힘들 거다. 일단 쉬어라."

나도 모르게 눈물이 났다. 이빨을 꽉 물고 울음을 참으려 했지만 참을 수가 없었다. 동료들도 조용히 함께 울었다. 경태에게 다가가 손을 잡고 어깨를 감쌌다. 경태의 어깨가 들먹였다.

얼마 후 시상식을 마치고 나오는데 아버지와 어머니가 기다리고 계셨다. 감독님께서 잠시 시간을 주셨기에 부모님과 시간을 가질 수 있었다. 부모님께서도 아쉽지만 잘했다며 오히려 나의 몸 상태를 더 챙기셨다. 어머니는 내 왼발을 만지며 지금은 어떤지를 물었고 난 좀 뻐근하다고만 했다. 하지만 아버지는 오히려 오른발이 어떤지 물으셨다. 아버지는 내 상태를 정확하게 알고 계셨다.

버스 안은 쥐죽은 듯 조용했다. 동계 훈련을 포함해 고등학교와의 경기를 제외하고는 대회나 리그에서도 오랫동안 패배를 몰랐고 승승장구했기에 우리에게 이번 패배는 쉽게 인정할 수 없는 현실이었다. 다들 넋이 나간 것처럼 창밖만 바라보거나 눈을 감고 있었다. 나 역시 눈을 감고 이런저런 생각을 했다. 경기 내용으로 우리가 밀린 건 아니었다. 오히려 전반에는 슈팅도 괜찮았고 후반에도 대등하게 경기를 운영했다. 나와 경태가 지킨 중원은 묵동 공격을 잘 막아 냈고 오히려 공을 효과적으로 전방에 전달했지만 골을 넣지 못했다. 치호 생각이 다시 났다. 만일 치호가 있었다면, 치호가 나 대신 미드필더를 보았다면 내가 공격으로 올라가 어떻게든 골을 만들 수 있었을 텐데! 물론 다른 동료들의 능력을 무시하는 건 아니지만 팽팽한 경기에서 어느 한곳이 약해지면 전체적으로 붕괴되는 게 축구이기에 감독님도 쉽게 교체를 하지는 못했을 거다. 지현이와 민한이의 교체는 특별할 게 없고 나와 성인이의 교체는 내가 뛸 수 없는 상황이었기 때문이다. 우린 상황을 반전시킬 수 있는 카드가 없었다. 반면에 묵동중은 후반전부터 선수를 교체해 교체 선수가 힘 있게 뛰면서 팀플레이를 끌어올렸다. 경기를 하면서 상황을 반전시킬 수 있는 카드가 없었다는 게 정말 아쉬웠다. 그 순간에 꼭 필요한 선수 하나가 없는 팀과 있는 팀은 차이가 날 수밖에 없다. 생각이 거기까지 미쳤다.

버스에서 내려 합숙소로 이동하면서도 다들 말이 없었다. 샤워를 마치고 옷을 세탁한 후 바깥으로 나와 걷고 있는데 감독님과 함께 부모님들께서 들어오셨다. 감독님은 워낙 표정이 없는 분이지만 부모님들의 표정은 밝지만은 않았다. 감독님과 부모님들께서 합숙소 앞의 테이블에 앉아 계속 말씀을 나누고 계셨고 우린 그 자리를 피해 운동장이나 다른 곳으로 가 우리끼리 이야기를 나눴다. 나는 경태와 운제 그리고 주선이와 함께 운동장 벤치에 앉아 이야기를 나녔다.

"경태야. 힘내."

운제가 먼저 말을 꺼냈다.

"……."

"어쩔 수가 없는 거잖아."

나도 경태에게 위로를 했다.

"아니야. 어쨌든 내가 킥을 성공시키지 못해 진 거잖아. 나희에게 미안해."

경태가 처음으로 말문을 열었다.

"승부차기는 정말 운이잖아. 너는 정상적으로 찼는데 그걸 골키 퍼가 잘 막은 거야. 정말 운이었어."

주선이가 거들었다.

"그런데 왜 감독님이 너를 미드필더로 내렸을까? 성원이 네가 전 방에 있을 때는 슈팅도 여러 번 시도했고 잘하면 골이 될 수도 있었 는데. 난 감독님이 너를 미드필더로 내린 걸 이해할 수 없어."

운제는 감독님이 나를 미드필더로 내린 거에 대해 문제를 제기 했다.

"그건 어쩔 수가 없었을 거야. 묵동이 중앙으로 계속 파고드는데 우리가 뚫렸잖아. 그 상황에서 수비를 강화하기 위해선 아마 나라 도 성원이를 내렸을 거야."

주선이가 나름 정리를 했다.

"그래. 그건 맞아. 성원이 네가 미드필더로 내려오면서 묵동 공격을 잘 막았고 어쨌든 실점을 하진 않았어. 하지만 성원이가 내려오면서 재선이와 재범이만으로 묵동 수비를 깨기는 어려웠어."

운제가 말을 이었다.

"재범이가 수비할 때는 좀 거칠게 해서 묵동 애들을 눌렀어야 하는데 그게 좀 아니었어. 재범이가 공을 돌리고 연결하는 긴 잘하지만 묵동 공격이 워낙 강하니 수비 보완을 위해서라도 감독님은 성원이를 내릴 수밖에 없었을 거야."

다시 주선이가 감독님의 입장에서 설명을 했다.

"만일 치호가 있었으면 어땠을까?"

내가 돌발적인 질문을 던졌다.

"……."

내 질문에 다들 대답을 하지 않고 나를 바라보았다.

"내가 연장전에 다리에 쥐가 나서 나왔을 때 갑자기 치호 생각이 나는 거야. 작년에 치호가 우리와 함께 연습 경기를 했을 때 수비도 잘했고 거기다가 공도 전방으로 잘 보냈었어. 밖에 나와서 보니 계속 중앙으로 파고드는 묵동 공격을 차단하고 공격으로 전환하는 데는 치호가 경태하고 같이 뛰었으면 확실했을 거란 생각이 드는 거야."

내가 설명을 했다.

"맞아. 치호가 있었으면 상황이 달랐을 거야. 지난 대회 때 결승에서 했듯이 재선이를 지현이 대신 넣고 재범이 밑에 성원이가 들어갔으면 상황이 달랐을 거야. 치호가 경태랑 미드필더로 있었으면 틀림없이 우리가 골을 넣고 이겼을 거야. 그리고 보니 치호를 우리 팀에 받지 않은 게 잘못된 결정이었네."

주선이가 좀 더 설명을 이어 갔다.

"그런데 왜 치호를 받지 않았지?"

운제가 물었다.

"……."

저녁식사를 하고 나오니 아버지가 기다리고 계셨다. 아버지께 다가가서 죄송하다는 의미로 인사를 했다.

"발목은 어떠냐?"

"괜찮아요. 이따 아이싱하면 괜찮을 거예요."

"경기 중에 보니 발목 때문인지 균형이 무너지는 경우가 있더라. 조심해."

"네."

"오늘 다 열심히 뛰었는데 아깝더라."

"네."

"경기 끝나고 경태 아버지가 미안하다고 해서 다들 아니라고 했다. 경태가 잘못한 게 아니고 재원이가 잘한 거니 어쩔 수 없는 일이었어."

"그건 맞아요. 재원이가 실력이 더 늘었어요."

"네가 전반과 후반에 슈팅한 공도 재원이니까 잡았지 다른 골키퍼라면 어려울 수도 있었을 거야."

"……."

"부모들이 경기를 보면서도 말이 많았다. 포지션 변경에 대해서도 의견이 분분했고 전에 있었던 이야기도 나왔다."

"……."

"감독님이 너를 미드필더로 내린 거에 대해서 말들이 많았다. 하지만 내 생각으로는 감독님이 최선의 선택을 했다고 봤다. 그 상황에서는 공격보다 어떻게 묵동의 공격을 막느냐가 더 중요했다. 그리고 네가 잘해 주었다. 더구나 네가 단기간에 너무 많이 뛰어서 체력적인 문제도 있었어."

아버지는 냉정하게 상황을 파악하셨다. 더구나 내가 체력적인 문제가 있었다는 점도 정확하게 알고 계셨다. 그건 발목 부상의 문제가 아니라 진짜 체력의 문제였다.

"네가 앞의 경기에서 스프린트를 많이 한 게 결국 다리 경련으로 이어진 거야. 앞으로 이런 경기 일정은 없어져야 해. 문제가 많은 경기 일정이다. 너희가 아직 어리고 회복이 빠르다고 해도 6일 만에 네 경기를 치른다는 건 선수들을 혹사하는 거야. 언젠가 시간이 되면 이 문제는 축구협회나 교육청과 협의를 해 볼 생각이다."

아버지의 말씀은 항상 논리적이었다. 공격수로 있게 되면 순간적으로 스프린트를 해야 하는 경우가 많은데 스프린트를 하면 많은 체력이 소모되고 근육에도 상당히 부담이 된다. 내가 경련을 일으킨 것도 그게 원인이었다.

"프로 선수들의 경우도 일주일에 한 번 경기를 하고 국제 대회나 국내 대회도 최소 이틀은 여유를 두는데 이번 일정은 어린 선수들의 건강을 전혀 고려하지 않은 것 같다. 바꿔야 할 필요가 있다."

"……."

"그리고 치호 이야기도 나왔다. 네가 미드필더로 내려갔을 때 회장이 치호 이야기를 하더라. 묵동을 상대하려면 치호 같은 선수가 필요한데 작년에 팀에 합류시키지 못한 게 잘못이라고 하더라. 나도 그 생각을 했다. 다른 분들도 그렇다고 하더라. 아마도 그때 치호가 오는 걸 반대했던 분들은 이번에 생각이 많이 바뀌었을 거야. 묵동은 좋은 선수를 계속 영입해서 여유 있게 선수를 운영하는데 너희는 교체할 선수가 없어서 주전들이 계속 뛸 수밖에 없었지. 기껏해야 포지션을 바꾸는 정도만 가능하니 감독님도 많이 답답하셨을 거야. 난 감독님을 이해하겠더라."

"아빠. 저도 치호 생각을 했어요."

"그래? 왜?"

"묵동이 워낙 중앙 공격이 강하니 수비 때문에 제가 내려갔지만 묵동의 공격력이 강해서 애를 먹었거든요. 그때 치호 생각이 나더라고요."

"허허, 나도 그렇고 아버지들 몇 분도 그 이야기를 하더라. 치호

하나만 있었어도 우리가 이겼을 거라고."

"우리도 그런 이야기를 했어요."

"그거 참. 결국은 결론이 같네. 그런데 왜 묵동은 좋은 선수들을 영입할 수 있고 우린 어려울까? 감독님과도 그 이야기를 나눠 보았는데 감독님이 많이 힘들다고 하시더라. 그래서 그런 건 후원회에 맡겨 달라고 했는데 감독님은 후원회에서 결정을 해도 부모님들 중 한 분이라도 학교에 민원을 넣으면 어렵다고 하시더라. 아마도 학교는 말이 나올까 염려되어 선수 영입에 소극적일 수밖에 없지 않나 싶다. 그런데 결국은 오늘 같은 상황이 오게 되잖니. 물론 나도 부모님들의 생각을 모르는 건 아니다. 하지만 오늘만 해도 경태가 승부차기에서 실패한 걸 문제 삼아야 하는 게 아니고, 부모님들이 자기 아들을 뛰게 하려고 다른 선수를 영입하지 못하게 하면 결국 뛸 기회조차 부여받지 못한다는 걸 알아야 해. 우리가 이기고 있으면 당연히 대기 선수를 뛰게 할 여유가 있는데 박빙의 경기가 이어지거나 우리가 지고 있으면 뛸 수 있는 기회조차도 없게 된다. 더구나 만일 우리가 16강이나 8강, 아니 예선에서 묵동을 만났다면 어떻게 되었을까? 너희도 1학년과 2학년 춘계 대회 때는 그런 상황이 있지 않았니?"

"……."

"프로 축구에서는 돈이 많은 팀이 당연히 좋은 선수를 영입해 좋은 결과를 만든다. 물론 적은 돈으로 알뜰하게 선수를 영입해 좋은 결과를 만드는 팀도 있지만 그렇게 해서는 오래가지 못한다. 결국 좋은 선수를 언제든 영입할 수 있는 팀과 그렇지 못한 팀은 차이가 날 수밖에 없다. 그리고 기존의 선수만으로 팀을 운영하면 선수들이 자만하게 되고 경쟁심이 없어 발전하질 못한다. 그래서 프로 팀을 보면 포지션별로 둘 이상의 선수를 두어 경쟁하도록 하고 컨디션에 따라 기용하기도 한다. 그래야 선수들 스스로 자기 몸도 관리하고 훈련이나 경기에 최선을 다하게 된다. 너희 2학년 중에 3학년과 경쟁을 할 만한 선수가 없다 보니 어쩌면 너희 내부에서도 이런 현상이 발생할 수 있고 너도 그럴 수 있다. 물론 고교 진학이라는 문제 때문에 선수 숫자에 제한을 둘 수밖에 없지만 앞으로는 생각해 볼 문제다. 나는 묵동 감독이 그 부분에서는 제갈 감독보다 훨씬 좋은 조건에 있다고 생각한다. 그리고 그런 상황이 오늘의 결과를 만들었다."

아버지께서 묵동의 선수 영입에 대해 좋은 평가를 하셨다. 그리고 경쟁 체제가 당연하다고 말씀하셨다.

"감독님 이야기를 들어 보니 앞으로는 합숙소도 폐지가 된다는데, 그러면 선수들의 학교 선택권도 없어지게 되어서 소위 말하는 축구 명문 학교들도 사라지게 될 거다. 물론 합숙소가 문제가 있는 건 사실이지만 그렇다고 해서 무조건 폐지하기보다는 대안을 만들어야 할 텐데 많이 아쉽다. 좋은 선수들을 모아서 서로 경쟁하도록 해야 하는데 그냥 배정받은 학교에서 축구를 해야 된다면, 초등학교 선수가 축구부가 없는 학교로 가게 되면 오히려 더 문제가 될 수도 있겠지. 감독님이 고민이 많으시더라."

아버지가 하시는 말씀을 나도 들은 적이 있다. 당장 우리의 문제가 아니라 생각해 보지 않았지만 아버지의 말씀을 들어 보니 이해가 되었다.

그날 저녁 아버지와 회장님 그리고 몇몇 분이 감독님과 늦게까지 자리를 하셨다고 들었다. 감독님은 술을 안 드시지만 자리를 함께하시면서 아쉬운 점을 말씀하셨다고 한다. 감독님은 이런 말씀을 하셨다고 했다.

"오랫동안 아이들을 가르치다 보니 나름 어떻게 해야 한다는 기준은 만들어진 것 같습니다. 제일 중요한 건 일단 좋은 선수들을 모으는 겁니다. 축구라는 것이 팀 운동이므로 팀원들의 밸런스가 무엇보다 중요합니다. 한두 명의 뛰어난 선수가 있다 하더라도 전체적인 밸런스가 맞지 않으면 팀은 뛰어난 선수 수준이 아니고 못하는 선수 수준으로 변하게 됩니다. 잘 아시겠지만 아무리 잘하는 공격수도 후선의 뒷받침이 없으면 공격할 기회를 얻기가 힘듭니다. 골고루 잘하는 선수들이 모이면 분명 시너지 효과가 나고 거기다가 후보 선수들의 기량까지 갖추어지면 최상이 됩니다. 두 번째는 부모님들의 인내입니다. 어쩌면 부모님들의 성격이라고 할 수도 있죠. 부모님들 입장에서는 자신의 아들이 경기를 뛰고 또 경기에서 좋은 모습을 보이기를 바라시죠. 그런 마음에 아이들에게 개인플레이를 요구하는 경우가 종종 있습니다. 그러면 팀워크가 깨지고 또 전체적인 밸런스가 무너집니다. 심한 경우는 자신의 아들에게 출전 기회를 무조건 부여해 달라고 요구하는 경우도 있는데 이건 심각한 이기주의입니다. 선수가 경기를 망치면 그 선수는 다른 동료들로부터 소외되는데 이러면 그 선수가 깊은 슬럼프에 빠지게 됩니다. 저도 가능한 모든 선수가 뛸 수 있도록 최선을 다하지만 일단 팀이 좋은 성적을 내야 그런 기회를 부여할 수 있기에 부모님들께서 참고 기다리셔야 합니다. 세 번째는 선수들의 경쟁이 필요합니다. 선수들이 어느 정도 자리를 잡으면 나태해지기 마련입니다. 항상 팀 내에서 경쟁할 수 있는 체제가 되어야 하는데 외부에서의 영입이 어려우면 그렇게 할 수가 없습니다. 그리고 특정 포지션에 문제가 생기면 당장 대체할 선수가 없을 경우 외부에서 영입을 해야 하는데 그렇게 할 수 없는 환경이라 힘이 듭니다. 물론 학교 축구이니 프로 구단처럼 할 수는 없지만 그래도 어느 정도의 여유는 있어야 하는데 그렇지를 못하니 운영에 어려움이 있습니다."

여 름

강 릉

주말 리그

소년 체전의 후유증은 오래가지 않았다. 소년 체전을 마치자마자 바로 연습 경기와 주말 리그가 기다리고 있었다. 연습 경기는 대부분 고교 팀들과의 경기가 이어졌다. 고교 팀이 우리들 중 누군가에게 눈도장을 찍으면 감독님께 경기를 요청하고 그러면 우린 그 학교에 가서 주로 1학년인 고등학생들과 경기를 했다. 거의 대부분이 고교 축구에서는 상위권에 있는 학교였고 프로 산하 유스팀들과의 경기도 이어졌다. 우린 누가 그 학교로 진학하게 될지를 모르기에 매 경기마다 최선을 다해야 했다. 감독님은 우리에게 절대 말씀을 하지 않으셨고 우리도 굳이 알려고 하지 않았지만 이런저런 소문은 계속 돌아다녔다.

소년 체전이 끝나고 첫 번째 주말 리그 상대는 화국중이었다. 화국중은 나름 열심히 했지만 우리 상대는 아니었다. 소년 체전을 대비해 충분한 체력 훈련도 했고 단기간에 많은 경기를 치러서 전술적인 완성도도 높았다. 감독님은 나를 미드필더로 내렸고 여유 있게 경기를 진행했다. 우리가 7：1이라는 기록적인 스코어로 승리했다. 시운이가 완전히 회복되었다. 성오가 팀 전력에서 완전히 이탈한 상태였지만 시운이는 골을 넣으며 특유의 속도를 보여 주었고 자신감을 되찾았다.

다음 상대는 오산중 저학년으로 구성된 팀이었다. 오산중은 나름 서울FC 유스팀이라는 자존심이 있어서 고학년은 유스팀끼리의 리그에 참여하지만 저학년은 우리 리그에 편입되었다. 어느 정도 실력이 있는 팀이 좀 더 수준이 있는 팀과 경기를 하면 분명 배우는 게 있다. 이미 우리가 대구FC의 고교 유스팀과 경기를 해 보았기에 그런 경기가 많은 도움이 된다는 걸 알고 있지만 너무 격차가 나면 정상적인 경기가 이루어지지 않는다. 게다가 초등학교에서 갓 올라온 1학년과 2학년 일부로 팀을 구성해 우리와 경기를 하는 건 이해할 수 없었다. 우리 역시 경기를 한다기보다는 그냥 후배들과 친선 경기를 한다는 느낌으로 진행되었다. 경기를 하면서도 상대 팀 선수들이 애처로웠다. 경기는 5：0으로 끝이 났지만 우리가 제대로 경기를 했으면 아마 훨씬 큰 차이가 났을 거다. 후반에는 우리도 대부분 교체되었다.

매주 수요일이면 연습 경기를 하고 주말이면 주말 리그 경기를 하는 일정이 이어졌다. 네 번째 상대는 서울 이랜드FC의 유스팀이었다. 프로 팀이 창설된 지 오래되지 않았고 유스팀도 아직 강팀은 아니었다. 공격진이 강해 수비가 다소 벅찼지만 경기는 일방적으로 우리가 주도해 2 : 0으로 이겼다. 감독님은 수시로 우리의 포지션을 변경해 경험을 쌓을 수 있도록 했다. 물론 바꿀 수 없는 포지션도 있었지만 공격과 미드필더는 수시로 바꾸었고 승부가 어느 정도 확실해지면 3학년은 물론 2학년 중에서도 경기를 뛸 수 있도록 해 주셨다.

4월 말엔 강팀인 고산중과 경기를 하게 되었다. 고산중은 상당한 강팀이었고 선수들 중 몇 명은 효창운동장에서 함께 골든에이지에 참여했다. 전체적으로 피지컬이 좋은 팀이었다.

경기 전날 감독님은 전술 회의라기보다는 간단하게 내일 열심히 하라는 말씀만 하셨고 특별한 주문은 없었다. 최근 경기에서 고교 팀과 붙어도 패한 적이 없어서인지 감독님은 경기 시작 전에야 우리 포지션을 알려 주셨다.

감독님이 방으로 들어가시자 조쌤이 우리를 다시 불러 모았다.

"다 모였지. 오늘은 선배로서 내가 이야기를 좀 하려 한다. 먼저 너희가 요즘 열심히 운동을 해서 좋은 결과를 내고 있는 것에 대해서는 칭찬을 해 주고 싶다. 지난 춘계 대회 이후 잘해 왔고 소년 체전에서 아까운 결과는 있었지만 너희가 너희의 축구를 하고 있는 건 잘하고 있다고 본다. 하지만 어쩌면 지금이 너희에게 가장 위험한 시간이 될 수 있다는 생각이 들어 몇 가지 이야기를 하겠다."

조쌤이 조금 무거운 표정으로 이야기를 시작했기에 50명에 가까운 동료, 후배들이 숨을 죽이고 조쌤의 이야기를 경청했다.

"내가 감독님께 축구를 배울 때만 해도 쉽지가 않았다. 여러 이론을 배우고 열심히 하긴 했지만 지금처럼 많은 자료들을 접할 순 없었다. 지금은 너희가 TV로 영국의 프리미어리그나 스페인의 라리가, 독일의 분데스리가 경기를 마음껏 볼 수 있고 또 유튜브나 인터넷을 통해 축구 관련 자료를 다 찾아볼 수 있지만 당시는 그럴 수가 없었지. 더구나 요즘은 축구 게임도 좋은 것들이 나와서 전술을 익히는 데 도움이 된다. 많은 자료를 통해 너희들이 축구에 대한 시각을 넓히고 전술을 배우는 건 좋지만, 간혹 너희가 프로 선수들을 흉내 내려는 모습이 보여 좀 걱정이 된다. 물론 좋은 선수들의 뛰어난 개인기를 보고 훈련해서 자기의 것으로 만드는 건 좋다. 하지만 프로 선수들의 화려한 개인 기술은 점점 발전하는 상대 수비수들의 능력을 넘어서기 위해 어쩔 수 없이 개발된 것들이다. 단지 멋있어 보이려고 그런 기술을 쓰는 건 아니라는 말이다. 그리고 그런 기술들은 한 경기에 한 번 볼 수 있을까 말까 하다. 요즘 너희가 열심히 하는 건 인정하지만 조금씩 좋지 않은 모습을 보이고 있으니 각자 조심하기 바란다. 지금 너희가 힘써야 하는 건 가장 기본적인 것들이다. 달리기의 속도를 높이고, 빠르고 정확하게 패스하고, 경기장 전체를 보는 시야를 갖추는 게 필요하다. 알았나?"

"네."

조쌤이 말을 마치고 바깥으로 나가자 동료들과 후배들이 웅성거렸다. 운제가 입을 뗐다.

"조쌤이 누굴 지적한 걸까?"

조쌤이 저런 지적을 한 건 분명 누군가를 염두에 두었을 터였다. 잠시 생각을 해 봤지만 동료들 중에 그렇게 튀는 플레이를 하는 사람이 떠오르지 않았다.

"글쎄, 누굴 지적하는 걸까?"

"분명 누군가가 있으니 조쌤이 말했을 텐데. 혹시 너 아냐?"

"넌 내가 패스도 거의 원터치로 하는 걸 알고 있으면서 그런 말을 해?"

내가 운제에게 뭐라 하자 운제가 웃으며 말했다.

"그냥 해 본 말이야. 그나저나 누굴까?"

그날 저녁은 온통 뒤숭숭했다. 조쌤이 지적한 사람이 누군지 모두 궁금해 했고 그러면서 우린 자연스럽게 지난 경기들을 되돌아보았다. 혹시나 자신의 플레이가 그랬는지 서로 확인하느라 바빴다. 주선이가 가끔 돌파를 위해 개인기를 보이기는 하지만 그건 아무리 생각해도 필요한 경우이고, 경태는 거의 직선적인 움직임을 가져가기에 절대 아니고, 재범이야 원래 그런 스타일이고, 재선이도 아니고 운제도 아니었다. 그런데 갑자기 누군가가 떠올랐다. 시운이였다. 시운이가 부상에서 회복하고 복귀한 후에 전과 다르게 공을 소유하고 드리블을 하는 횟수가 늘었다는 생각이 들었다. 그러다 보니 중앙으로 들어오다 공을 뺏기곤 해 몇 번 공격 흐름이 끊긴 게 떠올랐다. 조쌤이 그걸 지적한 걸까?

운동장을 산책하러 바깥으로 나섰다. 4월 말이 되니 이젠 밤이 되어도 춥다기보다는 조금 서늘한 정도라 걷기에 더없이 좋았다.

"성원아. 같이 걷자."

경태가 다가왔다.

"그래. 이제 춥지는 않네."

"좀 시원한 정도네 뭐. 그런데 넌 조쌤이 누굴 지적했다고 생각하니?"

"잘 모르겠어. 너는?"

"나도 아리송해."

경태도 감이 잡히질 않는 모양이었다. 난 좀 전에 떠올린 시운이를 이야기하고 싶지 않았다. 그런 일에 관여하고 싶지 않았고 그냥 내 생각으로만 두고 싶었다. 게다가 다른 누군가를 걱정해 줄 상황도 아니었다.

다음날 아침은 분주했다. 고산중과의 경기가 이른 시간에 잡혀 있어서 빠르게 아침식사를 마치고 운동장으로 나가 소화도 시킬 겸 잠깐 산책을 하다가 조쌤을 만났다.

"컨디션은 어떠냐?"

"괜찮습니다."

"그래. 오늘도 잘해야지?"

“네. 그런데 어제 말씀하신 게…….”

“말들이 많았지?”

“네.”

“그래. 그럼 넌 누구라고 생각했니?”

“잘 모르겠습니다.”

“그래. 잘 모를 거야.”

“알려 줄 수 있으세요?”

“알려 주면 어떻게 하려고.”

“고치라고 해야죠.”

“그렇게 해서는 고쳐지지도 않고 괜한 오해만 생길 텐데?”

“그래도 고치게 해야 되잖아요.”

“생각해 보지. 오늘 경기도 열심히 뛰어!”

“네.”

분명 조쌤은 누군가를 염두에 두고 있다. 누굴까? 내 생각대로 시운이일까? 아니면 다른 누구일까?

고산은 나름 강팀이다. 특히 공격수는 피지컬이 뛰어나고 함께 골든에이지를 했기에 파괴력을 잘 알고 있었다. 감독님께서 경기 시작 전 몸을 푸는 우리를 불렀다.

“고산이 공격이 강하니까 오늘은 4-3-3을 선다. 성원이가 중앙 미드필더로 서고 전방에 지현이, 재선이, 시운이가 선다. 수비는 그대로 하고. 성오가 경태랑 성원이와 미드필더에 선다. 물론 경기 중에 상황에 따라 포지션 변경이나 포메이션 변경이 있을 수 있다. 일단 전반엔 밀고 올라가기보다는 고산의 공격을 막아 보자. 어떤 스타일로 나올지 나도 궁금하다. 수비는 미드필더가 다 막는다고 생각해라. 중앙 공격수가 피지컬도 좋고 슈팅력도 있다. 성원이가 붙어라. 좌우에서 크로스를 올리는 건 협동 수비로 차단해라."

중앙 공격이 강한 팀은 좋은 중앙 공격수가 있거나 중앙 공격 외에는 달리 선택의 여지가 없는 경우가 많은데, 고산중은 좋은 중앙 공격수가 있는 경우였다. 그 중앙 공격수를 감독님은 나에게 맡겼는데 아마도 골든에이지에서 내가 그 친구와 함께 운동을 해 잘 알고 있다고 판단하신 듯했다. 어떻게 할 것인가를 한참 생각했다. 감독님 말씀대로 바짝 붙으면 상대를 무력화시킬 수는 있다. 하지만 그럴 경우 내가 공격으로 나설 수 없다. 이런저런 생각을 하는데 재건이가 등을 치며 재촉했다.

"들어가야지. 뭘 그리 혼자 생각하나?"

"응. 감독님께서 중앙 수비를 맡겼는데 어떻게 할까 생각하고 있었어."

"별일이다. 네가 중앙 수비를 한두 번 해 봤냐?"

"그래도 감독님이 중앙에서 공격수를 차단하라고 하시니까."

"그냥 차단하면 되잖아. 뭘 생각해?"

"아니 그럼 내가 공격을 하지 못하잖아."

"그래도 감독님이 너보고 막으라고 했으면 그냥 막으면 되고 여유가 생기면 공격을 하면 되잖아."

"그런가?"

경기가 시작되고 우린 우리가 늘 하던 방식 그대로 공을 돌리다가 공간을 본 후 연결하면서 상대의 틈을 노렸다. 상대도 비슷하게 움직이면서 우리의 빈틈을 노렸다. 다만 우리는 공격 길을 좌우와 중앙으로 고루 활용한 반면, 고산중은 좌우 윙어가 강하지 않아 공을 받으면 빠르게 중앙으로 크로스를 넣는 패턴이었다. 이런 상황에서는 중앙 공격수만 차단하면 우리에게 큰 위험이 없을 거 같았다. 상대 중앙 공격수는 나를 알아보았고 그래서인지 가끔 눈이 마주쳤다.

고산중과 공방전을 벌이고 있는 동안 무언가 느슨한 느낌이 들었다. 동료들의 움직임이나 공을 소유하는 시간이 미세하지만 조금 늘어지고 연결이 차단당하는 느낌이 들었다. 공을 잡으면 원터치 패스보다 일단 상대 수비를 제치려는 동작들이 자주 나와 연결이 늦어지고 있었다. 또한 공격 후 빠르게 수비 자리를 잡아야 하는데 그런 움직임마저 늦어지는 느낌이 들었다. 조쌤의 말을 떠올리는 순간 고산중이 밀고 들어왔다. 내가 막아섰지만 고산중은 2:1 패스로 나를 제치고 그대로 돌진해 재건이와 1:1인 상황에서 슈팅을 해 그대로 골로 연결했다. 순간 난 가슴이 얼어붙었다.

"성원이 오른쪽 윙어로, 시운이 풀백으로, 운제 원톱으로!"

바로 감독님의 지시가 떨어졌다. 오랜만에 골을 허용해 우리 모두 허둥거렸지만 감독님은 그 순간 바로 포지션 변경을 지시하셨다. 그리고 얼마 후 시운이의 크로스를 운제가 헤더로 동점골을 넣었다.

얼떨결에 위치를 바꾸었지만 운제가 원톱으로 올라간 건 동계 훈련 이후 처음이었기에 포지션이 이상하게 느껴졌다. 그리고 처음부터 재범이 대신 성오가 들어오고 전반서부터 계속 포지션을 바꾸는 게 이상했다. 전반전을 1 : 1로 마치고 나오자 감독님께서 일단 쉬라고 말씀하셔서 우린 몇몇씩 모여 물을 마시며 쉬고 있었다. 조쌤이 나와 성오 그리고 경태가 쉬고 있는 곳으로 다가왔다.

"너희들도 똑같네!"

"네?"

"너희들도 졸업한 애들하고 같다고."

"무슨 말씀이세요?"

경태가 강하게 반발했다.

"너희 지금 경기하는 걸 봐라. 너희가 정말 축구 선수들 맞냐? 내가 보기에 너희 경기는 동네 축구다."

"열심히 하고 있고 금방 동점도 만들었잖아요."

"그렇게 말하는 것도 똑같아."

"……."

"어제도 말했지만 저번 경기서부터 너희들이 공을 끌어. 빠르게 돌리라고 그렇게 말해도 공을 잡아 놓으려 하는 게 확실히 보여. 그런데 그게 누구 하나의 문제라기보다는 전체적으로 그래. 졸업한 애들도 처음엔 착실히 말을 듣다가 어느 사이엔가 변하더니 너희도 지금 딱 그 꼴이야."

"저희에게 문제가 있나요?"

성오가 조쌤에게 물었다.

"문제가 있으니 말을 하는 기지. 너희가 동계 훈련 때는 거의 원 터치 패스로 연결을 했고 그래서 상대의 공간을 열었는데, 지금 너 희는 상대가 수비할 시간을 벌어 주고 있어. 그렇게 해서는 너희도 곧 무너져."

그렇게 말하고 조쌤은 감독님이 계신 곳으로 천천히 걸어갔다. 잠시 후 난 정신이 번쩍 들었다. 작년의 기억이 떠오른 것이다. 작 년에 선배들이 제대로 연결하지 않고 경쟁하듯이 공을 소유하려고 해서 내가 문제 제기를 했는데 어느새 우리도 그런 모습을 보이고 있었다니! 물론 지금은 그게 아주 표가 날 정도는 아니지만 조금씩 그런 모습이 보이니 조쌤이 미리 경고를 한 것이다. 감독님이 포지 션을 변경하고 포메이션도 변경하면서 우릴 흔드는 것도 우리의 그 런 행동에 경고를 보내는 게 아닐까?

"경태야. 성오야. 전반전에 감독님이 계속 진영을 흔든 게 우리에 게 조심하라는 신호를 보내시는 거 아닐까?"

"그래. 그럴 수도 있겠다. 조쌤이 알고 있을 정도면 감독님은 더 잘 알고 계실 거고. 그래서 우릴 정신없이 돌리고 있는지도 모르겠다. 그나저나 애들에게 얘기해야지."

성오가 내 말을 이해하고 동료들에게도 얘기하자며 일어섰다.

"성오야, 잠깐만! 지금 우리가 이걸 얘기한다고 해서 바로 잘못이 수정되진 않을 거야. 어떻게 설득할 것인가도 생각해 보자."

"그건 성원이 말이 맞아. 감독님께 혼나고 어쩌고 그런 것보다 우리가 지금 정상적이지 않으니 빨리 이걸 고치는 게 중요해."

경태가 내 생각에 동의했다.

"내가 후반전 시작할 때 조쌤 말을 전달할 테니 성원이 네가 공 끌지 말라고 얘기해라."

집합 휘슬이 울렸다. 우리 셋은 빠르게 자리를 털고 일어나 감독님 앞으로 갔고 다른 동료들도 감독님 앞에 둥글게 둘러섰다.

"전반전에는 너희가 손발이 맞지 않았어. 개인이 시간도 끌고. 너희가 못한 건가, 아니면 고산이 잘한 건가? 그리고 자리를 바꿨다고 우왕좌왕하는데 그건 너희가 포지션에 대한 이해가 모자란다는 거야. 축구의 각 포지션에서 어떻게 해야 하는지는 이미 여러 번 알려 준 것으로 기억하는데? 후반에는 잘해!"

감독님께서 짧게 말씀하셨지만 가슴이 철렁했다. 내가 느끼기에도 분명 우리가 잘못하고 있다고 생각하고 있었기에 감독님의 지적은 절실하게 느껴졌다. 후반전 시작을 위해 동료들이 모였을 때 경태가 먼저 말을 꺼냈다.

"조쌤이 우리가 공을 끈다고 뭐라 하시더라. 그래서 연결이 늦어지고 차단당한대. 공을 빨리 돌리자."

"그래. 가능하면 원터치로 빠르게 연결하자."

내가 경태가 한 말에 덧붙이자 동료들도 고개를 끄덕였다. 후반 시작과 함께 고산중이 내려섰고 우리가 공격을 주도했다. 하지만 우리 공격은 계속 차단당했고 예전에 우리가 잘했던 2:1 패스나 스루 패스는 거의 성공하지 못했다. 슈팅다운 슈팅도 하지 못하고 시간만 흘렀다. 오히려 상대에게 역습을 내줘 우리가 실점할 뻔했는데 재건이의 선방으로 겨우 위기를 넘겼다. 나는 빠르게 공을 내주고 연결받기 위해 전방으로 뛰었지만 동료가 공을 보내지 않아 헛걸음을 하기 일쑤였고 반대로 내가 공을 넘겨받아 패스하려고 하면 좋은 공간에 동료가 보이지 않았다. 참 이상하게 경기가 흘러갔다. 하지만 감독님은 특별한 지시 없이 팔짱을 끼고 우리의 플레이를 지켜보고만 계셨다. 오히려 조쌤과 정 선생님이 우리에게 지시를 내렸다. 경기가 끝나기 직전 성오의 프리킥이 골로 연결되어 가까스로 2:1로 이길 수 있었다. 찝찝한 승리였다. 경기가 끝난 뒤 감독님은 특별한 말씀이 없으셨다. 조쌤이 빨리 움직이라고 재촉해 부모님과는 간단하게 인사만 나누고 버스에 올랐다.

"성원아. 오늘 후반에 빠르게 연결하려고 했는데 계속 연결이 끊겨. 감독님 말씀처럼 우리가 잘못하는 건가?"

"응. 경태야. 나도 그랬어."

"고산중이 강하기는 해도 오늘은 분명 우리가 더 헤맨 것 같아.

성오가 프리킥으로 결승골을 넣지 못했으면 무승부였잖아."

"어쩌면 무승부도 다행인 거 아니었나?"

"아니, 그래도 우리가 고산중에게 질 팀은 아니지."

"아니야. 생각해 보면 우리가 실점할 순간이 오히려 많았어. 재건이가 잘 막았기에 망정이지 자칫 우리가 질 수도 있는 경기였어. 나도 오래간만에 윙어 자리에 서니 감이 오질 않아 힘들었어. 그런데 오늘 감독님이 왜 그렇게 흔들었지?"

"성원이 네가 원톱으로 있으면 연결이 쉬운데 재선이나 다른 누가 거기에 서면 연결하기가 불편해. 워낙 너와 맞추다 보니 네가 어떤 자세만 잡으면 어디로 공을 보내야 할지 알겠는데 다른 동료들은 그게 안 돼. 오늘은 네가 윙어로 빠져 있으니 연결 자체가 어려웠어."

"그래도 너는 네 자리에 있었잖아. 오늘 운제가 원톱, 내가 윙어, 시운이는 전에 풀백을 봤으니 그렇다 하더라도 재범이는 후반 중반에 넣고 좀 이상하지 않아?"

"이상했지. 많이 이상했지. 오늘 어디 스카우터가 운제를 보러 왔나?"

"그래서 그랬으면 다행인데, 오늘 유별나게 많이 바꿨잖아. 거기에다 2학년도 셋이나 들어오고. 어수선했어."

"그래. 그렇지 않아도 어려운데 후반전에 2학년을 셋이나 넣은 건 너무 심했어."

"조쌤이 우리에게 뭐라고 한 이후부터 좀 이상해."

"숙소에 가면 말씀하시겠지."

경태와 얘기를 나누고 다시 생각해 봐도 오늘은 분명 이상했다.

토요일에 주말 리그 경기를 하면 대부분 숙소로 온 후 바로 귀가했다. 하지만 오늘은 달랐다. 우리가 숙소에 도착하자 조쌤이 우리에게 식사 후 대기하라고 해서 집에 갖고 갈 짐을 싸 놓고 기다렸다. 얼마 후 감독님이 우리에게 비디오 플레이어를 준비하라고 하셔서 모두 고개를 갸우뚱했다.

"모두 집에 가고 싶겠지만 오늘은 1학년만 집으로 간다. 2, 3학년은 나와 오늘 경기에 대한 분석을 마치고 너희들이 충분히 이해가 되면 집으로 갈 것이다. 아니면 이해가 될 때까지 나와 토론을 해야 할 거다."

날벼락이었다. 이제까지 감독님은 이런 결정을 하신 적이 없었기에 동료들 모두 놀랐고 2학년들은 맥이 빠지는지 웅성거렸다. 더 큰 문제는 집이 지방인 동료들이었다. 재범이와 재선이, 그리고 성오는 집이 지방이어서 기차표를 예매했는데 갑자기 귀가가 취소되자 어쩔 줄 몰라 했다. 하지만 이미 감독님은 부모님들과 말씀을 나누셨는지 동료들의 질문에 머리만 끄덕이셨다. 그리고 얼마 후 우린 합숙소 거실에 자리를 잡았고 곧이어 감독님이 녹화한 경기 비디오를 켰다.

감독님은 우리와 같이 비디오를 보시다가 일시 정지시키고 우리에게 질문을 던지셨다.

"성원이. 왜 이 상황에서 뒤에 있는 주선이에게 공을 주지 않고 돌파를 시도했나?"

"……."

"경태. 이 상황에서는 전방의 재선이를 봐야 하는데 왜 계속 공을 몰았지? 성오 너라면 어떻게 했겠니?"

"……."

"시운이가 저렇게 공을 몰다 뺏기면서 우리 뒷공간으로 바로 공이 넘어왔다. 저런 플레이가 옳은가?"

"……."

경기 장면을 계속 넘기면서 감독님은 우리에게 질문을 하셨고 우린 아무런 대답을 하지 못했다. 아니 대답을 할 수 없었다. 감독님이 지적하는 장면마다 우리의 잘못된 경기 운영이 드러나고 있었다. 부끄러워 숨고 싶었다. 하지만 감독님은 계속 우리에게 집중할 것을 주문했고 조쌤도 우리를 주시하고 있었다. 거의 두 시간을 우린 그렇게 감독님과 비디오를 보면서 오늘의 경기를 되돌아보았고 우리들의 무수한 잘못을 인정해야 했다. 감독님의 목소리는 끝까지 차분했고 꾸짖는 게 아니라 문제를 제기하고 우리에게 생각을 요구하고 있어 더더욱 죄송하고 죄송했다.

"오늘 경기는 너희가 잘못한 경기라고 생각한다. 이기긴 했어도 이긴 게 아니다. 그렇게 어영부영 이기는 데 익숙해지면 지는 데도 익숙해진다. 물론 너희가 항상 잘할 수는 없다. 그리고 늘 긴장하며 경기를 할 수도 없다. 하지만 잘못하거나 긴장이 풀어져 실수한 순간에 빨리 정상으로 돌아갈 수 있는 선수나 팀이 좋은 선수고 강한 팀이다. 이해했나?"

"네!"

"오늘 지적한 게 전부는 아니다. 다른 경기도 지적할 게 많았다. 하지만 오늘 경기에 대한 설명만으로도 이미 충분히 너희에게 전달되었다고 생각한다. 너희들의 감독인 내가 이렇게 보는데 너희를 스카우트하겠다고 보러 온 스카우터들은 어떻게 보았을까? 아마도 한심하다고 생각했겠지. 너희가 지금까지 잘했다고 해서 앞으로도 잘할 거란 보장은 없다. 스카우터는 너희가 꾸준히 잘하는 걸 보고 싶어 한다."

감독님은 우리가 겉으로 말은 하지 않아도 항상 의식하고 있는 스카터 문제를 꺼내셨다. 맞다. 우리가 이렇게 된 큰 이유는 진학 문제와 그 키를 쥐고 있는 스카우터의 눈길이었다. 우린 경기 전이나 경기 후 심지어는 하프타임 때도 관중석을 둘러보며 혹시나 우리가 알지 못하는 사람이 있지 않나 살피곤 했다. 그런 사람을 발견이라도 하면 옆의 동료에게 알렸고 또 이미 알려진 스카우터나 감독, 코치들이 눈에 띄면 우리는 더 멋진 모습을 보이려 했던 게 사실이었다.

"모순이라는 말이 있다. 옛날 중국 초나라의 무기 장수가 뚫리지 않는 방패와 무엇이든 뚫는 창이라며 물건을 선전하자 누군가가 그럼 그 창으로 방패를 찌르면 어떻게 되느냐고 물은 데에서 유래한 말이다. 앞뒤가 맞지 않을 때 쓰는 말이지. 그런데 난 가끔 이 말을 달리 생각할 때가 있다. 축구팀 중에 뚫리지 않는 수비를 갖춘 팀이 있을까? 또 어떤 수비도 뚫을 수 있는 팀이 있을까? 너희는 어떻게 생각하니?"

"……."

"그래. 전에도 말한 적이 있지만 절대적인 강팀은 존재하지 않는다. 지금 어떤 팀이 현재 절대 강팀이라 해도 결국 언젠가는 무너지게 되어 있다. 그 이유는 너희도 잘 알 거다. 그렇게 절대 강팀이라던 바르셀로나도 맨유도 다 약화되고 있다. 어느 팀이 어느 순간에 정말 좋은 선수들을 모으고 또 감독도 훌륭한 분이 와서 서로 호흡이 맞으면 한동안 강팀으로 군림하지만, 얼마쯤 지나면 그 선수들이 나이가 들어 체력이 떨어지거나 부상으로 이탈하게 된다. 프로의 경우에는 선수들에 대한 대우, 즉 연봉 문제로 팀워크가 깨지기도 한다. 어려울 때는 강팀이 되기 위해 협력하지만 우승을 하고 나면 어려운 시절을 잊기 마련이다. 그때 빨리 초심으로 돌아갈 수 있어야 계속 강팀으로 남을 수 있지만 대부분은 무너진다. 균열은 작은 것으로부터 시작된다. 어쩌면 지금 너희들의 상태가 균열의 초기일 수도 있다. 하지만 내가 보기에 너희는 아직 무엇이든 막을 수 있는 방패도 되어 보지 못했고 무엇이든 뚫을 수 있는 창도 되어 보지 못했다. 너희에게 축구는 어떻게 하는 거라고 대구에서 분명히 알려 줬는데 너흰 너무 일찍 무너지는 것 같아 많이 아쉽다. 아직 갈 길이 먼데!"

거실의 분위기가 무겁게 우릴 짓누르고 있었다. 동료들과 후배들 모두 머리를 숙이고 있었다. 감독님은 말씀을 마치고 천천히 방으로 들어가셨고 조쌤이 우리 앞에 섰다.

"결국 감독님께서 말씀을 하도록 만들고 말았구나. 너희들이. 좀 더 일찍 너희에게 경고를 했어야 했는데……. 하지만 지금이라도 늦지 않았다. 감독님은 너희들과도 약속을 하셨지만 부모님들과도 너희를 잘 키우겠다고 약속하셨기에 저렇게 말씀하시는 거다. 차라리 지금 좀 아프게 매를 맞는 게 좋다. 감독님이 모순 이야기를 하셨기에 정리를 하겠다. 너희가 치호 이야기를 하는 걸 들었다. 너희도 알지만 우리는 선수 영입이 자유롭지 못하다. 그러니 너희 스스로 성장해야 팀이 성장할 수 있다. 외부에서 강한 선수를 영입하면 짧은 시간에 그만큼 전력이 급성장하겠지만 우린 너희의 성장에 따라 조금씩 성장한다. 그런데 너희는 어느 순간부터 성장을 거부하고 스스로 다 성장했다고 생각하고 있다. 다른 팀들은 우릴 꺾기 위해 창을 더 단단하고 날카롭게 만들어 찌르는데 우리의 방패가 옛날 창이나 막을 수 있는 수준이고, 다른 팀들은 우릴 막기 위해 어떻게 하면 방패를 더 단단하게 만들지 연구하고 준비하는데 우리의 창이 예전 그대로라면 우린 질 수밖에 없다. 오늘 우린 그런 상황을

118

일부 보았다. 고산이 강하기는 하지만 오늘은 명백히 너희가 스스로 무너진 거다. 감독님 말씀대로 고산이 강했던 게 아니라 너희가 잘못한 거다."

"질문 있습니다."

"그래, 재건이."

"저희가 오늘 경기에서 잘못한 건 알겠습니다. 감독님께서도 좀 전에 충분히 지적해 주셨지만 우리가 성장하려면 어떻게 해야 하는가에 대해서는 답을 주지 않으셨습니다. 어떻게 해야 하나요?"

"그래. 좋은 질문이다. 하지만 너희가 이미 그 답을 잘 알고 있을 텐데? 다시 말할까?"

"네."

"이놈들 봐라. 기억력이 까마귀냐? 어쩔 수 없지. 모른다니. 너흰 축구가 팀 운동이란 걸 귀 따갑게 들었을 거다. 팀은 전체가 밸런스가 맞아야지 한 부분만 좋고 다른 부분이 따라가지 못해도 문제가 된다. 이런 건 알지?"

"네."

"그럼 결국 밸런스를 유지하면서 성장하려면 개인이 아닌 팀 전체가 같이 성장해야 한다. 오늘 경기에 대해 감독님은 연결에 많은 문제가 있음을 지적하셨다. 특히 2:1 패스가 오늘은 정말 아니었다. 고산은 우리가 그런 연결을 잘한다는 걸 알고 특히 경태와 성원이, 그리고 재선이가 움직이면 그 길을 막았다. 그럼에도 너흰 변화

없이 그대로 패스를 했고, 패스하는 족족 고산의 수비에 걸렸다. 왜 그랬을까? 한 번 패스를 실패하면 다시 한 번 시도할 수 있다. 그런데 두 번째도 실패하면 원인을 찾아야 했다. 그리고 그에 대한 대책은 이미 전에 알려 주었다. 좀 더 빠르게 연결해야 한다고. 감독님은 너희가 공을 소유하려는 경향이 강해졌다는 표현을 쓰셨지만 난 직접 말한다. 폼 잡고 싶어서 그런 거지. 공을 잡고 나 좀 봐 달라고. 하지만 그 순간에 상대는 수비망을 좁혀 오고 그때 연결을 시도하면 당연히 상대 발에 걸리게 되지. 내 말이 틀렸나?"

"맞습니다."

"너희가 성장하려면 전체적으로 연결의 속도를 높여야 하고 좀 더 빨리 좋은 공간으로 이동할 수 있어야 한다. 그리고 더 많이 주변과 공간을 볼 수 있어야 한다. 현대 축구를 압박과 속도라고 많이 이야기한다. 나도 그렇게 생각한다. 압박은 과거엔 수비에서 쓰던 말이지만 이제 전방 압박이나 게겐프레싱이 점점 일반화되고 있고 후방에서의 오버래핑은 기본이 된 지 한참이다. 오버래핑에서의 속도나 공수 전환에서의 속도, 그리고 슈팅까지 이어지는 속도 등 모든 곳에서 속도를 요구한다. 그런데도 너흰 공을 잡고 시간을 끌고 있어. 상대 수비 한두 명 폼 나게 제치는 모습을 보여 주려고. 정말 한심한 짓이다. 다신 이런 이야기를 하고 싶지 않다. 너희가 성장하려면 팀을 생각해야 하고 팀 전체가 어떻게 하면 압박을 잘하고 속도를 높일 수 있을지 연구해야 한다. 알았나?"

"네."

이미 늦은 저녁 시간이었다. 조쌤이 감독님 방에 다녀와 우리에게 집에 갈 수 있는 사람은 가도 좋다고 전했다. 얼마 후 가방을 들고 밖으로 나오니 꽤 오랜 시간이 지났는데도 부모님들께서 기다리고 계셨다. 그중엔 아버지도 계셨다. 아버지는 재범이 아버지와 말씀을 나누고 계셨는데 나와 재범이가 다가가자 함께 저녁을 먹자고 하셨다. 우리가 삼겹살이 먹고 싶다고 하자 학교 근처의 식당으로 향했다. 재범이 아버지께선 오늘은 너무 늦어서 집에 내려가기도 뭣하니 하룻밤 자고 내일은 근처에서 놀 거라고 하셨다. 그래서인지 아버지와 재범이 아버지 두 분은 술을 드시며 말씀을 나누기 시작했다.

"그래. 성원이는 어딜 보낼 거요?"

"그거야 감독님이 결정해 주는 데가 가장 좋은 곳 아닐까?"

"그야 그렇지만 그래도 생각해 본 데가 있을 거 아닙니까?"

"아니, 진심이야. 감독님이 성원이를 가장 잘 알고 또 고등학교 팀과 감독도 잘 알잖아. 그러면 성원이에게 잘 맞는 학교를 골라 주시겠지. 재범이는?"

"나도 그렇게 생각하지만, 그러면 감독님이 부담이 될 텐데."

"부담은 무슨, 오히려 편하지. 듣기론 감독님 괴롭히는 부모가 있다던데……."

"무슨 말입니까?"

"그게 아마 너무 높은 수준의 팀을 감독님께 요구한 모양이야. 감독님이 무척 당혹했다고 들었어."

"누군데요?"

"그건 알 것 없고. 슬슬 아이들 학교 문제가 이슈가 되니 감독님이 많이 힘들겠어."

"그럴 겁니다. 거기다 애들도 그걸 의식해서 그런지 경기 내용이 좋지 않아요."

"성원아, 오늘 감독님이 꾸중 좀 하셨지?"

"네. 그런데 혼난 것보다 우리 경기 장면을 분석하면서 왜 그랬는지 계속 물으셔서 힘들었어요."

"그냥 있는 그대로 말씀드리면 되는데 뭐가 힘들어?"

"아버지도 아시잖아요. 우리도 나름 스카우터 생각도 하고 그러다 보니 그런 경기가 되었는데, 그대로 말씀드리면 좀……."

"하긴 그렇기도 하겠다. 그건 그렇고 오늘은 재범이를 후반전에 넣은 건 좀 예외야."

"그건 감독님이 생각이 있어 그랬을 테니 물어볼 수도 없고. 성원이를 오늘은 윙어로 세운 것도 특이했어요. 혹시 오늘 애들을 한 번 돌리려고 하신 거였나?"

재범이 아버지도 재범이가 후반에 들어간 이유를 모르시는 것 같았다. 아버지와 재범이 아버지는 감독님과 가깝게 지내면서도 감독님의 선수 기용이나 전술적인 부분 등 축구와 관련된 것에 대해서는 일체 이야기를 하지 않는다고 전에 아버지가 말씀해 주셨기에 이해는 되었지만 실제로 이유를 모르고 있다는 걸 확인한 건 처음이었다. 두 분은 감독님의 권한을 절대 침해해선 안 된다는 생각을 갖고 계셔서 다른 부모님들께서 감독님께 말씀을 하시면 이를 말리시기도 했다. 축구에 관한 한 감독은 모든 권한을 갖고 또한 팀의 결과에 대해 무한 책임을 지기에 함부로 감독의 권한에 대해 이야기할 수 없고 또 이야기해서도 안 된다고 말씀을 나누셨다. 그렇게 두 분이 술을 드시다가 재범이 아버지께서 감독님께 전화를 드렸고 감독님께서 우리 자리에 합석하러 오신다고 말씀을 하셨다. 감독님이 오시면 불편하지만 재범이나 나나 말할 자격이 되질 않으니 조용히 앉아 있었다. 얼마 후 식당에 도착한 감독님은 우릴 보더니 가볍게 웃으셨고 곧이어 두 분과 어울려 대화를 나누셨다. 감독님은 술을 드시지 않고 말씀만 나누셨다.

"감독님. 오늘은 경기 운영이 다른 때와 좀 다른 것 같던데요?"

재범이 아버지께서 먼저 말씀을 시작하셨다.

"네. 오늘은 아이들을 전반적으로 좀 보려고 했습니다."

"특별히 그럴 이유가 있으셨나요?"

아버지가 질문을 하셨다.

"이유라기보다는 최근에 아이들이 훈련 때도 그렇고 경기 때도 느슨해진 게 두드러지고 또 개인플레이도 늘어나 이것이 전체적인 건지 개인 몇 명에 국한된 건지를 확인하려고 했습니다. 아이들은 아이들인지라 지난겨울에는 그렇게 했는데도 어느새 잊어버리고 행동하지요. 그럴 땐 한 번씩 잡아 주어야 제대로 갑니다."

"역시 감독님이시군요. 우리도 감독님께서 좀 특이하게 경기를 운영하시기에 뭔가 있을 거라 생각은 했어요."

"그래도 지금 애들은 말을 잘 들어요. 작년엔 좀 힘들었죠."

"네. 기억합니다. 그러고 보니 딱 이맘때네요."

"오래 감독을 하다 보니 이젠 익숙해졌습니다. 특히 춘계 대회에서 좋은 성적을 내고 또 주말 리그나 소년 체전에서 성적이 나면 아이들이 좀 말을 듣지 않아요."

"이해합니다. 저희도 뭐가 좀 잘되면 괜히 어깨에 힘이 들어가는데 아이들은 오죽하겠어요. 감독님은 이미 산전수전 다 겪었으니 바로 해결을 하셨군요."

"아이들도 알아요. 비디오를 보며 경기 중 잘못한 부분을 지적하면 아이들도 배운 게 있고 해서 시인을 합니다. 잘못했다고. 그런데 문제는 그 다음이에요. 여기서 부모님들이 개입을 하시면 안 되는데 가끔 개입하시는 분들이 있어요. 그러면 선수는 망가집니다."

"그게 무슨 말씀입니까?"

"부모님들이 자식을 부추기지 말아야 하는데 그러시는 분들이 종종 있어요. 그러면 선수는 갈등을 하죠. 감독 말과 부모 말 둘 중 하나를 따라야 하는데 고민을 하다 보면 플레이가 엉망이 되죠. 심하면 부모님들이 나 모르게 스카우터를 연결해서 경기를 보게 하고 선수에게는 개인플레이를 요구하는 경우도 있어요. 그래서 경기를 하다가 특이한 행동을 하는 아이가 있으면 제가 운동장을 살피곤 합니다. 이 바닥에서 스카우터나 관계자들은 제가 다 아니까 금방 찾을 수 있죠. 그러면 전 그 아이를 경기에서 빼 버립니다."

"그럼 혹시 오늘도?"

"아뇨. 오늘은 그런 상황은 아니었습니다. 오늘은 좀 전에 말씀드린 것처럼 아이들이 느슨해져서 원인을 파악하려고 그런 겁니다."

짐작은 했지만 역시 감독님은 우리가 문제가 있다는 걸 확인하기 위해 자리를 바꾸고 계속 교체를 하신 거였다. 그리고 녹화 비디오를 통해 개개인의 문제를 지적한 것 같지만 사실은 우리 전체의 팀워크도 함께 조정하신 거였다. 물론 조쌤이 대신하긴 했지만. 잠시 후 아버지께서 재범이와 나에게 밖에서 좀 놀다 오라고 하셨다. 아마도 세 분이 따로 나눌 이야기가 있으신 거 같아 얼른 재범이와 함께 식당을 나왔다.

"우리가 문제가 있긴 있었지."

재범이가 내게 말했다.

"그런 거 같아. 감독님이 내게 지적한 걸 생각해 보니 분명 내가 공을 끌고 있었어. 연결할 곳을 찾기가 어렵기는 했어도 내가 좀 더 빨리 동료들의 움직임과 공간을 봐야 했는데 그러질 못했어. 그러니 공을 뺏기지."

"너는 그래도 약과다. 오늘 몇몇이 계속 공을 몰다 뺏겨서 힘들었어. 내가 후반에 들어가기 전에 전체적인 움직임을 보니 누가 공을 잡고 드리블하면 다 그냥 제자리에 있더라. 전에는 많이 움직였는데. 그리고 움직이는 동선을 고려하지 않고 서 있는 자리로 연결하려고 하니 플레이가 느슨해지고 상대에게 공을 뺏기게 되지. 확실히 오늘은 우리가 잘못한 거 맞아."

"응. 하프 타임 때 다른 애들과도 그런 이야길 했어."

"그나저나 다음 주부턴 훈련이 강해지겠네."

"그러겠지."

월요일 훈련이 시작되었다. 하지만 훈련이 강해질 거란 내 생각은 완전히 빗나갔다. 감독님은 특별한 말씀이 없으셨고 조쌤이 훈련을 주도했다. 조쌤 역시 강하게 밀어붙이지 않아 우리는 모두 의아하게 생각했다. 다음 날 훈련이 끝나자 조쌤이 우리에게 수요일 오후에 송설고등학교와 경기가 있다고 알려 주었다. 꽤 강한 팀인데 우리와 경기를 한다는 건 그쪽에서 우리 중 누군가를 주시하고 있다는 걸 의미했다. 수요일 수업을 마치자마자 우리는 바로 송설고로 이동했다.

서로 상대의 전력을 모르는 팀이 만나면 전반전의 몇 분은 항상 탐색전이 있기 마련인데 이번은 달랐다. 우리는 4-2-3-1 포메이션으로 나섰다.

송설고는 처음부터 아주 강하게 밀고 들어왔다. 우리보다 피지컬이 훨씬 뛰어나고 속도도 빨라 정신을 차릴 수 없을 정도였다. 고등학교 1, 2학년으로 구성된 선수들은 힘으로 우릴 밀어붙이고 빠른 속도로 우리 진영을 파고들었다. 경태와 재범이가 1차 방어를 하고 수비 라인이 정신없이 뛰었지만 거의 일방적으로 밀리고 있었다. 재건이의 선방으로 골을 내주진 않았지만 아마도 두 골 정도는 먹은 거나 다름없었다. 그렇게 전반전을 마쳤다.

감독님은 우릴 자리에 앉게 하고 말씀을 시작하셨다.

"고등학교 선수들이라 힘들지?"

"네."

"너희는 동계 훈련 때 고교 유스팀과도 경기를 했었다. 그때는 잘했던 것 같은데 오늘은 영 아니네. 왜 그럴까?"

"……."

"전에 너희가 대구에서 고교 팀과 경기를 할 때 나는 너희에게 속도를 높이라고 주문했다. 피지컬이나 힘이 뛰어난 팀을 상대하려면 우린 속도를 높여야 한다. 이유는 간단하다. 상대의 장점인 피지컬과 힘이 너희에게 미치지 않게 하는 방법은 속도뿐이다. 상대가 전차 부대라서 장갑차와 전차를 앞세워 밀고 오는데 우리가 일반 보병이라면 상대를 어떻게 이길 수 있나?"

"……."

잠시 침묵이 흘렀다.

"너희는 잘 모르겠지만 로켓포라는 게 있다. 이건 전차나 장갑차를 잡는 데 쓰이는 무기다. 그런데 로켓포는 사거리, 즉 날아가서 전차나 장갑차를 부술 수 있는 거리가 길지 않다. 그러니 가까이 접근해야 하는데 가까이 가면 전차나 장갑차에서 포탄이나 총알이 날아온다. 그래서 로켓포 사수들은 상대가 볼 수 없게 숨어서 움직인다. 그리고 로켓포를 쏜 후엔 아주 빠르게 다른 곳으로 이동한다. 아니면 상대로부터 포탄과 총알 세례를 받게 되니까. 그리고 또 숨어서 로켓포를 쏘고 또 빠르게 이동한다. 상대가 너무 강해서 정면으로 붙어 승산이 없으면 우린 빠르게 이동하면서 연결도 빠르게 해야 한다. 그런데 너흰 오늘도 공을 소유하려고 한다. 그러니 상대는 너희를 힘으로 누르고 공을 뺏으려 하지. 너희가 아무리 잘한다고 해도 너흰 중학생이고 상대는 명색이 고교생인데. 후반엔 모든 연결을 원터치로 한다. 공을 끌고 소유하려고 하면 바로 교체하겠다. 알았나?”

폭탄이 터졌다. 감독님은 우리에게 교체라는 말을 거의 쓰지 않으셨다. 그리고 우리가 교체될 때는 항상 그럴 만한 이유가 있어서 나는 감독님의 교체에 대해 어떤 생각을 가져 본 적이 없었다. 그런 감독님이 오늘은 말을 듣지 않으면 교체를 하겠다고 명확하게 말씀을 하고 있다. 감독님이 우릴 계속 지켜보시다가 더는 안 되겠다는 판단을 하신 걸까?

말씀을 마치신 감독님은 자리를 뜨셨고 조쌤이 지시를 내렸다.

“쉽게 쉽게 공을 차지 왜 그리 폼을 잡아. 너희는 아니라고 하더라도 여기서 보면 너희가 폼 잡는 게 다 보여. 그렇게 하지 말라고 해도 안 듣더니 결국 이런 조치까지 떨어지네. 잘 들어. 후반엔 투 터치도 허용하지 않는다. 공이 오면 바로 연결해라. 수비수도 간결하게 해라. 원터치로 연결하려면 뭐부터 해야 하지?"

"……"

다들 감독님께 꾸중을 듣고 힘이 빠져 있었다.

"아주 넋이 나갔네. 원터치로 연결하려면 뭐부터 해야 해?"

"연결할 곳을 먼저 봐야 합니다."

내가 나섰다.

"그래. 성원이. 너부터 연결할 곳을 봐라. 요즘엔 너도 공을 끌어. 물론 윙 포지션에 있으면 크로스 타이밍 때문에 공을 끌고 들어가야 하지만, 그렇다고 하더라도 가능하면 빠르게 크로스를 넣든지 아니면 컷백으로 가든지 빠르게 결정해야 하는데 상대 선수를 앞에 놓고 개인기 자랑할 때가 많아."

조쌤이 나에게 이렇게 질책을 하는 건 처음이었다. 동료들이 모두 나를 보았고 난 얼굴이 화끈거렸다.

"어라! 너희가 지금 성원이 보게 생겼어? 너흰 더해. 똥 묻은 개가 뭐 묻은 개 보고 뭐라 한다더니 너희가 딱 그 꼴이다. 감독님이 비디오로 너희가 잘못하고 있는 부분을 알려 주었는데도 바뀌지 않으니 이러는 거 아니냐. 후반엔 경기를 져도 상관없으니 오직 원터치 패스에 모든 걸 걸어라. 알았어?"

"네!"

후반전 경기가 시작되었다. 나는 공을 경태에게 보내고 바로 전방으로 올라갔다. 그리고 뒤돌아섰을 때 동료들은 원터치로 공을 돌리려 빠르게 움직이고 있었다. 하지만 동료들은 공을 몇 번 연결하지 못하고 상대에게 넘겨주었다. 그러다 보니 우리가 계속 밀려나도 수비를 위해 내려가야 했다. 조쌤은 계속 연결하라고 소리를 높였지만 실수가 계속 이어졌다. 결국 우리가 먼저 한 골을 내주었다. 하지만 감독님은 말씀이 없으셨고 조쌤은 계속 연결이 늦다고 빠르게 연결하라고 주문했다. 그러고는 빨리 공간을 확보하라는 주문이 이어졌다.

우리는 안다. 계속 연결해 골문까지 가려면 공을 가진 선수보다 공 받을 선수가 빠르게 움직여 확실한 공간을 확보해야 한다는 걸. 공을 가지고 있지 않은 선수들이 빠르게 움직여 빈 공간으로 침투하거나 침투하려는 움직임을 보여야만 상대 수비가 공을 가진 선수에게 몰리지 않고 공을 받기 위해 움직이는 동료들을 막기 위해 분산되어 더 공간이 생긴다. 결국 모든 선수들이 함께 움직여야 한다. 그래야만 공을 뺏기지 않고 계속 연결할 수 있는 것이다.

동료들의 움직임이 조금씩 빨라지는 걸 느낄 수 있었다. 특히 재범이와 경태는 미드필더이기에 공수를 연결하기 위해 부지런히 움직였다. 수비수에게서 공을 받으면 돌아서서 바로 재선이나 양쪽 윙어인 민한이와 시운이에게 빠르게 연결했다. 모두들 제자리에서 받지 않고 손으로 자기가 갈 방향을 표시했고 재범이와 경태는 그 방향으로 공을 보냈다. 한동안 몇 번 실수도 있었지만 점차 정확도가 올라갔고 패스가 내게 연결되기 시작했다. 하지만 내가 공을 받아 슈팅까지 가려면 센터백의 벽을 넘어서야 하는데 고교생인 센터백은 거의 나보다 머리 하나가 더 크고 단단했다. 내가 처음 돌파를 시도했을 때 센터백이 어깨를 밀고 들어왔는데 난 튕겨져 나가 바닥을 굴러야 했다. 몇 번을 시도했지만 그 벽을 넘어서기 어려울 거 같았다.

"성원아. 재선이 봐!"

조쌤이었다. 순간 그 의미를 알아들었다. 내가 공을 받으면 돌아서는 척하면서 뒤에서 들어오는 재선이에게 공을 내주고 센터백을 유인하라는 주문이었다. 훈련에서 가끔 해 본 적이 있는데 때로는 재선이와 2:1 패스로, 아니면 미드필드에서 올려준 공을 2선에서 올라오는 재선이나 누구에게 내주고 나는 센터백을 돌파하려는 듯한 움직임으로 센터백을 묶어 두는 작전이다. 그러면 센터백 옆에 공간이 생기고 그 공간으로 침투해 슈팅을 시도하는 거다. 좁은 공간에서 이루어져야 하는 작전이기에 많은 연습이 필요한데 오늘은 그 작전을 조쌤이 주문하고 있었다.

상대의 압박으로 계속 몰리면서도 우린 공을 탈취하면 빠르게 침투했다. 그리고 공이 내게 오면 작전 지시대로 공격을 시도했지만 쉽지 않았다. 동료들의 움직임은 속도를 더했다. 마치 잃어버린 기억을 되찾은 것처럼 연결 속도가 빨라졌고 공간을 향해 동료들이 빠르게 움직였다. 그리고 정확도도 높아지고 있었다. 동료들이 거친 숨을 내쉬고 있었다. 따뜻한 봄날 오후지만 한여름의 체력 훈련 느낌이었다.

마침내 골이 터졌다. 작전 그대로 내가 좀 더 내려가 공을 받은 뒤 올라오는 재선이에게 연결하고 재선이가 중거리 슈팅을 한 게 그대로 골문 안으로 들어갔다. 난 재선이에게 다가가 손을 잡았다. 동료들이 몰려왔다. 동료들의 얼굴이 온통 땀으로 뒤덮여 있었다. 얼마 후 경기가 종료되었다.

경기가 끝난 후 동료들과 송설고 감독님께 인사를 드리고 돌아와 감독님 앞에 원을 그리며 둘러섰다.

"그래. 수고했다. 다행히 너희가 완전히 기강이 흐트러진 건 아니었구나. 빨리 짐 챙겨라."

"네."

말씀을 마친 감독님은 송설고 감독님과 한참 동안 이야기를 하셨다. 덕분에 우린 잠깐이나마 부모님들과 이야기를 나눌 시간이 주어졌다.

"힘들었지?"

아버지께서 내게 물으셨다.

"오늘은 엄청 힘들었어요."

"그래. 저 위에서 보니 너희가 완전히 애들 같더라. 1, 2년 차이가 엄청나네. 전에 고교생들과 했을 때는 그래도 해볼 만했었는데 저 선수들은 팀워크가 갖춰져 있으니 무척 강하네. 그래도 1:1로 비겼으니 잘했다."

"저 형들은 덩치도 크고 힘이 좋아서 밀리지가 않아요. 감독님이 빠르게 연결하라고 하셔서 그렇게 했는데 운 좋게 골이 들어갔어요."

"아니다. 위에서 보니 후반전엔 너희가 정말 활발하게 움직이더라. 수비를 할 때도 그렇지만 공을 뺏으면 그때부터 너희가 여기저기로 정신없이 움직이니까 상대가 당황하는 게 보이더라. 그리고 골은 운이 아니라 작품이었다. 너도 그렇지만 재선이가 그렇게 타이트한 상황에서 침착하게 슈팅을 한 건 칭찬받을 만하다."

숙소로 돌아와 저녁을 먹고 산책을 나갔다. 재건이와 몇몇 후배들이 함께 운동장을 뛰고 있었다. 오늘 고교 팀과 경기를 치르느라 힘들었기에 난 재건이와 후배들이 운동하는 걸 보면서 천천히 걸었다. 그러면서 감독님의 말씀을 다시 생각했다. 피지컬이 좋고 힘이 뛰어난 선수들에게 속도로 대응한다는 전술은 쉬워 보일 수도 있지만 실은 많은 걸 포함해야만 가능한 전술이었다. 오랫동안 우린 패스 훈련을 해 왔기 때문에 지금은 움직임을 감안하며 패스할 수 있고 또 강약을 조절할 수 있다. 그런 패스 능력이 있기에 속도를 높이는 전술이 가능했다. 그런데 왜 우린 그렇게 하지 않았을까? 더구나 그 전에 이미 감독님께 주의까지 받았었는데.

어쩌면 우린 자신감이 아니라 자만에 빠진 거라는 생각이 들었다. 춘계 대회에서 우승하고 난 후에도 연전연승하고 소년 체전에서 묵동에게 승부차기에서 패한 걸 빼면 계속 승리했다. 또, 고교 팀과 경기를 해도 패한 적이 거의 없었기에 어느 틈엔가 나와 우리 모두에게 자만심이 들어찼던 것이다. 스카우터를 의식한 점도 있지만 분명 그것만은 아니었다. 작년에 선배들이 그랬던 것처럼 나는 물론이고 우리 모두에게 그 자만심이 찾아온 것이다. 분명 그랬나. 작년엔 내가 그런 선배들을 미워했는데 지금 내가 그렇게 되었다. 어느 틈엔가 공을 끌고 나를 보여 주기 위해 축구를 하고 있었다. 정신이 번쩍 들었다. 다시 돌아가야 한다. 하지만 나 혼자 돌아간다 해도 동료들 또한 그렇게 하지 않으면 우리가 가장 잘했던 모습으로 돌아가기 어렵다. 이런저런 많은 생각이 들었다.

중간고사 기간이 다가왔다. 같은 반 친구들은 시험 준비를 한다고 열심히 공부했지만 나와 축구부 동료들은 공부에 관심을 기울이지 않았다. 우린 시험 기간 중에도 연습 경기를 치르곤 했고 학교 성적보다는 경기 결과를 더 중요하게 생각했다. 물론 운동을 하면서도 틈틈이 공부해 반에서 1, 2등을 다투는 민한이는 아니었지만. 시험을 볼 때도 아는 문제가 나오면 답을 쓰지만 모르면 대충 찍고 빨리 교실 밖으로 나오곤 했다. 반 친구들이 문제를 붙들고 끙끙거리는 걸 보면 가끔은 공부를 좀 해야겠다는 생각이 들긴 했다.

시험 기간에는 오전에 시험이 모두 끝나기 때문에 다소 먼 곳까지 경기하러 다니기도 했다. 이번에는 수원FC의 고교 유스팀과 연습 경기가 잡혔다는 이야기를 조쌤에게 들었다.

수원FC 유스팀에는 세 명의 바로 위 학교 선배들이 가 있었다. 작년에 같이 축구를 할 때와 비교해 어떻게 변했는지 궁금하기도 하고 경기를 통해 실력을 비교해 보고 싶기도 했다. 그러면서도 최근에 치른 경기에서 많은 지적을 받았기에 우리가 잘해 낼 수 있을지 걱정이 되었다. 저번 송설고와의 경기에서 감독님의 극단적인 처방 덕에 그나마 팀워크가 다시 살아나긴 했지만 우리가 동계 훈련과 춘계 대회에서 보여 주었던 팀플레이가 살아날 수 있을지는 알 수 없었다.

버스에서 내린 우릴 부모님들께서 맞아 주셨다. 2학년 후배들도 함께 갔기에 3학년인 우리가 굳이 공이나 물을 나를 필요는 없었다. 감독님은 수원FC 유스팀 감독님과 계속 말씀을 나누고 계셨고 한쪽에선 선배들이 우리에게 손을 흔들었다. 선배들을 알아본 내가 손짓하자 동료들이 인사를 했고 우린 바로 운동장으로 이동했다. 이동하는 사이 아버지가 내게 다가오셨다.

"감독님이 너희들 걱정이 많더라."

"네?"

"팀플레이에 집중해라."

"네."

감독님은 우리에게 포지션만을 설명하셨다. 특이하게도 어떻게 움직이고 어떤 전술을 구사하라는 말씀이 없으셨다. 감독님에 이어 조쌤이 나섰다.

"감독님 포메이션은 이미 들었겠지만 4-2-3-1이다. 너희는 3학년만으로 구성되었고 다들 알다시피 너희들 중 누군가는 여기로 올수도 있을 거다. 누군지는 나도 모른다. 하지만 한 가지 분명한 건 수원 감독님은 튀는 선수를 원하지 않고 팀플레이를 잘하는 선수를 좋아한다고 들었다. 팀 전술에 녹아들어야지 괜히 튀었다가는 평가를 좋게 받기 힘들다. 감독님께서 전술 지시를 하시지 않은 건 너희끼리 한번 맞춰 보라는 의미인데, 그건 아마도 너희가 이기는 방법과 지는 이유를 알고 있다고 생각하시기 때문일 거다. 감독님의 의중이 그러시니 나도 지시하지 않겠다. 인성이가 주장이니 너희끼리 의논해서 잘해 봐."

감독님뿐만 아니라 조쌤마저 전술 지시를 하지 않으니 우린 당황할 수밖에 없었다. 인성이가 바로 우릴 불러 모았다. 그리고 어떻게 하면 좋겠느냐고 물었다. 아무도 대답하지 못했다. 누군가 의견을 낸다는 건 이 경기를 책임져야 한다는 걸 알아서였을까? 나 역시 그 순간 많은 생각이 스쳐 지나갔지만 말을 할 수는 없었다. 그때 상만이가 소리쳤다.

"패스만 빨리 해. 그게 우리 장점이잖아."

경기장으로 입장하던 우린 모두 상만이를 바라보았다. 그리고 경기 시작 전 머리를 맞대었을 때 주장인 인성이가 주문했다.

"상만이 말이 맞다. 저번 송설과 경기할 때도 우리 패스가 빨라지니까 상대가 쫓아오지 못했잖아. 다시 해 보자."

"그래. 오늘은 선배들도 있고 하니 개인플레이보다 팀플레이에 주력하자. 그리고 공격진은 찬스만 나면 슈팅해라."

주선이가 거들었다.

경기가 시작되었다. 형태로 보아선 수원FC 유스팀도 4-2-3-1의 포메이션이고 우리 선배들 모두 선발로 나섰다. 일단 피지컬에서 우릴 압도했다. 선배들도 지난겨울부터 몸을 만들었는지 신장도 커졌고 몸은 단단해져 있었다. 그리고 빨랐다. 저번 송설고과의 경기에서 경험했던 것보다 더 위협적이었다. 시작과 함께 빠른 속도로 좌우 윙어가 파고들었고 주선이와 운제, 그리고 재범이와 경태는 이를 막기 위해 죽어라고 뛰었다. 인성이와 제원이는 크로스 공격을 방어하기 위해 상대 공격수와 치열하게 몸싸움을 해야 했고 나도 수비를 돕기 위해 내려가야 했다. 재선이에게 위로 올라가라고 하고 내가 재선이 자리 밑으로 내려가 중앙 미드필더 역할을 하면서 공격을 지연시켜야 했다. 경기 초반은 일방적으로 우리가 밀렸다. 그런 상황에서도 감독님은 지시가 없었고 조쌤만 계속 수비 위치에 대해 지시를 했다. 경태가 소리를 질렀다.

"성원아, 올라가!"

경태를 돌아보자 위로 올라가라고 계속 손짓을 했다. 내가 상대 미드필더인 선배를 가리키며 주저하자 다시 올라가라고 손짓했다. 아마도 전방에 공격수가 제성이뿐이라 수원이 공격 라인을 더 올리고 우릴 압박하고 있으니까 나에게 뒷공간을 치라는 의미인 것 같았다. 바로 하프 라인으로 올라가자 선배인 센터백이 나를 보며 슬쩍 웃었다. 나도 선배에게 미소로 답했다. 그것도 잠시, 경태가 뒷공간으로 공을 넘겼다. 의도적이었다. 하프 라인과 골키퍼 사이에 아무도 없고 공은 그 중간 지점으로 날았다. 나와 선배가 동시에 스퍼트를 했고 돌아 뛰는 선배보다 내가 빠르게 공을 잡으려는 순간 골키퍼가 뛰어나와 헤더로 공을 옆으로 돌렸다. 간발의 차였다. 하지만 경태의 그 패스 하나가 수원의 수비 라인을 뒤로 물려 주었고 그때부터 우리가 공간을 열면서 빠르게 패스가 이어졌다. 경태와 재범이의 패스는 정확해서 공은 좌우와 전후로 계속 연결되었고 나에게도 연결될 수 있었다. 나는 공이 오면 어떻게 해서라도 슈팅을 해야 했다. 마무리를 해야만 잠시라도 우리가 정비를 할 수 있기 때문이었다. 팀이 밀릴 때 공격수는 공을 받으면 절대 뺏기지 말고 어떻게든 마무리를 해야 한다고, 그래야 팀이 정비할 수 있는 시간을 가질 수 있다고 감독님께서 전에 알려 주셨다. 밀고 밀리는 경기가 이어지다 0 : 0으로 전반전을 마쳤다. 그리고 숨을 헐떡이며 감독님 앞에 서자 감독님께서 말씀을 시작하셨다.

"후반엔 라인을 올린다. 상대가 강하다고 해서 라인을 내리면 공은 계속 우리 지역에 있게 된다. 그러면 많은 기회가 상대에게 주어진다. 전에도 말했지만 싸울 때는 가능한 상대 진영에서 싸워야 한다. 그래서 전방 압박이고 게겐프레싱이다. 너희가 물러서면 상대는 너희를 피지컬과 속도로 압도하기 때문에 쉽게 우리 진영에서 찬스를 노리게 된다. 그러니 경태가 한 것처럼 압박하는 상대의 뒷 공간을 노려야 한다. 후반엔 재범이와 성원이가 공격을 담당하고 시운이와 민한이가 내려서 4-4-2로 전환한다. 우리가 4-4-2로 전환한다고 해서 내려선다고 생각하지 말고 계속 라인을 올려라. 재선이는 공격형 미드필더, 경태는 수비형 미드필더다. 단, 운제와 주선이는 하프 라인을 넘지 않도록! 다들 더 빠르게 공을 연결해 라."

경기 전에는 전술과 작전 지시가 없던 감독님께서 전술과 작전 지시를 하자 나도 그렇지만 동료들도 눈이 커졌다. 그리고 감독님 은 바로 자리를 비키셨고 조쌤이 웃으며 우리들 앞에 섰다.

"너희들 진즉에 잘들 하지. 꼭 한 소리 듣거나 혼나야 잘하지?"

"……."

"감독님이 너희가 그래도 열심히 하려 하고 팀플레이를 하려 하니 봐주신 거야. 자, 보자. 기연이는 더 빨라졌지?"

"네."

"하여간 속도 하나는 대단해. 어떻게 잡아야 해?"

"죽어라 막고 있습니다."

전반 내내 기연이 형에게 시달린 주선이가 머리를 흔들며 대답 했다.

"죽진 말고. 난 어떻게 막을 거냐고 물었다."

"……."

"기연이는 윙어지만 습관적으로 공을 몰고 중앙으로 들어온다. 본인이 직접 해결하겠다는 생각이지. 전반에도 기연이는 크로스를 시도하지 않았어. 크로스는 반대편에서 나왔지. 그러니 기연이가 공을 잡으면 경태가 같이 뛰면서 밀어내라. 그리고 주선이도 공을 뺏으려 하지 말고 앞에서 중앙으로 돌아서지 못하게 45도로 서서 밀어라. 그러면 기연이는 제풀에 무너진다. 그리고 뒤에서 민한이가 공을 낚아채라. 반대편 윙어는 크로스를 잘하니 운제가 눌러라. 그리고 시운이는 운제가 공을 잡으면 무조건 전방으로 뛴다. 성원이와 재범이도. 여러 명이 동시에 스퍼트를 하면 수비가 분산된다. 운제는 가장 공간이 넓은 곳으로 공을 넘긴다. 중앙도 같다. 알았나?"

"네."

나와 동료들 모두 감독님이 다시 지시를 내리신 게 좋았고 조쌤도 자세하게 작전을 설명해 주니 힘이 났다. 큰 소리로 대답하고 각자 물병을 하나씩 받아 들고 마시며 자리를 찾았다.

"그런데 여긴 누가 가는 거야?"

운제가 물었다.

"……."

전반 내내 정신없이 뛰어서인지 늘어진 내게 운제가 물었지만 난 알지도 못했고 별로 알고 싶지도 않았다. 아버지가 내 진로에 대해 무조건 감독님의 의견을 따르겠다고 하셔서 난 사실 어느 팀에 가고 싶다는 생각을 하지 않았고 때가 되면 감독님이나 아버지가 말씀을 하실 거라 생각하고 있었기에 관심 밖이었다. 하지만 동료들은 누가 어디로 가는지에 무척 관심이 많았다. 그리고 누가 좋은 학교나 유스팀에 간다는 소문이 나면 부러워하기도 했다. 그런데 그게 부러워할 상황인가? 아버지는 고교에 가서 1학년부터 주전으로 뛸 수 있는 곳이 어쩌면 가장 좋은 곳인지도 모른다고 하셨다. 현재의 실력을 계속 이어 가며 성장해 갈 수 있기 때문에.

내가 답을 하지 않자 운제가 나를 바라보다 고개를 갸웃거렸다.

"넌 관심 없냐?"

"전에 말했잖아. 난 관심 없다고. 감독님이 정해 주시면 그리로 갈 거야."

"그래. 너 잘났다. 잘났어."

휘슬이 울렸다. 경기장으로 들어가기 전 조쌤이 다시 한 번 빠른 연결을 주문했다. 감독님은 뒤에서 팔짱을 끼고 우릴 물끄러미 보고만 계셨다.

후반 시작부터 격렬하게 맞붙었다. 우리는 4-4-2 진형을 이미 경험했기에 나와 재범이는 하프 라인에 서서 상대 수비 라인이 전진하지 못하게 막으며 언제든지 뒷공간으로 들어갈 준비 자세를 취했고 동료들도 자기 지역을 지키기 위해 악을 쓰고 있었다. 수원FC 유스팀은 여기서 지면 수치라고 생각해서인지 공격의 강도를 계속 높였지만 인성이와 제원이가 마지막 방어선을 지켜 냈고 어쩌다 슈팅이 있어도 골키퍼인 재건이에게 막혔다. 또, 공격은 미드필더와 수비 라인에서 계속 뒷공간으로 공을 넘기고 나와 재범이가 헤더와 발로 슈팅하려고 덤볐다.

경기는 0:0으로 끝났다. 치열하게 싸웠지만 양쪽 다 골문을 열지 못했다. 경기를 마치고 거의 탈진한 상태로 수원 감독님께 인사를 하고 감독님 앞에 섰다.

"오늘은 잘했다. 빨리 정리 운동하고 돌아갈 준비해라."

나는 혹시라도 감독님께서 무슨 말을 하실까 궁금했는데 여전히 짧게 한마디로 정리를 하셨다. 그래도 지금까지 뭔가 찝찝했던 게 풀리는 느낌을 받았다. 감독님의 처방전이 먹힌 걸까?

경기를 마치고 숙소로 돌아와 저녁을 먹고 쉬고 있었다. 보관했던 휴대폰을 꺼내 게임을 하고 있는데 어머니에게서 전화가 왔다.

"어머니."

"성원아. 몸은 괜찮아?"

"어떻게 알았어요? 나 쉬고 있는 거."

"아빠가 전화해 줬다."

"아빠가 여기 와 계세요?"

"아빠가 감독님과 같이 있다고 하시더라. 너희들 문제로 말씀 나누고 계시다고."

"무슨 말씀을?"

"너희들 진학할 학교가 거의 결정되었다고 하던데, 넌 들은 이야기 없어?"

"없어요. 아직 감독님이 오픈하시지 않았어요."

"성원이 네가 좋은 학교 가야 하는데……."

"아버지는 감독님이 알아서 해 주실 거라고 걱정도 안 하세요."

"하긴 감독님이 어련히 알아서 해 주실까."

"아버지는 한 가진 말씀하셨어요. 가능한 집에서 가까운 곳으로 해 달라고요. 다른 선수들을 보니 집에서 멀면 힘들다고."

"그런데 그런 곳이 있을까? 물론 우리 성원이가 잘하니 좋은 곳이 나오겠지?"

"……."

"저녁은 잘 먹었지?"

"네. 어머니는요?"

"엄마도 먹었어. 오늘도 경기했다며?"

"오늘 수원하고 했는데 선배들하고 붙었어요."

"어땠니?"

"선배들이 엄청 컸어요. 그리고 빠르고. 많이 힘들었어요."

"그래도 아버진 네가 아주 잘했다고 하시던데."

"그건 아니고. 동료들이 조금 정신 차린 것 같아요."

"그래. 그렇다면 다행이다. 안 그래도 아빠가 너희가 선배들 닮아 간다고 걱정하시던데."

"아빠가 그러셨어요?"

"그래. 아빠가 요즘은 축구 책도 책이지만 매일 새벽에 외국 축구 경기를 본단다."

"그러세요?"

"그래. 요즘은 전보다 더 심해."

"알았어요. 이번 주말엔 경기 마치고 집에 갈 거예요."

"주말엔 나도 경기 보러 갈 테니 경기장에서 보자."

"네. 편히 쉬세요."

"그래. 막내도 건강하고."

어머니와의 통화는 아버지와의 통화나 대화와는 달랐다. 엄마는 엄마였다.

아버지가 또 축구 공부에 빠지신 모양이다. 아버진 뭔가 궁금하신 게 있으면 지독하게 공부를 하시곤 했다. 난 가끔 아버지에게 경제에 대한 이야기도 듣고 역사 이야기도 듣는데 아버지는 끝도 없이 이야기를 해 주곤 하셨다. 그런데 이젠 축구에 꽂히셨으니 괜히 내가 아는 척했다가는 이론 싸움에선 아버지에게 상대가 안 될 거라는 생각이 들었다.

취침 시간 즈음에 돌아오신 감독님이 조쌤에게 뭐라고 말씀을 하시자 조쌤이 칠판에 무언가를 쓰기 시작했다. "진학 관련 상담 일정"이라 쓰고 그 밑에 날짜별로 우리 이름이 적혀 있었다. 내 이름도 있어서 날짜를 확인하고 아버지에게 문자를 보냈다. 이젠 우리 모두 학교가 결정된 모양이다. 내가 갈 학교는 어딜까 생각하다 잠이 들었다.

이번 주 주말 리그 상대는 장언중이었다. 중간고사가 끝나고 반 친구들은 영화를 보러 가기도 하면서 즐겼지만 우린 훈련에 열중해야 했다. 저번 수원FC 유스팀과의 경기 이후 우린 변화를 겪고 있었다. 더구나 진학 상담 일정이 잡히면서 분위기는 꽤 진지해졌다. 그리고 토요일에 장언중과 경기를 하게 되었다. 장언중은 최근에 꽤 잘하는 팀이라 이야기를 들었지만 이길 수 있을 거란 생각이 들었다. 그리고 예상대로 2:1로 승리했다. 팀 분위기가 다시 동계 훈련 때로 돌아가고 있었다. 경기에 진지하게 임했고 억지로라도 계속 빠른 연결을 이어 가려 애썼다. 2:1로 끝나긴 했지만 3:1 이상으로 이길 수도 있었던 경기였다.

내 진학 상담 일자는 전체 상담일 중 마지막 날이었다. 동료들은 대부분 감독님과 부모님의 면담에서 만족한 듯 표정이 밝았다. 그리고 아버지가 감독님과 면담을 마치고 나와서 나를 부르셨다.

"성원아. 감독님이 몇 개 학교를 말씀하시던데……."

"어딘데요?"

"일반 학교도 있고 성남과 상무 유스팀을 말씀하시는데 너는 어떻게 생각해?"

"다른 곳은 없어요?"

"다른 곳은 너와 포지션이 겹치는 선수들이 있어서 애매하다고 하시는구나. 너도 잘 알지만 유스팀은 중학교에서 대부분 그대로 올라가기 때문에 빈자리가 있는 곳이 별로 없는 모양이야. 내 생각은 기왕에 축구를 하려면 유스팀으로 가는 게 좋을 것 같다.”

“아버지 생각은 어떠신데요?”

“나는 성남 유스팀이 어떨까 한다?”

“……”

“성남 감독님이 너를 공격형 미드필더로 키우고 싶다고 하셨단다. 그리고 성남 감독님은 유스팀 감독을 오래 하셔서 프로 선수를 꽤 많이 배출하셨다고 하더라. 나도 감독님 명성은 많이 들었고.”

“그래도 2부 리그인데요.”

“성남이 잠깐 밀려나긴 했지만 명문 팀이다. 그리고 어느 팀이든지 본인이 하기 나름이다. 감독님이 굳이 부탁을 하면 다른 유스팀도 가능하겠지만 네겐 성남 감독님이 맞을 거라 하시네.”

“네. 알았어요.”

싱겁게 팀이 결정되었다. 아니 나를 원하는 곳이 있고 그중에 나를 가장 잘 키워 줄 곳이 성남이라는 감독님과 아버지의 선택으로 나는 성남 유스팀으로 가는 걸 당연하게 생각했다.(하지만 후에 난 다른 사정으로 인해 결국 제주유나이티드 유스팀으로 진로를 변경했다.)

작년에 선배들이 허무하게 무너졌던 두봉중과의 경기도 2 : 0으로 완승을 거두었다. 두봉중은 작년과 마찬가지로 좌우 윙어를 이용한 크로스로 우릴 위협했지만 우린 오히려 두봉중 뒷공간을 파고

들어 승리했다. 부모님들도 좋아하셨지만 감독님이 아주 좋아하셔서 의아했다. 우리가 조쌤에게 물어보니 감독님도 작년에 어이없게 패했는데 이번에 이겨서 좋아하셨다고 설명해 주셨다. 감독님은 우리에게 복수니 그런 거 생각하지 말라고 하셨지만 감독님도 패한 경기에 대한 좋지 않은 기억을 맘속에 두고 있다는 걸 알게 되었다.

주말 리그의 연승이 이어지면서 우리들끼리도 전승 우승 이야기가 슬슬 나오기 시작했다. 남은 경기는 세 경기인데 두 경기는 추계 대회 이전이고 한 경기만 9월에 있었다. 두 경기의 상대는 신복중과 개운중이었는데 그리 강한 상대는 아닌 것으로 알려지자 우리들끼리 모이면 전승 우승이 다가온 것처럼 이야기했다. 뒤돌아보면 작년 추계 대회 이후 우리가 이겨야 할 경기에서 패한 건 묵동과의 경기 외에는 없었다. 한동안 문제가 있었지만 다시 정신을 차리고 우리의 축구를 찾아가고 있어서 내가 생각해도 전승 우승이 불가능하진 않겠다는 생각이 들었다. 아버지께서도 전승 우승을 말씀하셨다. 어떤 리그에서도 전승 우승은 거의 불가능한 일인데 우리라면 가능할 수도 있을 것 같다고 말씀하셨다. 소년 체전 이후 어려운 고비를 잘 넘겼기 때문에 해볼 만하다고 하셨다.

훈련은 쉬지 않고 진행되었다. 그리고 6월 4일 신복중과의 경기가 다가왔다. 감독님께서 일요일 경기를 앞두고 전날 저녁 전술 회의를 소집하셨다.

"내일은 신복과의 경기다. 우린 4-2-3-1의 포메이션을 선다. 전방에 재범이가 서고 밑에 재선이, 좌우에 종인이와 성원이, 그리고 미드필더에 경태와 성인이가 선다. 수비는 주선이와 제원이, 인성이, 시운이가 선다. 아마도 신복은 내려설 확률이 높지만 예상외로 밀고 올라올 수도 있다. 최근 신복의 성적을 보면 세 경기 연속 승리를 하고 있어서 나름 자신감을 갖고 올라올 수도 있다. 그때는 어떻게 해야 하시?"

"뒷공간을 공략합니다."

경태였다. 감독님이 빙긋 웃으셨다.

"잘 아네. 그땐 뒷공간을 치는 거야. 이젠 내가 가르칠 게 없나?"

여간해서 농담을 하지 않는 감독님이 경태의 대답에 농담 비슷하게 말씀하시자 우리 모두 웃음을 터뜨렸다.

"그런데 경태야, 뒷공간을 공략하려면 어떻게 해야 하지?"

"네, 상대가 라인을 올리면 우리 공격진이 그 뒤로 뛰어들고 우리 미드필더와 후선에서 수비 라인과 골키퍼 사이로 공을 보내면 됩니다."

"그래. 가르칠 것이 없다."

"그럼 수비는?"

"단단하게 잠그면 됩니다."

"어떻게?"

"미드필드부터 압박을 하면 됩니다."

"그건 아닌데."

"그럼 전방 압박부터 시작하면 됩니다."

"그래 그럼 수비는 전방 압박부터다. 전반에 두 골 이상이면 교체도 그대로다. 그리고 마지막으로 너희가 잘하는 걸 더 잘하는 게 가장 좋은 전술이 된다. 너희는 지금 쫓기는 입장이다. 우리의 전술은 이미 노출되어 있고 너희들을 어떻게 막을 것인가에 대해 상대는 많은 준비를 하고 있다. 그런 상태에서 우리도 다른 팀을 분석해 대응하기는 하지만 우리가 잘하는 걸 더 잘하는 게 최선의 전술이란 결론은 변하지 않는다. 알았나?"

"네."

"내일 경기를 이기면 너희들에게 부모님들께서 맛있는 저녁을 사 주겠다고 하셨다. 최선을 다하기 바란다."

"네."

집으로 간 1학년을 제외하고 내일 경기를 위해 남아 있던 우리는 감독님의 마지막 말씀을 듣자 얼굴에 웃음꽃이 피었다. '맛있는 저녁'은 아마도 고기를 먹는다는 걸 의미하기에 벌써 침을 삼키는 동료나 후배도 있었다. 경기를 마치고 먹는 삼겹살이나 돼지갈비는 우리에겐 최고로 좋은 보상이었다. 동계 훈련 때도 그랬고 중요한 경기에서 우리가 승리하면 부모님들은 기꺼이 우리에게 맛있는 저녁을 사 주셨다. 그리고 춘계 대회에서 우승했을 때는 우리에게 영덕 대게를 무제한 먹을 수 있는 곳으로 데려가 주시기도 하셨다. 그리고 '맛있는 저녁' 이야기가 나온다는 건 그만큼 중요한 경기를 앞두고 있다는 의미이기도 했다.

성오가 부상이 깊어서인지 최근 경기에서 많이 뛰진 못했지만 종인이를 선발 윙어로 올린 건 좀 특이했다.

신복중과의 경기는 좀 어려움이 있었다. 평상시의 포메이션에서 몇 명이 바뀌자 연결이 아무래도 조금 어긋났고 그래서인지 전반전을 어렵게 1 : 1로 마쳐야 했다. 그러면서 우린 아마도 스카우터가 온 게 아닐까 추측을 했다. 감독님은 아는 스카우터가 오면 예상치 않게 갑자기 포지션에 변동을 주셨기 때문에 이번 경기도 그렇게 생각했다. 하지만 일단 이기고 봐야 하는데, 더구나 '맛있는 저녁'이 예정되어 있는데 여기서 지면 그대로 숙소로 복귀해 저녁을 먹어야 한다. 마침 경태가 앞에 있었다.

"경태야. 어찌 되었건 이겨야 되잖아?"

"당연하지. 아, 그런데 쉽지가 않네. 신복도 세게 나오고, 우린 손발이 잘 안 맞고."

"후반엔 그냥 앞으로 올려. 재범이와 내가 해결할 테니."

"일단 알았어. 성인이와 얘기할게."

"이기고 보자."

경기를 할 때 인센티브가 주어지면 더 열심히 뛰는 건 당연하다. 이겨야 하는 당위성 외에도 이기면 얻을 수 있는 게 더 있다면 당연히 더 열심히 뛰게 된다. 물론 그렇다고 매 경기마다 인센티브가 있으면 오히려 해악이 된다. 하지만 중요한 경기에 한 번씩 인센티브가 있으면 분명히 경기력을 올리는 동기를 부여해 준다. 지금이 그렇다. 그런데 비기고 있다. 방법을 찾아야 한다.

후반전이 시작되었다. 우리가 못하는 건지 신복이 잘하는 건지 일진일퇴의 공방전이 이어졌다. 동료들과 오랜 기간 같이 경기를 하면 서로의 의도를 읽게 되는데 오늘은 그게 쉽지 않았다. 미드필더와 공격진은 서로 보지 않고도 어디로 패스가 올지 알 수 있어야 빠른 연결이 이어지고 상대의 공간을 파고들 수 있는데 오늘은 유별나게 실수가 많았다. 더구나 재범이가 중앙에 서면서 공격 루트가 중앙으로의 크로스로 계속 이어지자 신복중은 오히려 수비가 편하게 되었다. 공격이 계속 끊기자 감독님은 나와 재선이의 위치를 바꾸라고 주문하셨다. 그리고 얼마 후 성인이가 하프 라인 오른쪽에서 길게 얼리 크로스한 공을 재범이가 센터백 너머로 떨어뜨리는 걸 보고 난 점프를 하며 발리슛으로 골키퍼를 넘기려고 시도했다. 골키퍼는 머리 위로 공이 넘어가자 어이없이 바라보았고 공은 골네트에 안겼다. 한 골 차로 앞서기 시작했다.

신복중은 만회하기 위해 덤볐지만 감독님의 지시에 따라 우린 조금 내려서면서 후반전을 마칠 수 있었다. 연승을 이어 갈 수 있어서 기뻤다.

경기 후 저녁식사는 돼지갈비였다. 대부분의 부모님들도 오셔서 함께 식사를 했다. 아버지들께서는 술도 한잔 하시면서 오늘 경기를 복기하셨고, 그중에 내가 넣은 골이 최고였다고 말씀하셔서 쑥

스러운 마음에 잠깐 화장실을 다녀오기도 했다. 하지만 동료들도 오늘 내가 넣은 골이 정말 멋있었다고 말해 어깨가 으쓱 올라가기도 했다. 이른 저녁을 먹고 난 뒤 집에 갔다 올 수 있으면 다녀오라고 해서 아버지와 함께 집으로 왔다. 아버지는 약간 취하셨는지 내게 오늘 참 멋있었다고 말씀하셨다.

신복중과의 경기를 승리한 후 팀 분위기는 상승세를 이어 갔다. 서로 말은 하지 않았지만 남아 있는 두 팀이 우리를 이길 수 있는 팀이 아니라는 생각하고 있었기에 우린 기왕에 여기까지 전승으로 왔으니 꼭 전승 우승을 달성해 보자는 생각을 공유하고 있었다. 그리고 이런 분위기는 훈련으로 이어졌다. 감독님이나 코치님들이 지시하기 전에 우리 스스로 운동량을 늘렸고 훈련에도 열심히 임했다. 오히려 감독님은 우리보다 후배들에게 더 신경을 쓰는 게 아닌가 하는 생각이 들 정도였다.

보통 이맘때면 감독님께서는 신입생을 뽑기 위해 초등학생들 경기를 보러 가시기도 하고 우리 운동장에서 직접 경기를 치르기도 했다. 우리 운동장에서 경기를 하면 우린 훈련을 하지 않고 후배들의 경기를 지켜보았다. 그러면서 3년 전에 우리도 저렇게 연습 경기를 했다고 웃으면서 얘기했다. 벌써 3년이 지났다. 그리고 3학년인 우리는 마지막 추계 대회를 앞두고 있었다. 이미 진학할 학교가 거의 결정되고 주말 리그도 단 두 경기만 남게 되면서 다들 마무리를 생각하게 되었다.

매주 연습 경기는 계속 진행되었다. 경기마다 감독님은 우리에게 다양한 포지션을 맡겼다. 단, 수비 라인만 빼고. 수비 라인에서도 센터백과 주선이는 완전히 말뚝이었다. 가끔 2학년들을 기용하기도 했지만 우리가 최소한 두 골 이상을 앞설 때 교체로 기용했지 선발로 그 자리엔 누구도 들어올 수 없었다. 하지만 오른쪽 풀백은 운제와 성오, 그리고 시운이까지 자리다툼이 심했다. 정상적인 상태에서는 내가 원톱이고 밑에 재선이, 좌우 윙어에 민한이와 시운이, 그리고 미드필더는 재범이와 경태였지만, 원톱 자리엔 가끔 재범이가 서기도 했고 그럴 때면 나는 미드필더나 윙어를 맡았다. 그래서 난 풀백을 제외한 거의 모든 포지션을 소화할 수 있었다. 그러면서 각 포지션에서 무엇을 어떻게 해야 하는지 알게 되었고 또 연결하는 길도 볼 수 있게 되었다.

하지만 그렇게 알면 알수록 축구는 점점 더 어려워졌다. 전에는 내 앞의 상대만을 제치고 골을 넣으면 되는 게 나의 임무였는데, 지금은 그렇게 슈팅이 이루어지는 과정을 이해하니 상황에 따라 내가 어느 방향으로 서는 게 좋을지 생각해야 하고 때론 슈팅을 한 후 리바운드된 공을 잡기 위해서는 어느 방향으로 슈팅해야 할지도 생각해야 했다. 미드필더를 맡으면 당장의 연결만이 아니라 그 이후의 연결을 위해 공간을 더 살펴야 했고, 윙어로 나설 때는 크로스나 연결 이후에 움직임을 어떻게 가져가야 할지 생각해야 했다. 축구가 점점 더 어려워졌다. 때로는 훈련 때 이런 생각을 하다 실수하기도 했다.

그러던 중 지독한 독감에 걸렸다.

웬만해선 아프질 않는데 한 번 아프면 심하게 앓는 게 나였다. 금요일 오전 수업부터 몸이 으슬으슬 추워지더니 오후엔 심하게 열이 오르기 시작했다. 수업을 마치고 훈련이 시작되기 전 조쌤에게 몸 상태를 말하자 조쌤이 신기하다는 듯 쉬라고 했다. 자진해서 훈련을 쉬는 건 처음이었다. 조금 후 감독님께서 병원에 들러 독감이면 집에 가서 쉬라고 말씀하셨다. 병원에 들러 진찰을 받으니 독감이라 쉬어야 한다고 해서 조쌤에게 전화를 한 뒤 힘들게 집으로 오니 부모님께서 내 상태를 보시고는 바로 약을 먹고 쉬라고 하셨다. 약을 먹은 후부터는 천정이 빙빙 돌고 온몸에 기운이 빠져 일어나기조차 힘든 상황이 이어졌다. 밥도 먹지 못하고 물을 삼키는 것도 힘들었다. 목이 부어 먹기가 힘들자 어머니께서 죽을 쑤어 주셨지만 그조차도 넘기기 힘들었다. 그런 상태로 주말을 집에서 앓고 있는데 아버지께서 말씀하셨다.

"성원아. 감독님께 연락이 왔는데 내일 월요일에 성남 유스팀에서 소집이 있으니 다녀오라고 하시더라. 가서 인사를 드려야 할 텐데 괜찮겠니?"

"언제라는데요?"

"오후 두 시까지라네."

"그럼 내일 학교 갔다가 점심시간에 선생님께 말씀드리고 바로 가면 되겠네요."

"그러면 되겠지. 그런데 움직일 수는 있겠어?"

"약 먹고 더 쉬면 내일은 움직일 수 있을 거 같아요."

"그래. 그럼 푹 쉬어라."

아버지께서 이불을 더 올려주고 방을 나가셨다. 기다리던 시간이 왔다. 내가 진학할 학교와 유스팀에 인사를 하고 감독님과 코치님들과 면담을 할 수 있다는 생각을 하니 그래도 몸이 조금은 나아지는 느낌이 들었다. 다시 잠이 들었다.

눈을 뜨니 창밖이 훤했다. 얼른 시계를 보니 여덟 시가 거의 되고 있어 부리나케 일어났다. 어머니께서 조금이라도 더 재우려고 깨우질 않았다고 빨리 밥부터 먹고 씻으라 하시고 아버지는 차로 갈 테니 늦지는 않을 거라 하셨다. 독감은 좀 가라앉은 듯했지만 제대로 먹지를 못해 움직이면 식은땀이 흘렀다. 무척 힘들었다. 식사를 조금 했지만 거북해 더는 먹지 못하고 아버지와 바로 학교로 출발했다. 아버지는 감독님과 축구부 문제로 상의할 것이 있어서 점심시간까지 학교에 있겠다고 말씀하셨다.

점심시간이 시작되기 전 담임 선생님에게 상황을 말씀드렸더니 조퇴를 허락해 주셨다. 밥은 먹기가 힘들어 빵과 우유로 가볍게 점심식사를 하고 아버지와 함께 성남으로 향했다.

착오였다. 성남 유스팀은 소집이 아니라 테스트였다. 성남 유스팀은 특이하게 감독과 스카우터의 결정에 따라 선수를 선발하는 게 아니라 선수선발위원회가 따로 있어서 연습 경기를 본 후 위원들이 결정하는 제도를 운영하고 있었다. 그걸 모르고 경기복과 축구화도 없이 갔고, 더구나 감기약까지 먹은 상태로 연습 경기에 임해야 했다. 독감으로 연습 경기를 치르는 게 어렵다고 아버지께서 말씀을 드렸지만 경기를 해야만 한다고 해서 경기복과 축구화를 빌려 경기장으로 들어갔다. 몸을 푸는데 하늘이 빙빙 돌았다. 결국 경기 중에 쓰러지고 말았다.

학교로 돌아오는 길에 아버지는 감독님께 전화로 상황을 설명하셨고 감독님은 연습 경기에 대해 이야기를 들은 적이 없다고 하셨다. 그리고 가능하면 학교로 오라고 하셨다. 학교에 도착하니 감독님이 나에겐 쉬라 하고 아버지와 함께 감독님 방으로 들어가셨다. 한참을 두 분이 말씀을 나누신 후 아버지께서 나오셨다. 나에게 바깥으로 나가자고 손짓을 하셨다.

"성원아. 감독님도 착각을 하셨단다. 오랫동안 성남으로 진학을 시키지 않아 절차가 바뀐 걸 몰랐다고 하시는구나. 선발위원회가 있다는 걸 이번에 알았다고 하시네. 그런데 성남 감독님은 너를 꼭 뽑고 싶어 하셔서 다시 연습 경기를 잡겠다고 하셨다는구나. 좀 기다려야겠다."

아무런 생각이 들지 않았다. 아버지의 말씀을 듣고 멍하게 앉아 있는데 눈물이 났다. 다시 열이 나기 시작했다. 아버지께서 감독님께 말씀드리고 다시 집으로 향했다. 집에 도착하니 어머니께서 걱정스런 눈빛으로 맞아 주셨다. 무어라 말씀을 드릴 수가 없었다. 어머니는 나를 안아 주시며 걱정하지 말라고 위로하셨다. 눈물이 왈칵 쏟아졌다.

하루를 집에서 더 쉬니 몸이 회복되었고 수요일 아침에 학교로 갈 수 있었다. 동료들과 후배들 보기도 창피했고 감독님께 인사를 드리기도 뭣해서 합숙소 밖에서 멈칫거리고 있는데 조쌤이 나를 보았다.

"성원이. 너 이리 와."

인사를 하고 주춤거리며 조쌤에게 다가갔다.

"이야기는 들었다. 힘들었다며. 나라도 먼저 내용을 상세히 파악했어야 했는데."

"……."

"감독님이 미안해 하시더라. 성남 감독님도. 두 분 다 서로 알고 있으리라 오해를 하신 것 같아. 하긴 우리가 성남으로 보낸 게 언젠지 나도 모르니."

"……."

"다시 연습 경기 일정이 잡힐 테니 걱정하지 마라. 들어가서 짐 풀고 수업 들어가야지."

"네."

성남 유스팀의 연습 경기가 잡혔고 나는 최선을 다해 뛰었다. 하지만 선수선발위원회는 나에 대해 승인을 하지 않았다고 했다. 제갈 감독님은 성남 감독님이 특별히 나를 챙긴 게 오히려 독이 된 거 같다고 하셨다. 무슨 말인지 이해할 수 없었지만 아버지는 머리를 끄덕이셨다. 그러고는 다른 곳을 알아보겠다고 하셨다.

다른 동료들은 다 진학이 결정되어 여유가 있는데 나만 진학이 결정되지 않고 있는 상황이 낯설었다. 지금까지 축구를 하면서 한 번도 누군가에게 뒤진다고 생각을 하지 않았는데 지금은 내가 맨 끝에 있다는 생각이 마음을 무겁게 짓눌렀다. 훈련을 하면서도 그런 생각이 불쑥 들었고 그러면 계속 실수가 나왔다. 조쌤이 계속 지적을 했지만 멘탈이 흔들리는 걸 어떻게 할 수 없었다. 더구나 포지션을 자주 변경하면서 축구가 어려워진 상태였는데 멘탈마저 흔들리니 제대로 운동을 할 수 없었다. 심지어는 슈팅을 할 때 디딤 발의 위치까지 잊고 엉뚱한 곳으로 공을 차기까지 했다. 동료들도 내가 흔들리는 걸 아는지 힘내라는 말을 해 주었지만 오히려 나는 더 무너졌다. 축구가 무서워졌다. 갑자기 축구에 대해 알고 있는 게 하나도 없는 것처럼 느껴지기도 했다.

저녁을 먹고 쉬고 있는데 조쌤이 나를 불렀다.

"성원아. 요즘 힘들어 보인다."

"……."

"진학 문제 때문에 그러지?"

"……."

"그래. 이해한다. 무엇보다 두 분 감독님이 실수한 것도 있고 나도 챙기지 못한 점 인정한다. 하지만 그게 전부는 아니다. 오히려 지금의 상황이 전화위복이 되어 너에게 더 좋은 상황이 올 수도 있다. 고등학교에 진학하는 건 하나의 과정일 뿐이다. 네가 고교에 가서 어떻게 성장하느냐가 중요하지 어떤 고교나 어떤 유스팀에 가느냐가 중요한 건 아니라고 생각한다. 나도 이 학교에서 어느 학교를 갈 건지 고민했지만 감독님이 제안한 학교로 가서 열심히 노력해 청소년 대표도 했고 그 학교를 우승하게도 만들었다. 하지만 나도 처음에 결정한 학교에서 미끄러져 두 번째 학교로 간 거였다."

"네에?"

"지금까지 이야기를 안 했지만 너를 보고 있으니 안타까워서 이야기한다. 감독님도 가끔 그런 말씀을 하시지만 고등학교는 너희의 최종 목표가 아니다. 고등학교는 성인 축구를 하기 위한 훈련장일 뿐이다. 훈련장이 좋은 곳에 갔다고 해서 모두 좋은 성인 선수가 되진 않는다. 너도 알지만 명문고를 나왔다고 해서 다 좋은 대학엘 가거나 프로 선수가 되는 건 아니잖니."

"그렇지는 하지만……."

"네가 지금까지 잘했고 그래서 순탄하게 컸지만 앞으로 이런 일은 수도 없이 발생한다. 날고 기는 국가 대표도 실수를 해서 전 국민에게 욕을 먹기도 하는데 이 정도는 별것 아니다. 그리고 감독님이 좋은 학교를 곧 제안하실 거다. 그러니 걱정하지 말고 훈련에 전념해라."

다음 날 훈련은 편안하게 소화를 했다. 조쌤의 충고는 많이 흔들렸던 나를 진정시켰고 전보다는 더 집중해 훈련에 임할 수 있었다. 하지만 가장 기본적인 슈팅이나 패스가 쉽게 잡히질 않았다. 저녁을 먹고 혼자 공을 들고 나와 슈팅을 시도해 보았지만 쉽게 방향이 잡히질 않았다. 몇 번이나 다시 시도했지만 공은 내가 생각한 곳과 어긋나게 날아갔다. 그 다음 날도 저녁을 먹고 시도해 보았지만 전과 다르게 공은 엉뚱한 방향으로 날아갔다. 답답했다. 한참을 생각하다 조쌤에게 찾아가 나의 슈팅과 패스를 좀 봐 달라고 부탁드렸다. 조쌤은 웃으며 나의 부탁을 수락했다.

　"성원아. 이유를 알겠다. 네가 슈팅할 때도 그렇지만 패스할 때도 디딤 발과 차는 발이 따로 논다. 공을 다루는 발은 항상 반대쪽 발인 디딤 발이 어떻게 놓여 있느냐에 따라 움직이게 되는데 너는 억지로 공의 방향을 맞추려 하니 공에 힘도 없지 못하고 방향도 흔들린다. 공이 가야 할 방향은 디딤 발의 발끝 방향이다. 너도 잘 알 텐데 잊어버렸니?"

　"아, 네. 그렇죠."

　"다시 해 봐."

　"네."

　디딤 발에 신경을 쓰며 인프런트 킥으로 슈팅을 시도했다.

　"좀 더 자연스럽게 해. 힘이 들어가잖아. 디딤 발이 방향을 결정하면 너는 회전력을 발끝에 얹기 위해 힘을 빼야지. 그렇게 힘이 잔

뚝 들어가고 몸이 젖혀지면 공에 오히려 힘이 얹히지 않거나 뜨게 된다. 예전에 다 배운 건데 왜 그래? 다시 해 봐."

몸을 흔들고 긴장을 푼 후 다시 슈팅을 시도했다. 힘을 빼고 공을 정확히 맞춘다는 느낌으로 부드럽게 공을 찼다. 공은 바람을 가르며 내가 의도했던 오른쪽 구석으로 정확하게 꽂혔다.

"같은 곳으로 10개, 반대쪽으로 10개, 중앙으로 10개!"

"네!"

힘이 났다. 슈팅을 계속하면서 점점 더 공은 정확도를 더했다. 조쌤은 그제야 빙긋이 웃으며 자리를 떴다. 나는 다시 벽을 마주하고 패스를 시작했다. 디딤 발을 신경 쓰며 벽에 목표를 정하고 인사이드로 패스를 하면서 정확도를 측정했다. 점차 거리를 늘리면서 정확도를 확인하는데 재건이가 소릴 질렀다.

"됐어. 이젠 정확해!"

늘 저녁마다 개인 훈련을 하던 재건이가 날 지켜보았던 모양이다. 그러다가 내가 정확도를 찾아가는 걸 보고 다가왔다.

"힘들었지?"

"좀."

"내가 골문 봐 줄게. 제대로 차 봐."

"그래? 그럼 고맙고."

이번엔 슈팅을 시도했다. 내 발을 떠난 공이 내가 의도한 방향으로 날아갔다. 재건이가 엄지손가락을 들어 올렸다.

전반기 마지막 주말 리그는 개운중과의 경기였다. 개운중과의 경기가 끝나면 곧 여름방학이고 우린 추계 대회인 금강대기 축구 대회에 출전하게 된다. 한동안 슬럼프에 빠졌었고 이젠 좀 회복되었다는 느낌이 들어 개운중과의 경기에선 주공격수로 뛰고 싶은 마음이 들었다. 하지만 감독님이 발표한 포지션에 나는 미드필더였다. 꼭 공격수로 뛰어 다시 찾은 감각을 확인하고 싶었지만 포지션이 미드필더라면 그럴 기회는 거의 없을 터였다. 하지만 미드필더이기에 패스만이라도 확인을 하고 싶었다. 7월 1일 개운중과의 경기에선 다시 찾은 나를 보여 주고 싶었다.

점심을 먹고 경기장으로 출발하기 전 미팅에서 감독님이 다시 배정한 포지션은 좀 낯설었다. 재범이를 원톱으로 세운 건 이해가 되지만 종인이가 오른쪽 윙어를 맡고 경태와 내가 미드필더로 자리했다. 시운이가 내려와 오른쪽 풀백을 담당했다. 개운중이 그렇게 강한 팀이 아닌 걸로 알고 있는데 감독님은 나와 경태를 수비형 미드필더로 내리고 거기다가 시운이를 풀백으로 내렸다. 이런 포메이션은 상대의 윙어가 아주 빠르든가 우리가 라인을 올려 상대를 강하게 압박할 때 사용하는 형태였다. 게다가 종인이가 윙어를 맡았다는 점 또한 특이했다.

개운중과의 경기는 오후 4시쯤 시작되었다. 7월 초지만 날씨는 무더웠고 경기를 시작할 때 기온은 30도를 기록하고 있었다. 감독님은 포메이션을 알려 준 이후로 특별한 말씀이 없으셨고 조쌤이

162

전술 지시를 했다. 조쌤은 우리에게 강한 전방 압박을 주문했고 윙을 활용한 크로스도 주문했다.

개운중의 선축으로 경기가 시작되었다. 나는 경기 시작 전 재범이와 재선이에게 2:1 패스를 시도하겠다고 미리 알렸다. 혼자 연습한 패스 정확도도 점검하고 후선에서 침투하는 공격도 해 볼 생각이었다. 시작하고 얼마 지나지 않아 경태가 첫 골을 넣었다. 재범이의 컷백을 경태가 가볍게 밀어 넣었다. 시작되고 바로 첫 골이 터지자 개운중은 당황했고 우리는 계속 압박을 가해 공은 개운중 진영에서 우리 진영으로 넘어오질 않았다. 나와 경태는 라인을 올리고 하프 라인 위에서 상대를 차단하며 좌우로 공을 보내 크로스를 유도했다. 두 번째 골은 크로스를 받은 재선이가 돌아서려는 순간 상대 수비가 재선이를 밀어서 만든 페널티킥을 지현이가 넣었다. 그렇게 2:0이 된 후에도 우린 계속 압박을 했고 좌우에서 크로스를 올려 재범이의 머리에 맞추었다. 재범이는 큰 키를 이용해 직접 헤더 슛을 하기도 하고 후선에 공을 연결해 슈팅을 유도했다. 그러던 중 크로스를 헤더로 밀어 넣으려다 뛰쳐나온 상대 골키퍼와 충돌했고 둘 다 심하게 부딪혔는지 일어나질 못했다. 잠시 후 재범이는 머리를 감싸고 일어났지만 상대 골키퍼는 한참을 일어나지 못했다. 결국 골키퍼는 앰뷸런스에 실려서 경기장을 떠났다. 문제는 거기서 발생했다. 개운중은 예비 골키퍼가 없어서 경기가 계속 지연되었고 한참이나 기다린 후에 2학년 골키퍼가 와서 경기를 할 수 있게 되었지만 경기 지연 벌칙으로 두 골을 추가로 먹어 우린 전반전을 4:0으로 마칠 수 있었다. 전반전을 마치고 감독님 앞에 섰지만 감독님은 수고했다는 말씀 외에는 다른 말씀이 없으셨고 조쌤도 쉬라는 말 외에는 다른 지시가 없었다. 두 분 다 상대의 허술한 준비에 어이가 없으신 것 같았다.

그리고 후반에는 충돌로 부상을 당한 재범이를 빼고 경태가 위로 올라가고 성오가 미드필더로 들어왔다. 그리고 수비진도 2학년으로 교체했는데 센터백도 인성이를 빼고 2학년으로 교체했다. 교체를 하다 보니 절반이 2학년이 뛰는 상황이 되었다. 갑자기 여러 명을 교체하는 이런 상황은 항상 위험했다. 같이 손발을 맞추지 않았기에 실수가 잦아지고, 또 3학년과는 속도가 다른 2학년이 들어오면 연결이 문제가 되고 그러면 골을 내주게 된다. 바짝 긴장을 했지만 염려했던 그대로 수비수의 연결 실수로 상대에게 골을 허용했다. 하지만 뭐라고 할 수도 없었다. 그러면 후배는 기가 죽어 더 실수를 한다는 걸 알기에(나도 그랬다) 괜찮다고 오히려 박수를 치면서 힘내라고 소릴 질렀다. 다행히 후배도 정신을 차리고 다시 경기에 전념하는 듯했다. 경태가 원톱으로 올라가 있어서 나는 성오와 손발을 맞춰야 했는데 함께 미드필더로 뛴 적이 거의 없어서 공수 조율이 어려웠다. 나는 빠르게 원터치 패스로 전방으로 올리는 스타일인데 성오는 일단 공을 잡은 후에 결정하는 스타일이어서 공수의 완급 조절이 서로 맞질 않았다. 하지만 후배들이 열심히 뛰어서 다소 연결이 어긋나는 걸 메꿔 주었고 수비진도 악착같이 덤벼서 방어를 했다. 후반이 거의 종료될 즈음 경태가 전방에서 압박을 가하면서 나와 2:1 패스로 다섯 번째 골을 성공시켜 경기는 5:0으로 마칠 수 있었다.

경기를 마치고 정리 운동을 하고 있던 중에 저녁에 우승 축하 회식이 있다는 이야기를 들었다. 아직 한 경기가 남아 있었지만 다른 팀들이 다음 경기에서 이기고 우리가 진다고 해도 우승이 확정되었기에 부모님들께서 우리를 축하해 주시기 위해 저녁을 사 주신다는 소식을 조쌤이 전해 주었다. 우린 환호했고 뭘 사 주실 건지 궁금해 서로 먹고 싶은 걸 이야기하며 정리 운동을 마쳤다. 짐을 챙겨 들고 버스로 이동하는 중에 2학년 부모님들께서 나에게 후배들을 잘 끌어 주어서 고맙다는 말씀을 하셨다. 후반에 교체된 후배들이 실수를 했을 때 오히려 내가 박수를 치고 응원한 걸 말씀하시는 듯했다.

회식은 2, 3학년 부모님들과 우리 전체가 함께 중화요리점에서 갖게 되었다. 우리가 알고 있던 탕수육이나 짜장면 등이 아닌 고급 중화요리들이 상마다 가득했고 부모님들께서는 술잔을 기울이시며 우리들의 우승을 축하해 주셨다. 감독님도 술을 드시진 못하지만 부모님들과 어울려서 식사를 하시며 많은 말씀을 나누고 계셨다. 하지만 함께 앉아 계신 아버지의 얼굴은 그리 밝지가 않았다.

축하 회식을 마치고 아버지와 함께 집으로 가는 길에 아버지는 아직 학교가 결정되지 않았다고 말씀하시고는 더 이상 말씀이 없으셨다. 아마도 아버지는 다른 동료들이 다 학교가 결정되어 여유가 있는 상황에서 나만 결정이 되지 않아 걱정을 하시는 것 같았다. 사실 나도 불안하기는 했지만 조쌤이 전번에 내게 해 준 말을 믿고 있어서 큰 걱정은 되지 않았다. 아버지는 자존심도 조금 상하신 듯 보였다.

금강대기 우승

전반기 주말 리그 경기를 마친 후 우리의 훈련은 다시 체력 훈련으로 돌아섰다. 7월의 더위와 싸워야 했고 우리 자신과도 싸워야 했다. 리그가 아닌 단기전인 추계 대회는 체력전이란 걸 알기에 우리 모두 점점 강도가 높아지는 훈련을 이겨 내기 시작했다. 작년 2학년 때도 추계 대회에 참가하기 전 정읍에서 전지훈련을 했지만 그 전에 진행된 체력 훈련은 견디기 힘든 날들의 연속이었다. 하지만 춘계 대회에서 좋지 않은 성적을 거두었기에 추계 대회만은 꼭 좋은 성적을 내고 싶다는 간절함이 우릴 견디게 했었다.

하지만 지금의 우리는 이미 작년 추계에 이어 올해 춘계 대회, 그리고 주말 리그까지 우승을 했고, 서울시 소년 체전은 아깝게 준우승에 그쳤지만 나름 할 수 있는 건 다 해 봤다는 생각이 들 수도 있었다. 그런데 어찌된 일인지 동료들 모두 아주 진지하게 훈련에 참

여했고 오히려 2학년들이 우리의 훈련 태도 때문에 혼나기도 했다. 2학년들은 춘계 대회에서 우승을 경험했기에 자신만만한데 우린 오히려 마지막을 우승으로 끝내야 한다는 강박에 사로잡힌 느낌이었다. 서로 말은 하지 않았지만 다들 우리가 치르는 마지막 대회란 걸 알고 있었기에 지금까지의 좋은 기록을 끝까지 이어 가고 싶은 바람이 컸기 때문이었다.

매일 반복되는 셔틀 런은 익숙해질 때도 되었지만 갈수록 점점 더 힘들어졌다. 조쌤의 휘슬이 매일 조금씩 빨라지고 왕복 횟수가 늘어나 셔틀 런을 마치면 행복하다는 생각이 들 정도였다. 시작할 때는 그냥 휘슬에 몸을 맡긴다고 기분으로 시작하지만 몇 번 왕복하면 온몸에서 땀이 나고 얼굴이 붉게 달아올랐다. 이미 햇볕에 타서 까만 얼굴이 붉게 달아올라 검붉은 색으로 변했다. 숨은 거칠다 못해 식식거리는 소리가 났고 그냥 누워 버리고 싶은 생각이 들 정도였다. 입 안이 타들어서 혀가 입천장에 달라붙었고 뱉을 침조차 없었다. 그러다 조쌤의 휘슬이 길게 두 번 울리면 우린 그 자리에 주저앉았다. 그러고는 1학년들이 가져다주는 물을 마시고 겨우 기어 나와 운동장 가장자리의 그늘 아래로 몸을 숨겼다. 태양이 원망스러웠고 구름이 끼거나 비라도 오면 너무나 반갑고 고마웠다.

우리 모두 힘들었지만 그래도 누구 하나 불만을 말하지 않았다. 더러는 힘들다는 표현을 하긴 했지만 그건 불만이 아니라 자신의 체력이 따라가지 못하는 걸 안타까워하는 표현이었다. 동료들이 바꿰어 있었다. 이미 몇 번의 체력 훈련 과정을 통해 인내는 쓰고 열매는 달다는 말의 의미를 알기에 그 힘든 과정이 진행되어도 견디고 있었다.

셔틀 런이 끝나고 잠시 휴식을 취한 후 우린 다시 피지컬 트레이닝을 시작했다. 작은 콘 몇 개와 그물 사다리 비슷한 게 얼마나 다양하게 우리 몸을 비틀고 때론 뛰게 하고 때론 주저앉게 만드는지! 종종걸음으로, 큰 걸음으로, 제자리멀리뛰기, 팔 굽혀 펴기(푸시업), 누워서 다리 들어 올리기(싯업), 프랭크! 그리고 다시 운동장 뛰기!

운동장 뛰기가 시작되면 오늘 하루 훈련이 종료되었다는 안도감에 그나마 마지막 남은 힘을 다해 뛰었다. 훈련복에선 말라붙은 땀이 소금이 되어서 서걱서걱 소리가 났다.

샤워를 하고 저녁을 먹으면 그때부터 졸음이 몰려왔다. 훈련 때 많은 땀을 흘리고 체력이 소진된 상태라 머리를 기대기만 해도 눈이 저절로 감겼다. 3학년인 우리가 그럴 정도라 후배들은 바깥으로 나가 벤치에서 잠들기도 했다. 졸음이 심하게 오면 걸음을 걸을 때 스펀지 위를 걷는 느낌이 들었고 그저 취침 시간만을 기다렸다.

추계 대회인 금강대기는 2년마다 열리는 특이한 대회고 감독님이 강원도축구협회 이사로 계셔서 우리 학교가 꼭 참가하는 대회였다. 우리보다 2년 선배들이 금강대기에 참가해 당당히 우승했기에 이번에 출전하는 우리도 꼭 우승하고 싶었다.

아버지께서는 가끔 명문 팀들에 대해 설명을 해 주셨는데, 명문 팀이 되려면 한두 번의 우승이나 준우승으로는 부족하고 오랜 기간 꾸준히 좋은 기록을 달성해야 가능하다고 하셨다. 이미 우리 선배들이 금강대기에서 여러 차례 우승을 했고 바로 전 대회에서 우승을 했기에 우린 우승을 해야 본전이고 준우승이라도 하면 그건 선배들에게 누가 되는 셈이었다.

금강대기는 학기말 시험이 끝난 다음 주에 바로 시작되기에 시험 기간에는 체력 훈련을 마치고 본격적인 훈련에 들어갔다. 훈련은 늘 하던 대로였지만 우리의 몸은 예전보다 더 커지고 단단해졌으며 빨라졌다. 실제로 훈련을 하면서 동료들과 부딪혀 보고 또 달려 보면 그걸 느낄 수 있었다. 부영중과의 연습 경기에서 우린 거의 일방적으로 압박하고 골을 넣어 승리를 거두었으며, 후배들과의 연습 경기에서는 전반에만 세 골을 넣어 후반엔 수비만 훈련할 정도였다. 나는 원톱과 윙어, 그리고 미드필더를 오가며 역할을 수행했고 나름 자신감이 오르고 있었다. 다만 한 가지 걸리는 점은 진학할 학교가 결정되지 않은 거였다.

대회 참가를 위해 마지막 훈련을 하던 날엔 특식이 나왔다. 부모님들이 우릴 위해 삼계탕을 준비했으니 마음껏 먹으라며 주방 이모님이 우리에게 큼지막한 닭이 들어 있는 대접을 식판 위에 올려 주셨다. 그렇지 않아도 허기진 우리에게 삼계탕은 꿀맛 같았다. 한 마리를 먹고 더 먹을 수 있을 정도로 양이 넉넉했다. 후에 들은 이야기지만 삼계탕은 아버지가 3학년 부모님들을 설득해 별도로 모금을 해 전 학년 모두에게 먹을 수 있게 해 주신 거였다. 어쩌면 그냥 삼계탕일 수 있지만 가슴이 찡했다.

집에서 하루를 자고 짐을 챙겼다.

"성원아. 부상 조심해야 한다. 특히 저번에 다친 발목 조심해라."

어머니는 항상 건강을 먼저 챙기셨다. 그러고는 영양제나 한약 같은 걸 가방에 넣어 주셨다.

"네. 조심할게요."

"시간이 되면 나도 가 볼 거니까 열심히 해."

어머니가 나를 안아 주며 잘 다녀오라고 하셨다. 아버지는 벌써 가방을 들고 문 앞에서 기다리며 빨리 나오라고 재촉하셨다.

차에 타고 창문을 열어 어머니에게 손을 흔들었다. 전에는 어머니와 인사를 할 때면 괜히 눈물이 나곤 했었는데 이상하게 이번에는 담담했다. 그냥 잠시 경기하러 다녀온다는 느낌만 들었다.

"성원아. 감독님이 뭔 말 없으시더냐?"

"별 말씀 없으셨어요."

"그래? 저번에 대회 전에 학교를 확정하자고 하셨는데……."

"그래요? 그럼 제가 여쭤볼까요?"

"아니다. 감독님이 결정되면 말씀한다고 하셨으니 기다려 보자."

"네. 그런데 어느 학교예요?"

"글쎄. 감독님이 몇 군데 알아보는 중이라 하셔서 나도 잘 모르겠다."

"다른 친구들이 다 결정되었는데 저만 아직 결정되지 않아서 힘들어요."

"알고 있다. 그렇다고 아무 곳이나 갈 순 없고, 감독님이 결정해 주신다고 했으니 결과를 보자."

"네."

"그나저나 요즘엔 연습 경기를 할 때도 포지션 이동이 많아?"

"네. 감독님이 저한테 여러 포지션을 맡기시네요."

"할만은 해?"

"그런데 할수록 어려워요."

"그래도 넌 어떤 자리든 소화를 잘하던데?"

"그냥 하는 거지 잘하는 게 아니에요."

"내가 보기엔 잘하던데 뭐. 자신감을 갖고 하면 돼."

"네."

학교에 도착하니 먼저 온 동료들과 후배들이 여기저기 모여서 이야기를 나누고 있었다. 부모님들께서도 많이 나와 계셨고 아버지는 그분들과 어울려 말씀을 나누셨다. 다들 밝은 표정이셨다. 나는 운제와 경태가 함께 있는 곳으로 천천히 걸어갔다.

"왔냐?"

운제가 웃으며 물었다.

"그래, 왔다. 넌 언제 왔어?"

"좀 전에."

"이번이 마지막 대회네."

"그렇지. 중학교의 마지막 추계 대회!"

"아! 벌써 이렇게 되었어."

"뭘 벌써야. 지금까지 우리가 참여한 추계 대회만 두 번이고 춘계 대회도 두 번이야. 이번이 세 번째 추계 대회야."

운제가 손가락을 꼽으며 말을 이었다. 여름방학 때 나와 동료들은 추계 대회에 참석하기 위해 두 번은 제천을 다녀왔고, 지금은 강릉으로 갈 준비를 하고 있다. 첫 추계 대회 때는 형편없었지만 두 번째는 우승을 해 보았고 그때부터 우리는 참가하는 대회마다 우승과 준우승을 해 왔다. 그리고 주말 리그 우승도 확정되었다. 지금 참가할 금강대기를 우승한다면 우린 나름 하나의 기록을 달성하게 될 것이다.

옆에서 운제의 말을 조용히 듣고 있던 경태가 내게 물었다.

"성원아. 너 결정됐어?"

"……."

갑작스런 경태의 물음에 답을 할 수 없어 잠시 경태를 바라보았다. 친한 사이다 보니 스스럼없이 물어본 건데 나에겐 잠시 심장을 멈추게 할 만큼 아픈 질문이었다. 내가 말을 못하자 경태는 상황을 파악했는지 잘못 말했다는 듯 손을 흔들었다. 하지만 나는 슬며시 자리를 벗어나야 했다. 그렇지 않아도 아버지와 그 이야기를 하면서 왔고 입에 올리기도, 또 생각하기도 싫은 내용인데 경태가 불쑥 이야기를 꺼내니 앉아 있기가 창피했다. 운제가 잡으려 했지만 뿌리치고 혼자 움직였다.

조쌤이 전체를 모았다. 그리고 간단한 주의 사항이 전달되었고 우린 버스에 오르기 시작했다. 어느새 경태와 운제가 다가와 내 옆에 서 있었고 함께 버스에 올라 앞자리에 나란히 앉았다. 성오가 경태 옆에 앉고 내 옆에는 운제가 앉았다.

"아깐 미안했어."

경태가 먼저 말을 꺼냈다.

"아냐. 이젠 괜찮아."

"그런데 너만 그런 거 아니야. 나도 지금 학교를 바꾸려고 해."

"뭔 소리야?"

"나도 아버지가 다시 감독님과 학교 문제 이야길 하고 계셔."

"왜?"

"아버지는 유스팀보다 일반 학교를 가길 원하셔. 그런데 일반 학교는 장학 혜택이나 그런 조건들이 쉽지 않은 것 같아."

"처음 알았네."

"운제도 그래."

"맞아. 나도 그래. 나는 큰아버지가 다른 고등학교 감독님을 알고 계셔서 그쪽으로 다시 감독님과 논의 중이야."

"그러고 보니 우리 셋 다 상황이 그랬네."

나는 몰랐던 사실들을 알게 되니 오히려 친구들에게 미안했다.

성오가 우릴 보며 웃었다. 사실 성오는 허리 부상이 계속 문제가 되어 축구를 계속할 건지 고민하고 있었다. 우린 서로 얼굴을 둘러보며 웃었다. 조금은 마음이 풀렸다. 아버지가 언젠가 해 주신 말씀이 기억났다.

"기쁨은 나누면 배가되고 슬픔은 나누면 줄어든다."

창밖을 보니 어느덧 버스는 시내를 벗어나 고속도로를 달리고 있었다.

강릉에 도착한 우리는 숙소에 짐을 풀었다. 경포대 해수욕장 근처에 숙소가 있어서 언제든지 바다로 갈 수 있었지만 우리가 도착한 날부터 비가 오고 바람이 불어 해수욕장은 물론 백사장 출입도 금지되었다. 당장 내일부터 경기가 시작되고 훈련도 조금 후에 시작될 거지만 잠깐 여유를 갖기 위해 해변 길을 걸었다. 바다를 보니 파도가 거세게 일어 모래사장을 덮치고 다시 쓸려 내려가기를 반복하고 있었다. 한참을 멍하니 보고 있는데 후배들이 우릴 찾으러 와 빠르게 숙소로 돌아갔다. 이미 다른 동료들이 훈련복으로 갈아입고 기다리고 있어서 미안한 마음에 서둘러 방에 들어가 옷을 갈아입고 합류했다.

우리가 배정받은 훈련장은 숙소와는 꽤 멀리 떨어진 곳이었다. 그리고 여러 개의 경기장이 한곳에 있어 다른 팀들도 각각 경기장에서 몸을 풀고 있었다. 이미 훈련복을 입고 온 상태라 축구화만을 갈아 신고 훈련에 임할 준비를 한 후 첫 미팅을 가졌다.

"몸 상태는 어떤가?"

"좋습니다."

"그래. 혹시 어디 아프거나 훈련을 쉬어야 할 사람?"

"없습니다."

감독님은 의례적으로 우리의 상태를 물었고 우리 모두 이상이 없다고 대답했다.

"좋다. 3학년은 공식적인 대회 출전은 이번이 마지막이지?"

"네. 그렇습니다."

3학년들만 대답을 했다. 잠시 감독님께서는 우리가 앉아 있는 방향을 바라보시더니 말씀을 이어 나갔다.

"강릉에서 열리는 금강대기는 2년마다 열리는 대회라서 3학년 때 참석할 기회를 갖는 것도 때가 맞아야 한다. 개인적으로는 내가 강원도 출신이고 강원도축구협회 임원을 맞고 있어서 참가하는 측면도 있지만 이 대회에서 우리가 좋은 기억을 갖고 있기 때문에 꼭 참석한다. 내가 감독을 하면서 여기에 더 애착을 갖는 건 이 대회에서 처음 우승이란 걸 맛보았기 때문이다. 더구나 너희 선배들이 이 대회를 통해 널리 알려져 좋은 고등학교도 갔고 이후 프로 무대에 데뷔하기도 했다. 아무쪼록 이번 대회에서도 너희가 좋은 성적을 내 주길 바란다."

감독님께서 잠시 숨을 고르신 후 다시 말씀하셨다.

"이번엔 전지훈련 없이 바로 대회에 출전을 하게 되었는데, 그건 다른 팀도 같은 조건이니 특별히 좋다 나쁘다를 이야기할 필요는 없을 거다. 그러니 지금까지 너희가 학교에서 힘든 체력 훈련과 연습 경기를 통해 준비한 걸 마음껏 펼쳐 보였으면 한다. 특히 3학년은 유종의 미를 거둘 수 있기를 바란다. 그리고 이제까지 너희들은 내가 지시한 전술을 열심히 수행해서 좋은 결과를 가져왔지만 최근 들어 내가 너희에게 전술과 작전 지시를 줄인 걸 알고 있을 거다. 알고 있나?"

"네."

얼떨결에 우리 모두 대답을 했지만 순간 진짜 그렇구나 하는 생각이 내 머리를 스쳤다. 최근 주말 리그나 연습 경기에서 감독님은 전술이나 작전에 대해 긴 설명을 하신 기억이 없고 심지어는 조쌤에게 일임하신 경우도 있었다는 게 떠올랐다.

"그래. 알고 있으면 다행이다. 이젠 내가 그렇게 한 이유에 대해 설명을 하고자 한다. 내가 추구하는 축구는 속도와 압박으로 정리할 수 있다. 속도는 공격을 시작할 때 작동하고 압박은 수비가 시작될 때 작동한다. 물론 공수 양쪽 다 속도와 압박이 필요하지만 주로 그렇다는 얘기다. 공격 시에 속도를 강조하는 이유는 상대방이 압박을 하기 때문이다. 우리 중 한 선수가 아무리 뛰어나다 해도 상대 선수 몇 명이 압박을 하면 연결은커녕 공의 소유권을 넘겨주게 된다. 따라서 압박을 벗어나기 위해서는 압박 전에 먼저 우리가 유리한 공간으로 공을 연결해야 한다. 계속 우리가 유리한 공간으로 공을 연결해 결국 가장 슈팅하기 좋은 곳에서 슈팅하는 게 공격이다. 그러니 공격은 압박을 받지 않기 위해 빠르게 전개되어야 한다. 누구는 점유율 축구라는 표현을 하지만, 점유율은 우리가 공을 계속 안전하게 연결하면 당연히 높아진다. 그런데 일부가 이를 잘못 이해해 자기 진영에서 공을 돌리며 점유율을 높이는 발상을 하는 걸 보았는데, 이는 앞뒤가 바뀐 내용이다. 자기 진영에서 공을 돌리면 오히려 상대의 압박에 걸려 수비가 위험하게 된다. 라인을 올리는 전술은 가능하면 상대방 진영에서 공이 돌게 해 상대적으로 위험을 줄이는 한편, 우리가 상대보다 좀 더 패스가 정교하니까 유리하다는 판단이 섰을 때 시도한다. 만일 우리의 패스나 연결 타임이 상대에 비해 좋지 않으면 절대 시도해서는 안 된다. 바로 뒷공간을 내주기 때문이다. 상대 진영에서 공을 빼앗겼을 때 바로 압박을 하는 수비 전술 역시 상대 진영에서 공이 돌게 하기 위해서다. 상대가 우리 진영으로 넘어오는 것 자체를 막는 게 가장 좋은 수비이기 때문이다. 과거에는 우리가 공격을 하다 공을 빼앗기면 바로 우리 진영으로 내려와 자신의 수비 위치에서 상대 공격을 막는 게 일반적이었다. 하지만 나는 공을 빼앗긴 지점부터 바로 압박으로 상대의 연결을 막고 더 나아가 공을 빼앗아 다시 공격하는 게 수비의 핵심이라고 생각한다. 하지만 이를 위해서는 상당한 체력이 필수다. 끊임없이 공간을 찾아 이동하고 압박하려면 상대를 압도하는 체력이 선행되어야 한다. 결국 내가 원하는 축구를 하기 위해서는 체력이 충분히 뒷받침되는 사람부터 기용할 수밖에 없다. 아무리 기술적인 완성도가 높은 선수라도 체력이 떨어지면 전체적인 전술 운용을 위해 빠져야 한다. 그렇다고 그것을 부끄러워할 필요는 없다. 다 그럴 수 있을 테니까. 우리가 압박에 실패해 우리 진영으로 공이 넘어오면 우린 다시 협력 수비를 하는데, 결국 이것 또한 강력한 압박이다. 지역 방어를 하면서도 공을 소유한 상대 선수 한 명에게 우린 최소 두 명 이상이 붙기에 상대는 항상 불안하게 된다. 그러면 바로 실수로 이어지게 된다. 이것이 내가 추구하는 축구다. 그런데 이제 다른 팀에서 우리가 추구하는 축구를 알고 이를 방어하기 위해 전술을 가다듬었다. 이번 대회는 그래서 힘들 수 있다. 하지만 다른 팀이 우리의 전술에 대비한다면 우리가 선택할 수 있는 방법은 두 가지라는 걸 너희도 알고 있다. 하나는 다른 전술을 사용하는 거고, 다른 하나는 뭘까?"

"우리가 평소 잘하는 걸 더 잘하는 겁니다."

감독님이 머리를 끄덕이면서 웃으셨다.

"그래. 우리가 잘하는 걸 더 잘하면 이길 수 있다. 하지만 그것만으로는 조금 부족한 부분이 있다. 그게 뭘까?"

"……."

감독님께서는 한참 뜸을 들인 후 다시 이야기를 시작하였다.

"최근에 내가 너희에게 전술이나 작전 지시를 많이 하지 않고 심지어는 아예 하지 않는 경기도 있었다. 왜 그랬을까?"

"……"

"그래도 너흰 잘하지 않았니?"

"……"

"요즘 나는 너희가 스스로 고민하고 경기를 풀어 가는 자율 축구를 시도해 보고 있다. 물론 상황에 따라 다르지만. 자율 축구라는 게 별것 아니다. 너희끼리 알아서 하는 게 자율 축구다. 그러면 감독이 필요 없지."

감독님의 말씀에 우린 모두 입이 벌어졌다. 놀라서 뭐라 말도 하지 못하고 침을 삼키며 감독님의 다음 말씀을 기다렸다.

"놀라기는! 그렇다고 내가 감독을 그만둔다는 게 아니다. 감독의 역할이 바뀐다는 말이지. 지금까지의 감독 역할이 세세하게 전술을 짜고 작전을 지시하는 것이었다면, 내가 생각하는 축구 감독은 선수들이 스스로 전술을 짜고 작전을 수행할 수 있는 능력을 만들어 주는 사람이야. 다시 말하면 너희가 축구를 하도록 지도하는 걸 넘어 너희가 스스로의 축구를 생각하도록 만드는 게 감독의 일이라 생각한다."

충격이었다. 지금까지 감독님이 세세한 지시를 내리지 않고 그대로 둔 게 우리가 스스로 축구를 할 수 있도록 만들려는 과정이었다니! 순간 뭔가가 생각이 날 듯했지만 다시 시작된 감독님의 말씀에 묻혀 버렸다.

"선생님들은 특정한 과목만이 아니라 전체적으로 모든 과목의 성적이 뛰어난 학생에게 '공부머리'가 있다고 말하곤 한다. 공부머리가 있다는 말은 곧 공부하는 방법을 안다는 거지. 이런 학생들은 그냥 둬도 성적이 잘 나온다. 게다가 이런 학생들은 어느 부분이 시험 문제로 나올 것인지를 스스로 파악한다. 아마 민한이도 그런 스타일이 아닐까?"

모두가 민한이를 보았다. 민한이의 검게 탄 얼굴에도 붉은 기운이 보였다.

"그런데 축구에도 '축구머리'가 있다. '축구머리'가 뭘까?"

"……."

갈수록 어려워지고 있었다. 그리고 예전에 어떤 프로 야구팀 감독님이 말씀하셨던 '자율 야구'란 단어가 떠올랐다.

"축구머리는 어떻게 하면 축구를 잘할 수 있는지를 스스로 생각하는 능력이다. 누군가의 지시에 의해 움직이는 게 아니라 자기 스스로 판단해서 움직이는 능력이다. 그런데 축구가 어려운 게 나 혼자는 스스로 판단해서 움직이는데 동료들이 나와 같은 방향으로 움직이지 않으면 의도한 대로 좋은 결과를 낼 수 없다는 데 있다. 다시 말하면 축구는 전체 선수들이 축구머리를 가져야 자율 축구가 가능하다는 말이다. 3학년은 작년부터 축구 이론을 체계적으로 배웠고 힘든 과정을 잘 이겨 왔다. 그래서 최근에는 너희 스스로 해보라고 지켜보기도 했다. 물론 너희가 자만에 빠지거나 흔들리면 간섭을 하고 지시도 했지만 가능한 너희 스스로 답을 찾을 수 있도록 지켜보았다. 그리고 이젠 어느 정도 확신을 가졌다. 그래서 이번 대회에는 너희를 믿고 자율 축구를 해 보려고 한다. 나는 너희가 해결할 수 없을 때만 관여할 생각이다. 한 가지 부탁한다면, 좀 더 간결하게 경기하는 방법을 찾아보아라."

대회 때마다 감독님은 우리에게 축구 이론과 함께 많은 이야기를 들려주셨나. 우린 그런 이야기를 들으며 성장했기에 지금 이 자리까지 올 수 있었다. 그런데 감독님은 지금 우리에게 한 번도 해보지 않은 자율 축구를 하라고 말씀하고 계시다.

'자율 축구!'

"우린 이번 대회에서 우리가 준비한 모든 걸 쏟아부어 우승에 도전한다. 그리고 그 핵심 전략은 간결함과 초반 승부다. 공격 시에 백 패스나 횡 패스는 줄이고 가능한 한 전진 패스를 하고 슈팅을 아끼지 마라. 그리고 전반에 승부를 결정지어라. 대기하고 있는 동료들이 있으니 지치면 동료와 교체하고 다음 경기를 대비하면 된다. 하나 더 덧붙이자면, 이젠 너희 스스로 플레이를 만들어 봐라. 누가 시켜서 하는 게 아니라 기본을 알고 있으니 너희 스스로 경기를 만들어 보라는 거다. 창의적인 패스만이 아니라 창의적인 슈팅도 있고 창의적인 수비도 있을 수 있다. 그렇게 하기 위해서는 너희가 머릿속으로 많은 상황을 가정하고 그때 어떻게 할지를 결정하고 있어야 한다. 생각하지 못했던 상황이 닥치면 당황해서 엉뚱한 플레이를 하게 되는데, 이를 방지하기 위해서는 항상 여러 가지 다양한 상황을 미리 생각해 두고 거기에 대비하고 있어야 한다. 알겠나?"

모두가 숨을 죽였다. 말씀하시는 내용이 이제까지 우리가 알고 있던 감독님의 가르침과는 너무 다른 내용이기에 뭐라 대답할 수도 없었다. 답답했다. 하지만 감독님은 또 말씀을 이으셨다.

"이미 너희는 많은 경기를 통해 어떻게 하면 이긴다는 걸 알고 있다. 전술과 작전을 알고 있다는 거지. 그리고 너희 각자의 컨디션에 따라 경기의 주인공이 누가 될지도 너희끼리는 알지. 그리고 경기의 템포도 너희가 조절할 줄 안다. 그러니 굳이 내가 지시를 하지 않아도 너희가 느끼는 그대로 하면 된다. 주장인 인성이가 전체의 템포를 조절하고 미드필더진에서 강약을 조율하면 된다. 그리고 상대가 강하게 나오면 뒷공간을 노리면 된다. 너희가 다 알고 있는 내용이다. 그렇게 다 아는 걸 너희가 스스로 해 본다. 알겠나?"

"네!"

얼떨결에 대답을 했다. 하지만 감독님의 설명은 틀린 게 아니었다. 최근의 연습 경기나 주말 리그에서 감독님은 특별한 지시가 없었고 조쌤도 부분적인 것들만 지적했지 예전처럼 경기 전체에 대해 전술과 작전을 지시하진 않았다. 정 선생님은 예전부터 골키퍼에게만 지시를 하셨고. 그렇다면 감독님과 코치님들이 이미 우리에게 자율적으로 축구를 하도록 이끌었다는 건가?

"전진 패스를 많이 하려면 미드필더가 항상 상대의 움직임을 파악하고 있어야 가능하다는 것쯤은 잘 알고 있을 테고, 미드필더끼리 서로 보호해야 한다는 것도 알고 있겠지?"

"네?"

나를 포함해서 몇 명이 동시에 답변을 했다. 이건 처음 듣는 이야기였으니 미드필더로 뛰었던 동료들과 내가 놀란 건 당연했다. 미드필더끼리 보호하다니!

"놀라기는. 이미 너희가 하고 있는 걸 설명하고 있는데. 너희들 중에 미드필더를 보는 경태나 재범이, 그리고 성원이, 성오, 성인이, 그런데 왜 이리 성자 돌림이 많아. 하여간 재선이까지 포함해 너희들이 미드필더를 볼 때 한 명이 공을 소유하고 있으면 다른 한 명이 공 받을 준비를 하는 척하며 상대를 유인하든가, 아니면 상대가 공을 소유한 미드필더를 막아서려 할 때 몸싸움을 해 주는 행동이 사실은 서로 보호하는 행동이다. 그리고 상대의 공간을 파고들기 위해 둘이 공을 주고받는 행위도 사실은 보호에 가까운 행동이다. 이해되었나?"

"네."

"잘 생각해 봐라. 너희가 공간을 찾아서 이동하는 건 역으로 이야기하면 상대가 공을 소유한 우리 팀의 누군가에게 집중되는 걸 방지하는 역할을 한다. 또, 미드필더가 센터백 앞에서 수비하는 걸 센터백을 보호한다고 하는데, 이 역시 미드필더의 수비 행위가 센터백 앞에서 상대 공격을 막다 보니 그런 표현을 쓰게 된 거다. 축구는 팀과 팀의 경기다 보니 한 사람의 행동이 다른 사람에게 늘 영향을 미치게 된다. 축구는 공을 소유한 사람의 움직임만 중요한 게 아니라 모든 선수가 팀에 어떻게 기여할지를 생각해야만 좋은 경기가 될 수 있다. 만일 너희 중 누군가가 지쳐서 잘 뛰질 못한다면 상대는 그 선수를 방어하지도 않으려 할 거고 우린 연결할 수 있는 선수 하나가 없어지는 거다. 이중으로 손해를 보는 거지. 그래서 그 선수가 아무리 잘하는 선수라 하더라도 교체를 해야 한다. 팀을 위해서는 실력이 좀 떨어지는 선수라도 경기장을 휘저을 수 있는 힘이 있으면 훨씬 도움이 된다. 냉정하게 생각을 해라. 이젠 너희가 그런 의미까지 생각을 하면서 축구를 해야 할 때가 되었다. 그리고 너희가 상대와 격차를 벌린 상태에서 상대가 과격하게 덤비지 않는다면 대량 득점을 하겠다는 욕심은 버리는 게 좋다. 작년에 결승에서 너희에게 공을 돌리라고 지시했던 걸 기억해라. 주저앉은 상대를 심하게 대하는 건 옳지 않다. 격차가 벌어졌으면 상대가 기분 나쁘지 않게 마무리하는 기술도 필요하다. 상대가 거칠게 나오면 싸워야겠지만 같이 감정싸움을 하거나 심판에게 항의하는 건 어리석은 행동이다. 상대가 거칠면 거칠수록 너흰 더 신사적으로 경기해야 한다. 이젠 훈련을 시작하도록!"

감독님께서는 긴 설명과 함께 우리에게 경기 운영에 대한 당부까지 하셨다. 그러고는 툭툭 자리를 털고 마치 아무런 일도 없었다는 듯 걸어가셨다. 우린 한동안 말없이 멍하니 있었다. 이를 깨운 건 조쌤이었다.

"언제까지 그러고 있을 거야?"

그 소리에 겨우 정신을 차리고 감독님의 말씀을 되새기면서 부리나케 경기장 안으로 들어갔다. 잠깐이지만 감독님 말씀 중에 '한 사람의 행동이 늘 다른 사람에게 영향을 미친다'는 부분이 가슴에 와닿았다. 우린 팀이고 팀원 중 누구 하나가 움직인다면 그건 팀을 위한 움직임이어야지 나를 위한 것이어서는 안 된다. 천천히 경기장을 뛰면서 몇 번이나 그 말을 되새겼다.

훈련은 가볍게 끝났다. 우리가 훈련하는 중간에 부모님들께서 오셔서 지켜보고 계셨다. 감독님과 아버지, 재범이 아버지가 함께 말씀을 나누고 계셨다. 궁금했다. 다음 날 있을 경기에 대비해 몸을 푸는 정도로만 훈련했고 날씨도 태풍이 올라와서인지 그리 덥지 않아 체력에 여유가 있었다. 하늘엔 먹구름이 잔뜩 끼어 있었다.

저녁 시간에는 우리들 사이에서도 많은 이야기가 오갔다. 과연 감독님이 우리에게 지시를 내리지 않고 자율적으로 하도록 내버려둘 건지에 대해 의견이 나뉘었다. 우리가 지고 있으면 분명 지시를 할 거라는 의견이 대부분이었다. 그 와중에 운제는 감독님의 말을 흉내 내면서 우리에게 농담을 해 한참을 웃기도 했다.

첫 경기는 오전 경기였다. 첫 경기 상대인 경기 화윤FC와는 예전에 연습 경기를 한 경험이 있어서 충분히 상대할 수 있다는 생각이 들었다. 경기장에서 몸을 풀면서 감독님이 어제 말씀하신 것처럼 오늘 전술과 작전 지시를 하지 않을 건가가 무척 궁금했다. 동료들 역시 몸을 풀기 위해 가볍게 달리기를 하고 있지만 나와 같은 생각을 하고 있을 거라 생각하고 옆에 있는 운제에게 물었다.

"정말 지시를 안 할까?"

"나도 궁금해."

"만일 지고 있는 상황이라면 감독님도 어쩔 수 없이 지시를 할 텐데?"

"아니야. 어제 말씀하시고 오늘 뒤집으시려면 말씀을 하지 않으셨겠지."

운제의 말을 듣고 보니 감독님께서는 어제 말씀하신 대로 작전 지시를 하지 않을 거란 생각이 들었다.

"운제야. 몸 풀고 오늘 어떻게 할 건지 우리끼리 얘기해 봐야 할 거 같아."

"그래. 해야지."

"그런데 선발은 정하시겠지?"

"이미 올라가 있을 거다."

"그럼 선발끼리라도 이야길 해야지."

"일단 이거 마치고."

"알았어."

패스 훈련에 이어서 슈팅 훈련까지 마치자 바로 조쌤이 우릴 불렀다.

"원톱은 재범이가 선다. 좌우 윙어는 민한이와 성원이. 재선이가 재범이 밑에. 미드필더는 경태와 성오. 그리고 수비는 주선이, 제원이, 인성이, 시운이가 선다. 나머지는 감독님 말씀대로 너희가 알아서 한다. 지면 짐 싸서 집으로 바로 갈 수 있다. 나는 2학년과 여기남으면 된다.”

조쌤이 우리에게 장난 비슷하게 말을 했지만 말에 뼈가 있었다. 우리가 알아서 이겨야지 만일 지면 바로 짐을 싸서 집으로 간다는 말은 모든 책임을 우리가 진다는 거였다. 그 말을 들으니 갑자기 두려움이 몰려왔다. 조쌤은 그렇게 말하고는 2학년이 훈련을 시작한 옆 운동장을 바라보았다. 인성이가 우리에게 모이라고 손짓했다.

“우리 어떻게 하지?”

“저번에 했던 그대로 하면 되는 거 아냐?”

주선이가 자신 있게 답했다.

“우린 말을 많이 해야 할 거야. 지금부터 서로에게 다음 연결 대상에 대해 말해 주어야 하고 주장인 인성이나 미드필더들은 우리의 위치나 움직일 방향에 대해 말해 주어야 해. 특히 크로스나 중거리 이상으로 공을 보낼 때는 확실히 받을 사람을 지정해 주어야 해. 그래야 혼동되질 않아.”

민한이가 조리 있게 우리에게 말했다. 확실히 맞는 말이다. 이제까지는 감독님이나 조쌤의 지시에 다라 움직였지만 지금부터는 우리가 감독이 되고 코치가 되어야 한다. 그러기 위해서는 당연히 소통이 원활해야 한다. 좀 더 빨리 상황을 파악해야 하고 좀 더 정확하게 공의 방향을 알려 주어야 한다. 자신의 책임을 회피하기 위해 공을 좋지 않게 보내면 그건 받는 사람의 문제가 아니라 보내는 사람의 문제다. 수비에서도 서로가 맡을 지역과 커버할 선수를 명확히 지정해야 한다. 그러한 수비 지정은 우리가 배운 수비 규칙에 따라서 해야 한다. 내가 편하기 위해 잘못 지정하면 수비는 구멍이 난다. 민한이가 명확한 기준을 제시했다. 우리 모두 머리를 끄덕였고 다시 인성이가 나섰다.

"민한이 말이 맞아. 우리 서로에게 계속 움직임에 대해 말을 하자. 그러면 우린 잘할 수 있을 거야. 들어가자."

우리 진영에서 제원이가 먼저 상대를 향해 함성을 질렀다. 그러고는 함께 함성을 질렀다. 상대가 우릴 쳐다보았다.

"말을 많이 하자. 방향을 말해 주자."

인성이가 다시 확인했다.

동료들 모두 자율 축구라는 걸 긍정적으로 받아들이고 있었다. 그리고 다들 우리 스스로를 믿고 있는 거 같았다. 아니 내가 다른 동료들을 믿는 것처럼 다른 동료들도 그렇게 서로를 믿고 있는 거 같았다. 그러기에 자신 있게 경기에 임할 수 있었다.

우린 전반에만 두 골을 넣었다. 움직일 때마다 누군가 계속 공의 방향을 말했고 누구는 포지션이 얽히는 걸 지적하며 공간을 잡아 주었다. 동료들은 어쩌면 그간의 경험과 감독님의 전술 교육에 익숙해져서 자연스럽게 경기를 운영하고 있는 것처럼 보였다. 특히 인성이와 경태는 경기 내내 악을 쓰고 있었다.

골이 들어갈 때마다 관중석의 부모님들은 박수를 쳤지만 더 이상의 무엇은 없었다. 어쩌면 부모님들이 우리의 골과 승리에 익숙해져 있다는 느낌을 받았다.

감독님과 조쌤은 말없이 우릴 보고 계셨다. 상대팀 감독과 코치님들이 계속 지시를 하는 모습과 대비되어 이상하게 느껴졌다. 소외된 느낌이라고나 할까! 하지만 경기가 격렬해지면서 그런 생각을 할 겨를이 없었다. 계속 공간을 찾아 이동해야 했고, 공을 달라고 신호를 보내거나 상대 수비를 돌파해야 했다. 상황에 따라 부지런히 수비 가담을 하거나 전방 압박도 해야 했다. 나만 그런 게 아니라 동료들 모두 알아서 대응하고 있었고 서로에게 소리를 지르면서 뛰었다.

전반전이 끝나자 감독님께서는 가볍게 웃으며 우리에게 쉬라는 말만 하셨고 조쌤이 오히려 몇 가지를 지적했다. 하지만 전술이라기보다는 공격 시에 재범이가 고립되는 부분과 간격 유지에 대한 지적이었다. 그 이상은 어떤 지적이나 주문이 없었다. 덕분에 그늘에서 느긋하게 쉴 수 있었다.

"잘 돌아가는데?"

옆에 있던 운제가 웃으며 말했다.

"그래. 생각보다는 잘되고 있어."

"잘하면 진짜 감독님 지시 없이 마칠 수도 있을 것 같아."

"맞아. 인성이와 경태가 콜을 잘하고 있어."

"후반엔 나도 뛰어야 하는데."

"뭐 한 골 더 들어가면 다들 교체하지 않을까?"

"그러시겠지. 빨리 한 골 더 넣어라."

"그건 재범이에게 부탁해라."

"네가 빨리 넣어."

"알았어. 열심히 해 볼게."

잠시 후에 후반전을 알리는 휘슬이 울렸다. 감독님은 열심히 하라는 말씀 외에 다른 말씀은 없으셨다. 하지만 말이 없는 감독님이 더 무섭게 느껴졌다. 다시 머리를 맞댄 우리는 주장인 인성이가 전반과 같이 파이팅을 하자고 해 어깨를 걸었다. 부모님들께서 관중석에서 보내는 박수 소리가 들렸다. 그런데 부모님들은 지금 우리 상황을 알고 계시려나?

후반전 시작과 함께 우린 다시 움직였다. 전반전을 뛰어 본 상황이라 어느 정도는 익숙해져 있었고 상대 수비나 공격 패턴도 알고 있어서 우린 더 거세게 밀어붙였다. 세 번째 골은 내가 만들었다. 오버래핑한 시운이에게 공을 주고 중앙으로 들어간 상황에서 크로스가 올라와 헤더로 내리쳤다. 공은 골키퍼 반대 방향의 그물에 꽂혔고 3 : 0이 되자 감독님께서는 기다렸다는 듯 교체를 시작했다. 교체가 되어도 우리의 경기 운영은 변함이 없었다. 교체되어 들어온 동료는 이미 대기석에서 충분히 흐름을 보고 들어왔기에 오히려 힘이 있어서 더 강하고 빠르게 자기 포지션을 소화해 주었다. 우리의 공세가 오히려 강화되자 화윤FC는 완전히 내려섰다.

"돌리자!"

인성이가 소리쳤다. 지금 이 상황에서 우리가 더 골을 넣을 필요도 없고 체력을 아껴야 한다고 인성이가 판단한 듯했다. 공이 중앙에서 놀기 시작했다. 경태와 성오를 축으로 나와 종인(민한이와 교체)이도 내려와 같이 공을 돌렸다. 재선이와 교체된 상만이도 여유있게 함께 공을 돌렸다. 상대도 우리가 템포를 죽이자 거세게 나오지는 않았다. 어찌 보면 작년 추계 대회 결승과 같은 상황이었다. 다만 다른 점은 그땐 감독님이 공을 돌리라고 지시했지만 지금은 우리 스스로 그런 판단을 내렸다는 거다. 경기는 그렇게 끝났다. 화윤FC 감독님께 인사를 하고 우리 감독님 앞에 둘러서자 감독님께서는 빙긋이 웃으시며 우릴 맞았다.

"수고들 했다. 쉬어라."

뭔가 말씀이 있을 거라 생각했지만 역시 간단하게 정리를 하셨다. 조쌤이 우리에게 정리 운동을 지시했고 우린 옆의 보조 운동장으로 몰려가면서 서로에게 잘했다는 말을 아끼지 않았다. 모두 얼굴에 뿌듯함이 묻어 있었다.

정리 운동을 마친 우리는 일단 숙소로 가서 쉰 후 오후에 후배들의 경기를 볼 예정이어서 버스로 이동했다. 버스에 오르기 전 아버지께서 잘했다고 어깨를 두드렸다. 그러면서 지나가는 말처럼 얘기하셨다.

"제주는 어때?"

"네?"

"제주!"

"아, 제주 유스요?"

"그래."

순간 머리카락이 곤두서는 느낌이 들었다. 아버지와 감독님이 상의해 내 진로를 제주로 정하셨을 거라는 생각이 들었다. 그리고 잠깐 생각하니 좋을 거 같았다.

"네. 전 좋아요."

"그래, 나도 나쁘진 않은 거 같다."

"네."

"그럼 좀 더 생각해 보고 감독님께 말씀드리도록 하자."

"네."

아버지께 대답을 하고 버스에 오르는데 맥이 풀렸다. 아니 갑자기 귀에서 윙하는 소리가 나고 생각이 멈췄다. 의자에 털썩 앉자 경태가 물었다.

"왜 그래?"

"……."

"뭔 일이야?"

"어, 어, 그게 말이야."

"뭔데?"

"응. 학교를 말씀하셨어."

"그래? 어딘데?"

"아직 확실한 건 아니라 말하기 뭣한데, 좀 기다려 봐."

"말해 봐."

"아냐. 아직은 아닌 거 같아."

내가 힘들어 하는 걸 알고 있는 경태라서 그런지 더는 묻지 않았다. 그리고 경태와 운제도 아직 결정이 되지 않은 상황이라 말을 꺼내기가 조심스러웠다. 하지만 진로에 대한 아버지의 말씀은 네게 큰 힘이 되었다. 뿌옇게 보이던 창문이 맑아지는 느낌이랄까!

숙소로 가는 동안 여러 생각이 머리를 스쳤다. 새롭게 진로가 결정되면 아무것도 아닌 일인데 그동안 마음고생이 정말 심했다. 진로가 결정되어 느긋하게 운동하는 동료들을 보면 때로는 열등감마저 들 정도였다. 누군가가 유스팀은 자체에서 거의 올리고 외부에서 뽑을 선수는 이미 끝났다는 말을 해 불안한 마음으로 꽤 긴 시간을 걱정하기도 했었다.

숙소에 도착한 우리는 빠르게 샤워를 한 뒤 바로 식당으로 가서 식사를 했고 잠시 쉬다가 후배들의 경기를 보러 다시 버스에 올랐다. 경기장에 도착하니 관람석에는 2, 3학년 부모님들이 모두 함께 계셨는데, 우리가 들어서자 반갑게 맞아 주셨다. 2학년 부모님들이 우리가 정말 잘한다고 칭찬을 하자 3학년 부모님들은 2학년이 더 잘할 거라고 말씀하셔서 분위기가 참 좋았다. 아버지는 관람석 뒤편에서 나를 보고 웃고 계셔서 올라가니 옆에 서게 하셨다. 그리고 후배들이 몸을 풀고 경기하는 걸 함께 볼 수 있었다. 이런 상황은 이제까지는 거의 없었다. 감독님은 경기만 자율로 하도록 하는 게 아니라 생활도 자율을 생각하시는 듯한 느낌이 들었다. 물론 우리에게 절대 아이스크림이나 찬 음료수 같은 건 먹지 말라는 지시는 하셨지만!

"그래. 생각해 봤어?"

"네."

"그리로 결정할까?"

"네. 전 괜찮은 것 같아요. 거기엔 동일이 형이랑 진구 형도 있어서 좋을 것 같아요."

"그렇지. 너 2년 선배들 중에서 그 둘이 참 잘했었지. 그래 그리로 가면 선배들이 있어서 챙겨 줄 수도 있겠네."

"네. 그래서 좋을 것 같아요. 형들한테 배울 수도 있고요."

"알았다. 그럼 감독님께 그렇게 말씀드리자."

"그런데 어머니는 언제 오세요?"

"음, 다다음 번 경기 때 오실 거야."

"네."

"그런데 요즘 감독님이 경기 때 거의 지시가 없더라?"

"네. 평소에도 감독님이 별로 지시를 안 했는데 특히 이번 대회에는 저희에게 자율권을 주시고 전혀 지시를 하지 않으세요. 조쌤도 마찬가지고요."

"그러면 너희끼리 하는 거야?"

"네."

"그게 가능해?"

"계속 해 오던 게 있고, 또 동료들이 상대에 따라 어떻게 대응해야 하는지 잘 알고 있어서 별 문제 없어요. 단지 서로에게 계속 콜을 해 주고 위치 조정이나 방향 때문에 소릴 질러서 힘이 들지만 잘 맞아요."

"그럼 오늘 경기에서 감독님이 아무 지시도 하질 않았어?"

"네."

"감독님도 대단하지만 너희도 대단하다."

아버지와 내가 이런 대화를 나누자 옆에 계시던 부모님들께서 동료들에게 다시 내용을 확인하셨다.

후배들도 여유 있게 경기를 풀었고 감독님은 가끔 지시를 내리셨다. 조쌤은 계속 자리에서 일어나 지시를 했다. 경기는 후배들의 승리로 끝났다. 이젠 좋은이나 현우도 자기 몫을 충분히 해냈다.

저녁을 먹고 밖에 나오니 바닷바람이 시원하게 불었다. 우리가 내려온 날부터 태풍 예보가 있더니 하늘은 구름이 잔뜩 껴 있고 바람도 심상치 않게 불었다. 우리야 어차피 대회를 치르기 위해 왔으니 상관없지만 휴가객들에겐 정말 엉망인 날씨였다.

천천히 바닷가를 걷는데 재범이가 다가왔다.

"태풍이 오긴 오나 보다."

"그런 거 같아."

"오늘은 어땠어?"

오늘 내 포지션이 오른쪽 윙어라 그게 어땠냐는 질문이었다.

"괜찮았어. 넌?

"오늘은 좀 아니었어."

"왜?"

"공이 오지 않아 힘들었어."

"하긴 오늘은 공이 미드필드와 좌우에서 많이 놀았지."

이미 경기 내용을 충분히 복기해 본 후라 재범이의 말에 바로 내 생각을 말했다.

"그래서 말인데, 왜 공을 나에게 보내지 않는 거야?"

"그건 아니야. 상대 센터백이 너하고 신장이 비슷하고 너를 계속 밀어내니까 공을 띄우기보다는 스루 패스나 좌우 돌파 후 컷백을 노린 거지."

"그래도 해볼 만했는데 아쉽더라."

"그럼 이따가 우리끼리 미팅할 때 동료들에게 말해. 어차피 감독님이 지시를 내리지 않고 우리가 전술과 작전을 만들어 가는 거니까 얘기하고 다른 애들의 의견을 들어 보자."

"알았어. 그렇게 하자."

"그나저나 휴가 온 사람들은 날씨가 나빠서 좀 그렇겠다."

"참, 성원아. 너희 아버지와 우리 아버지, 그리고 좋은이 아버지가 관동대학교 앞에 방을 얻으셨다고 하더라."

"뭐?"

"방을 얻었대. 어차피 우리가 결승에 갈 거라고 생각하고 10일간 방을 얻었대."

"그래? 세 분은 참 잘 어울리셔."

"이젠 들어가자. 동료들도 모일 때가 됐어."

저녁식사 전에 주장인 인성이가 회의를 소집했기에 동료들이 산책을 하거나 방에서 뒹굴다가 8시가 되자 숙소 마당으로 하나씩 모여들었다. 물론 감독님과 코치님들은 오시질 않았다.

"이제 다 왔네. 이젠 우리가 어떻게 할 건지 이야길 좀 하자. 오늘은 상대가 전에 경기를 해 봤던 팀이라 큰 문제가 없었지만 내일모레 있을 경기는 우리가 이제까지 한 번도 상대하지 않은 팀이라 어떻게 해야 할지 모르겠어."

"맞아. 오늘은 괜찮았지만 강릉동중은 우리가 상대해 보질 않아서 어떻게 준비를 해야 할지 모르겠어."

민한이가 조금은 심각한 표정으로 말을 받았다. 순간 동료들이 모두 민한이를 쳐다보았다. 늘 감독님의 질문에 시원하게 답을 했고 우리 중에 가장 공부를 잘했기에 민한이가 어떤 답을 갖고 있지 않을까 하는 생각에서였다. 하지만 민한이도 머리를 가로저었다.

"그렇다고 감독님께 여쭤보기도 뭣하고, 어떻게 해야 하지?"

"……."

다시 인성이가 우리에게 묻자 모두 입을 다물었다.

"그런데 감독님이 전술이나 작전 지시를 하지 않겠다고 했지 상대 팀에 대해서 알려 주지 않겠다고 한 적은 없잖아."

상만이가 엉뚱한 말을 했다.

"감독님은 우리끼리 전술이나 작전을 수립하라고는 하셨지만 다른 말씀은 없으셨잖아. 그러니 감독님께 그 팀에 대해 물어볼 수 있는 거 아냐? 그리고 조쌤에게도. 경기를 하는 건 우리지만 상대에 대한 분석은 감독님과 코치님들이 하는 거잖아."

"맞다. 그건 상만이 말이 맞다."

재선이가 맞장구를 쳤다. 그러자 동료들도 머리를 끄덕였다.

"그럼 누군가 감독님이나 조쌤에게 우리 의견을 말해야 하잖아."

인성이가 우릴 둘러보며 말했지만 우린 웃으며 모두 검지손가락으로 인성이를 찍고 있었다. 인성이가 화들짝 손을 내저었지만 우린 모두 입을 모아 외쳤다.

"바! 로! 가! 바! 로! 가!"

인성이가 머리를 푹 숙이더니 오른손으로 자기 머리를 몇 대 두드렸다. 하지만 주장이라는 책임감도 있어서 어쩔 수 없다는 듯 감독님이 계시는 숙소로 들어갔다. 우린 잠시 여유가 생기자 이런저런 이야기를 나누며 기다리고 있었다. 그러자 잠시 후 인성이가 감독님을 모시고 나타났다. 감독님은 우릴 보고 미소를 띤 채 천천히 걸어오셨다.

"다들 모여 있었구나. 그렇지 않아도 소집을 할까 했는데. 인성이에게 너희 의견을 들었다. 결론을 먼저 말하면 당연히 나는 너희에게 상대 전력을 알려 줄 책임이 있다. 그건 전술과 작전의 영역이 아니다. 깅릉동중이 강팀은 아니다. 그렇다고 너희가 쉽게 이길 수 있는 팀도 아니다. 내가 아는 한 강릉동중은 나름 이곳 강릉에서는 상위권 팀이고 공격, 특히 윙 플레이가 좋은 팀이다. 대개 윙 플레이가 좋은 팀은 주력이 좋은 윙어가 있지. 그리고 크로스 능력이 좋고. 수비는 좀 약한 것 같다. 이 정도면 너희가 어떻게 해야 할지 알 수 있을 텐데. 더 설명해야 하나?"

어찌 보면 단순한 설명이었지만 그 정도면 우리가 어떻게 공격과 수비를 해야 할지 충분히 생각할 수 있었다.

"아닙니다. 잘 알겠습니다."

우리는 힘차게 대답했다. 감독님이 상대팀에 대해 저렇게 설명하면 다음의 전술 지시가 어떻게 나온다는 걸 우린 충분히 경험했기에 힘차게 대답할 수 있었다.

"그럼 너희끼리 포지션도 정해 봐라. 인성이는 결과가 나오면 나에게 알려 주고."

감독님은 포지션까지 우리에게 결정해 보라 말씀하시고는 더는 하실 말씀이 없는지 숙소로 올라가셨다. 잠시 침묵이 흘렀다.

"그런데 포지션을 우리가 어떻게 정해?"

인성이가 말하면서 우릴 둘러보았다. 감독님은 별것 아닌 것처럼 말씀하셨지만 포지션 문제는 우리에게 아주 예민한 부분이다. 당장 누굴 주전으로 할 건지, 그리고 누굴 어느 포지션에 배치할 건지는 경기의 흐름을 좌우할 수 있고 또 승패를 결정할 수 있는 문제다. 감독님이 우릴 포지션에 배정하면 전술을 생각할 수 있지만 포지션 자체를 우리가 결정하는 건 아무리 생각해도 무리인 듯 보였다.

"우리가 결정할 수도 있는 거 아닌가?"

경태가 손을 들면서 말했다. 동료들이 다 경태를 바라보았다.

"사실 훈련과 연습 경기를 하다 보면 우리가 우릴 더 잘 알잖아. 그리고 우리끼리 서로 발이 잘 맞는 동료도 있고. 그러면 그렇게 짝을 지어서 포지션을 결정하면 되지 않을까?"

경태의 말에 동료들 모두 한동안 말을 하지 못했다. 이런 적이 한 번도 없었기 때문에 생각을 해 보지 않은 영역이고, 포지션 문제는 감독님 권한이라는 생각이 절대적이었기 때문이다. 나 역시 이 문제는 우리가 결정할 수 있는 문제가 아니라 생각했는데 경태의 말을 듣고 보니 어찌 생각하면 그렇게 할 수도 있겠다는 생각이 들었다. 우리끼리 축구를 할 때 우리가 포지션을 결정하는 것처럼.

"잠깐. 그건 아니라고 봐."

주선이가 나섰다.

"만일 우리가 포지션을 결정해 감독님이 그걸 그대로 엔트리로 낸 후에 경기에 지게 되면 그 책임은 누가 지는 거지? 그리고 그렇게 되면 우리는 어떻게 되는 거야? 또 교체는?"

주선이의 말은 다시 우리를 놀라게 했다. 우리는 그저 포지션을 결정하는 것만 생각했는데 주선이는 이후에 일어날 일까지 생각해서 말했기에 놀랄 수밖에 없었다. 주선이의 지적은 우릴 당황하게 만들었다. 그리고 삼시 우린 옆 사람과 이 상황에 대해 웅성거렸고 그러느라 조쌤이 우리 옆에 와 있는 걸 의식하지 못했다.

"잠깐!"

조쌤이 나섰다.

"그래 주선이의 말이 옳은 거 같다. 어쩌면 감독님은 너희가 현재의 포지션 배정에 대해 어떻게 생각하는지를 알고 싶어서 그렇게 말씀하셨을 수도 있겠다. 하지만 주선이의 말이 맞는 거 같다. 이 부분은 감독님의 전권이다. 나도 너희의 컨디션을 말씀드릴 뿐이지 포지션 문제에 대해선 절대 말씀드리지 않는다. 또, 간혹 어떤 부모님이 감독님께 포지션에 대해 부탁을 한 경우에 이렇게 하신 적이 있었는데 지금은 잘 모르겠다."

다시 웅성거렸다. 혹 누구의 부모님이 감독님께 그런 부탁을 한 게 아니냐는 이야기가 잠시 우리 사이에 돌았다. 그러자 조쌤은 잠시 말을 멈추고 우릴 지켜보기만 했다. 잠시 후 다시 말했다.

"감독님이 왜 그렇게 말씀하셨는지 알 수는 없다. 하지만 분명한 건 포지션 배정은 감독님의 절대 권한이다. 그 이유는 감독님이 우리 팀의 결정권자이기 때문이다. 그리고 한 가지 충고를 더 하면 앞으로 패스를 할 때 그 다음 연결을 생각하라는 말을 해 주고 싶다. 오늘 경기에서 너희는 면책성 패스가 좀 있었다. 물론 너희끼리 하다 보니 그럴 수 있겠지만 그건 바깥에서 보면 다 보인다. 단지 내가 공을 뺏기는 모습을 보이지 않으려고 위험을 동료에게 넘기는 패스는 하지 않았으면 좋겠다. 그리고 좋은 패스는 연결 후 다음 연결을 고려하는 패스다. 바둑에서 고수들 사이의 우열은 상대의 몇 수 앞을 보느냐에 따라 달라진다고 하는데, 너희 패스도 그 다음에 어떻게 연결이 되는가에 따라 너희 실력이 확 드러난다. 뭔 말인지 알지?"

조쌤이 아픈 곳을 찔렀다. 실제로 공을 받기 전 전체적인 공간 파악이 제대로 되어 있지 않으면 공을 받는 순간 그저 안전하게 다른 동료에게 넘기는 경우가 있다. 이런 패스는 경기의 속도를 떨어뜨리고 자칫 역습을 유발한다. 오늘 나 역시 그런 경우가 있었기에 조쌤의 지적이 뼈아팠다. 그 말을 남기고 조쌤은 바깥으로 나갔고 다시 인성이가 나섰다.

"다른 생각 있니?"

"……."

"아무래도 우리가 결정하는 건 아닌 것 같아."

"그래."

"그럼 감독님께 그렇게 말씀드릴게."

"그래, 그렇게 하자."

포지션 문제는 그렇게 결정되었다. 경태가 머리를 긁적였지만 주선이가 어깨를 만져 주었다. 하지만 문제는 또 있었다. 감독님께서 포지션을 결정한다고 해도 적어도 경기 시작 몇 시간 전에는 알려 주셔야 우리끼리 전술과 작전을 논의할 시간이 생긴다는 거였다. 그 생각이 들어 감독님께 말씀드리러 가는 인성이에게 내 생각을 말했다. 인성이도 충분히 공감한다며 감독님께 말씀드리겠다고 했다. 그리고 얼마 후 인성이가 감독님을 뵙고 밝은 얼굴로 우리에게 돌아왔다.

"감독님께서 알겠다고 하시며 내일 오전 훈련 때 포지션을 알려 주시겠다고 하셨어. 그리고 포지션은 항상 일찍 알려 주시기로 하셨어."

인성이가 그렇게 말하자 같이 있던 동료들이 안도의 숨을 내쉬었다. 내가 생각하기에도 분명히 어떤 문제가 있었던 것 같았다.

다음 날 오전 훈련을 마칠 즈음 감독님은 우리에게 강릉동중과의 경기에 선발로 출전할 포지션을 알려 주셨다.

포지션은 저번 경기와 같았다. 저녁 시간에 3학년 전체가 숙소 앞마당에 모였다. 태풍의 영향인지 날씨는 선선했고 바람마저 불어 더위는 느껴지지 않았다.

"내일은 어떻게 공격할까?"

"그냥 하던 대로 하면 되지 않을까?"

"아니야. 내일은 전반전에 빠르게 승부를 내자. 그렇게 하려면 초반에 몰아쳐서 골을 결정지어야 해. 재범이가 전방에 있으니 성원이와 민한이도 중앙으로 들어가고 후방에서 길게 크로스하거나 중앙에서 스루 패스로 가는 건 어떨까?"

"상대편 윙어가 빠르다는데 일방적으로 몰아치다가 뒷공간을 열어 줄 수도 있잖아."

"그 정도는 시운이나 주선이가 충분히 커버할 수 있잖아. 그리고 인성이와 제원이도 있는데."

"전반에 몰아치고 후반에 조절하자."

주장인 인성이가 계속 지명을 하면서 의견을 묻자 말들이 계속 이어졌다. 이러다가는 의견만 말하다 끝이 나지 않을 것 같자 인성이가 거수로 결정하자고 했다. 그리고 초반에 공격을 집중하자는 것으로 결정이 났다. 그러자 나와 민한이가 윙어의 역할보다는 포워드의 역할을 수행하는 스리 톱으로 전환해 4-3-3 포메이션으로 경기에 임하기로 했다. 우리가 회의를 마치고 일어설 때는 이미 취침 시간이 다가오고 있었다.

경기장은 저번 경기를 했던 그 경기장이었다. 우리가 도착했을 때 이미 와 계셨던 부모님들께서 우릴 반갑게 반겨 주셨다. 들은 말로는 부모님들께선 여름휴가를 우리 대회에 맞추셔서 겸사겸사 강릉에서지내고 계셨다. 어머니가 보고 싶었다. 아버지 말씀으로는 다음 경기에 오신다고 했으니 며칠 더 기다려야 했다. 아버지가 다가와 어깨를 툭 치셨다.

"제주로 결정했다. 열심히 해."

"네."

순간 가슴이 뛰었다. 그리고 절로 힘이 났다. 이젠 열심히 축구만 하면 된다는 생각이 들었다. 몸이 가벼웠다.

경기 시작과 함께 우린 강하게 밀고 올라갔다. 경태와 성오 그리고 재선이까지 가세한 미드필더진은 충분히 위력이 있었다. 거기에 수비수인 주선이와 시운이가 오버래핑을 하면서 공을 계속 중앙으로 투입했다. 전반전에만 재범이와 재선이 그리고 내가 골을 넣어 3:0으로 마칠 수 있었다. 강릉동중은 나름 우릴 막기 위해 애썼지만 속도와 패스의 정확성에서 우리와 차이가 있었다. 우리의 계속되는 패스 연결에 강릉동중은 많이 당황했고 수비 라인이 무너지면서 기회가 많이 생겼다. 경태와 재선이의 전진 패스는 수비 라인을 수시로 무너뜨렸고 주선이와 시운이의 크로스도 재범이와 내가 정확히 받을 수 있었다. 한두 골은 더 들어갈 수 있는 결정적인 기회가 있었지만 골포스트를 맞고 나오기도 했다.

후반전이 시작되고 얼마 지나지 않아 감독님은 교체를 시작했다. 선발로 뛰고 있던 우린 동료들에게 계속 소리치며 체력이 남아 있다는 걸 보여 주려 했지만 감독님은 교체를 단행하셨다. 아직까지 나는 교체가 없었지만 더 열심히 뛸 수밖에 없었다. 그리고 얼마 후 교체로 들어온 상만이가 골을 넣어 4:0이 되었다. 후반 종료 시간이 다가오자 인성이가 공을 돌리라는 주문을 했다. 이 정도면 우리가 더 힘을 쓰기보다는 수비에 중점을 두고 체력을 아끼자는 의미였다. 공을 돌리기 시작하자 상대가 우리 진영으로 넘어왔지만 우리가 다시 공세를 취하면 수비 라인을 내렸기에 크게 힘들이지 않고 경기를 마칠 수 있었다.

마지막 예선 경기는 3일 후에 예정되어 있었다. 계속되는 태풍의 영향으로 날씨가 덥지 않아 훈련하기엔 더없이 좋았다. 가끔 비도 내려 땀을 식힐 수 있었고 부모님들이 훈련장에 오셔서 격려해 주셨기에 우린 여유를 가질 수 있었다. 후배들도 연승을 해서 함께 좋은 분위기를 유지할 수 있었다. 그리고 어느새 우리끼리는 3연패를 이야기하기 시작했다. 2학년 추계 대회와 3학년 춘계 대회 우승, 그리고 3학년 추계 대회인 이 대회를 우승하면 3연속 우승이었다. 또한 3학년에서만 춘계 대회와 주말 리그 우승에 이어 3개 대회를 제패하게 되는 거였다. 아버지도 지나가는 말로 3연패를 말씀하셨기에 이미 부모님들도 이를 의식하고 있을 거라 생각되었다. 하지만 이런 이야기는 알게 모르게 심적 압박이 되었다. 경기를 하는 입장에서 이를 의식하면 정상적인 운영이 어려워질 수 있는데도 마치 공공연한 비밀처럼 우리들 입에서 입으로 전해졌다.

세 번째 경기를 앞둔 저녁에 감독님이 전체 소집을 알렸다.

훈련 시간에만 우리와 함께하셨고 그 외의 시간에는 감독님을 볼 수 없었기에 우린 모두 감독님이 무얼 하시나 궁금해 했다. 누구는 감독님이 강원도축구협회 임원이라 바쁘다고도 했고 누구는 다른 팀 경기를 보러 다니신다고도 했다. 하지만 아버지에게 들은 바로는 감독님은 아직 진로가 결정되지 않은 동료들의 진학 문제를 해결하기 위해 여기저기 다니고 계신다고 했다. 감독님은 가능하면 부모님들의 의견을 들어주기 위해 노력하는 중이라고 아버지는 말씀하셨고 기의 마무리가 되고 있다고도 하셨다. 그러던 중 소집을 하셨기에 나는 무슨 일일까 무척 궁금했다.

저녁 7시는 아직 어두워지진 않았지만 하늘에는 먹구름이 잔뜩 끼어 있었다. 우리가 다 모이고 조쌤이 확인을 한 후 감독님과 정선생님이 함께 나오셨다. 그리고 마당에 준비한 의자에 앉으시고는 말씀을 시작하셨다.

"해마다 춘계 대회가 있고 또 추계 대회가 있었다. 그때마다 우리 팀은 대회에 참가했다. 처음에는 4강에도 오르기 힘들었지만 너희 선배들이 열심히 노력해서 점점 좋은 성적을 거두게 되었다. 지금은 우리 학교 출신 프로 선수도 흔하게 볼 수 있고 또 지도자도 많이 배출되었다. 작년에도 너희에게 이런저런 이야기를 해 준 기억이 있는데 그때는 아마 3학년이 일찌감치 탈락을 해서 지금 너희들만 이야기를 나눈 것으로 기억한다."

감독님이 이야기를 시작하자 우리는 모두 집중해서 경청했다.

"너희들도 알고 있다시피 나 역시 선수 생활을 했고 선수 시절엔 힘든 일도 많았다. 그리고 그때는 지금처럼 선수 생활이 자유롭지 못했다. 감독님과 코치님들의 지시엔 무조건 따르는 게 당연하다고 생각했었다. 그저 지시하는 그대로 따르는 게 잘하는 거라 생각했었지. 그때는 체벌도 있었고 이유 없는 기합도 받았다. 그렇지만 축구부는 으레 그런 거라 생각해서인지 누구도 문제 삼지를 않았어. 그런데 지금은 사정이 많이 바뀌었다. 조금만 기합을 세게 주어도 문제가 되고 체벌을 하면 크게 문제가 되지. 이렇게 변하게 된 걸 당연한 일로 이해한다. 진즉에 이렇게 되어야 했는데 오히려 늦은 감이 있다. 그리고 그런 행위들이 얼마나 우리나라 축구를 뒤떨어지게 했는지 다시 생각해 보기도 한다. 왜 그런 행위들이 축구 수준을 뒤떨어지게 했을까?"

"……."

감독님은 뜬금없는 이야기로 시작을 하는 경우가 많았다. 하지만 그런 이야기들이 뒤에 가서 정작 이야기하고 싶었던 내용과 연결이 되는 걸 알기에 정신을 집중하고 계속 이어지는 감독님의 말씀을 들었다.

"나는 너희에게 자율 축구를 해 보라고 했다. 그리고 지금까지 두 경기를 치렀는데 3학년은 말 그대로 자율적으로 잘하고 있다. 물론 2학년은 좀 더 배워야겠지만. 나도 옛날 사람이라 처음에는 이게 될 거라고 생각하지 못했는데 교육을 받고 강의를 들어 보니 이렇게 하는 게 너희 성장에 훨씬 도움이 될 거란 확신이 들어 시행하게 되었다. 그 이야기를 하려 한다."

잠시 침묵이 흘렀다. 그러고는 감독님이 우릴 둘러보고 말씀을 이으셨다.

"얼마 전에도 내가 맥아더 장군 이야기를 했지. 또 그 이야기를 하려 하는데, 재미없다고 생각하는 사람은 나가도 좋다. 절대 뭐라 하지 않을 테니까. 없어? 그럼 계속해 볼까? 맥아더 장군이 일본군 과 태평양 전쟁을 치르면서 처음에 무척 놀란 건 일본군의 무모함 이었다. 일반적으로 공격하는 측은 수비 측보다 세 배의 군사력이 필요하다고 알고 있었는데 일본군은 엇비슷한 군사력인데도 공격 을 했고 무모하다고 할 만큼 돌격했지. 미군은 처음엔 일본군의 그 무모함에 밀려 계속 패했다. 일본군은 포로까지 죽이는 만행을 서 슴없이 저지르고 민간인까지 엄청나게 학살했다. 비단 우리나라만 이 아니라 중국, 대만, 필리핀, 그리고 동남아시아의 여러 나라를 점령하면서 무자비하게 살상을 했고 나쁜 짓을 저질렀다. 그런데 일본군에게는 특징이 있었다. 일본군은 집단으로 싸울 때는 용감한 데 개인이나 소단위로 싸우면 힘을 못 쓴다는 점이었다. 후에 학자 들이 이런 현상에 대해 많은 연구를 통해 증명을 했는데 이런 걸 두 고 일본의 집단주의적 성향이라고 한다. 혼자서는 할 수 없는데 단 체가 되면 아무 일이나 주저 없이 하는 성향이지. 너희가 알고 있는 '이지메'라는 것도 이런 집단주의의 하나다. 맥아더 장군은 전쟁을 경제학적인 관점으로 생각하는 사람인데, 그러려면 상대의 장단점 을 정확히 파악해야 가능하거든. 그래서 전쟁 중에 각 전투의 특성을 파악해 보니 일본군의 공격 패턴이 항상 같다는 걸 알게 되었다. 일본군은 전차나 대포 같은 현대전에서 사용하는 무기는 별로 사용하지 않고 오직 보병으로 돌격하는 특징을 보였다. 그리고 자기가 속한 집단을 믿고 상대를 얕보다 보니 공격 시에 세 배의 전투력이 필요하다는 원칙도 무시하고 전력을 조금씩 투입하다가 많은 피해를 입는 것도 확인했다. 너희 중에 혹 과달카날 전투에 대해 들어본 사람 있나?"

"……."

"좀 어렵긴 하지. 과달카날 전투는 태평양 전쟁에서 미군 반격의 시발점이 된 전투인데 미군은 일본군이 올 것을 예측하고 많은 무기를 숨겨 두고 기다렸다. 일본군은 예외 없이 처음에는 일개 대대 병력을 투입해 거의 전원이 죽었고 다음에는 연대 병력을 투입했지만 패퇴했다. 그러자 그제야 사단 병력을 투입했지만 또 전투에서 패했고 더 많은 군단 병력을 보내려고 많은 군함과 비행기를 동원했지만 이를 미리 예측하고 준비한 미군에게 완패하고 만다. 일본군은 개인 무기와 일부 대포만 있을 뿐 미군처럼 다양한 무기가 없었다. 또, 미군은 많은 특수 부대를 활용했다. 일본의 특정 부대를 효율적으로 공략하기 위해서는 전면전도 필요했지만 미군은 상황에 따라 특수 부대를 투입해 일본군의 전투 능력을 상실하게 한후 최소의 희생으로 섬멸하곤 했지. 또한 맥아더 장군은 휘하의 각부대장들에게 권한을 많이 위임해서 상황에 대해 독자적인 판단에 따라 전투를 할 수 있도록 허용했다. 반면에 일본군은 한 번 명령이 떨어지면 죽으나 사나 그 명령을 수행하는 구조라 상황에 따라 바꿀 수가 없었다. 이런 구조로 전쟁을 하다 보니 초기에는 좀 어설펐던 미군이 경험을 쌓으면서 일본군을 압도하게 되었던 거다."

감독님께서는 잠시 쉬면서 물을 드시고는 우릴 둘러보았다.

"간단하게 말하면 맥아더의 미군은 자유스럽고 효율적으로 전투를 수행했고 일본군은 단순하고 비효율적으로 싸웠다. 특히 일본군은 군인이나 민간인의 목숨을 쉽게 생각했지만 미군은 그 반대였다. 또, 일본군은 해전에서도 초기에는 하와이의 진주만을 급습해 일부 승리를 거두었지만 전술적인 능력에서 뒤져 미드웨이 해전에서 거의 궤멸되고 만다. 더욱 차이가 나는 건, 해전의 양상이 항공모함에 의해 결정될 거라 판단하고 미군이 항공모함과 비행기 양산에 전력을 다한 반면, 일본군은 거대한 전함을 고집해 '야마토'와 '무사시'라는 항공모함과 덩치가 비슷한 전함을 만들고 불침함이라며 좋아했다는 점이다. 하지만 미군은 항공모함에서 이륙한 비행기로 거대한 일본 전함을 수장시켰다. 한마디로 일본군은 옛날 방식으로 전쟁을 하려 했고 미군은 새로운 방식을 찾았다. 여기에서 맥아더 장군의 능력과 미국의 특징을 찾을 수 있다. 과거에는 집단으로 힘을 과시하고 무조건 명령에 따르는 체제가 성공할 수 있었다. 단순한 작업을 반복적으로 하는 업무는 그렇게 하면 생산성이 높아지니까. 하지만 그런 방식은 한계가 있다. 어느 정도 시간이 지나면 더는 생산성이 높아지지 않고 새로운 기술이 개발되지 않는다. 축구도 그와 같다. 단순한 걸 잘하도록 훈련시켜 일정 수준까지 끌어올릴 수는 있지만 그 이상의 발전은 어렵다. 일본군이 결국 자유로운 사고와 창의적 생각이 뒷받침된 미군에게 패배한 걸 보면 결론은 명백하다. 거기서 나는 사람의 목숨을 다투는 전쟁과 전투에서도 그러한데 축구는 더더욱 그럴 거라는 생각을 하게 되었다. 기존의 강팀을 이기고 더 발전하려면 새로운 기술을 도입해야 하고 새로운 전술과 전략을 만들어야 한다. 그리고 그걸 나 혼자만 하는 게 아니라 코치도 해야 하고 선수인 너희도 해야 할 거라는 결론에 도달했다. 그러기 위해서는 자유롭게 생각하고 새로운 걸 만드는 데 주저하지 말아야 한다는 생각이 들었다."

정신을 차릴 수 없게 감독님은 많은 이야기를 쏟아 내셨다. 하지만 내 머리로 정리하면 '자유롭게 생각하고 다양한 시도를 해야 한다'로 요약되었다.

"너희가 잘 모르는 태평양 전쟁에 대해 길게 이야기했지만 정리하면 이렇다. 누군가의 지시에 의존하는 축구는 성장에 한계가 있다. 그래서 더 성장하기 위해서는 스스로 창의적으로 축구를 해야 한다. 지금 축구의 세계적 추세가 속도와 압박이라 요약했지만 그게 과르디올라 감독이나 클롭 감독의 전유물은 아니다. 물론 그들이 새로운 전술을 개발했지만 그걸 실행한 건 전술을 이해하고 스스로 창의적인 축구를 한 팀의 선수들이다. 만일 선수들이 전술을 이해하지 못하고 새로운 도전을 하지 않았다면 오늘날의 바르셀로나와 도르트문트는 존재하지 않았을 거다. 앞으로 선수들은 단지 감독의 지시에 따라 공을 차는 수동형이 되어서는 성장하지 못한다. 전술을 이해하고 능동적으로 축구를 하는 선수만이 성장할 수 있을 거다. 지금도 많은 선수들이 축구를 하고 있지만 그중에서 훌륭한 선수가 되려면 지금 이야기한 자유롭고 창의적이며 능동형의 조건을 갖추어야 한다고 생각한다. 내가 너희들에게 강조하고 부탁하고 싶은 말이다. 꼭 기억하기 바란다. 그리고 지금 너희가 어떤 상황인가를 생각해 보기 바란다."

긴 설명을 마친 감독님께서는 목이 마른지 물을 마셨다. 그러고는 우릴 한참동안 바라보셨다. 서서히 여름밤이 깊어 가고 있었다.

방으로 들어와 감독님의 말씀에 대해 재범이와 이야기를 하고 있는데 다른 동료들이 계속 끼어들었다. 참 많은 이야기가 오갔다. 특히 자유, 창의, 능동이란 단어에 대해서 많은 이야기가 오갔다. 누군가는 장난스럽게 우리나라 축구가 '뻥축구'를 하느라 발전하지 못했는데 히딩크 감독이 창의적이고 자유로운 축구 개념을 도입한 뒤에야 발전하게 되었다고도 했다. 히딩크 감독님은 우리가 태어나던 2002년에 월드컵 대표 팀 감독이었는데 기존의 감독님들과는 완전히 다르게 지도를 하셔서 선수들이 많이 당황했다는 이야기를 우리도 알고 있었다. 선후배 간에도 그냥 이름을 부르게 하고 자유롭게 의사를 표현하도록 했다는 이야기를 들었다. 그리고 선수들과 전술에 대해서도 토론했고 코치진의 의견을 많이 수용했다는 이야기도 들었다.

그날 밤 우린 참 많은 이야기를 나누었다.

서울 팀인 단촌중과의 경기는 3:0 승리로 끝났다. 포메이션의 변화 없이 우린 4-2-3-1 진형을 그대로 활용했다. 다만 전과 달랐던 건 나도 그렇지만 모두 좀 더 이타적인 플레이를 했다는 점이다. 그런 현상은 패스 연결에서 많이 보였다. 공격할 때나 수비할 때 공을 받는 사람이 편할 수 있도록 공을 연결했고 나 역시 그런 부분을 많이 생각했다. 조쌤의 조언이 확실히 먹히고 있었다. 그렇게 예선 세 경기를 한 골도 먹지 않고 세 골 이상 차이로 완벽하게 마무리한 뒤 우린 8강에서 서울의 강팀인 동서중과 맞붙게 되었다.

어머니가 오셨다. 경기를 하면서 다른 부모님들이 함께 관람하시는 걸 보면 나도 아버지와 어머니가 함께 계셨으면 하는 마음이 간절했는데 경기를 마친 후 어머니가 나를 안아 주자 잠깐 눈물이 났다. 그리고 어머니께서 진로가 결정되어 다행이라고 말씀하셔서 나도 좋다고 말씀을 드렸더니 손을 꼭 잡아 주셨다. 그리고 어머니는 결승까지 볼 수 있도록 휴가를 냈으니 꼭 우승하라고 하셔서 머리를 끄덕였다.

예선 마지막 경기 다음 날 바로 8강 경기가 잡혀 있어서 체력이 문제가 될 거란 걸 다들 알고 있었다. 더구나 상대는 하루를 쉬고 우리와 경기를 하게 되어 우리에겐 아주 좋지 않은 상황이었다. 아무리 태풍이 다가와 날씨가 덥지 않다고 하더라도 여름이기에 조금만 뛰어도 땀이 많이 나고 체력이 빨리 소진되는 건 어쩔 수 없었다. 그런데 단촌중과의 경기 후에 회복도 되지 않은 상태에서 다시 경기를 해야 하고, 더구나 상대가 동서중이라면 상황이 좀 심각했다. 나조차도 체력이 정상이 아니라고 느끼고 있는데 동료들의 컨디션이 걱정되었다.

저녁을 먹고 쉬고 있는데 인성이가 모이자고 해서 우린 숙소 마당으로 나갔다.

"감독님이 내일 선발 명단을 주셨어. 그런데 좀 이상해. 그냥 공격에 상만이·종인이·재선이, 미드필더에 성원이·재범이·경태, 수비에 주선이·제원이·나 그리고 성인이 이렇게만 되어 있어."

인성이가 말을 마치자 나는 옆에 있던 재범이를 보았다. 재범이도 많이 당황한 표정이었다. 당장에 감독님의 오더는 4-3-3을 의미하는 듯했으며 공격진에 상만이와 종인이가 들어가 있어서 나도 그렇지만 재범이도 황당한 것 같았다.

"아마도 감독님은 우리에게 4-3-3을 주문하시는 게 아닐까?"

인성이가 먼저 말을 꺼냈다.

"오더로 보면 그렇지만 그건 우리가 결정할 문제 아닌가?"

경태가 나섰다.

"물론이지. 지금부터 우리가 어떻게 할 건지를 이야기해 보자."

인성이가 우리에게 가까이 오라고 손짓을 했다. 그리고 그때부터 우린 꽤 많은 이야기를 나눴다. 이야기의 핵심은 감독님의 오더는 우리 체력을 감안해서 만든 거지만 초반에 오히려 승부를 내는 게 맞지 않느냐는 얘기였다. 지금까지 계속 그렇게 경기를 했기에 익숙한 패턴이라 그런지 호응도가 높았다.

하지만 다른 의견도 있었다. 전반전엔 안전 운행을 하고 후반전에 밀어붙이자는 의견이었다. 결국 전후반 중 어디에서 우리가 전력을 다하느냐의 문제였다. 내가 생각하기에 감독님의 오더는 이미 그런 결정을 내린 거라 생각되었다. 전반전은 안전 운행을 하고 상만이와 종인이가 힘이 있으니 후반에 밀어붙이자는 의미 같았다.

좀 더 논의가 진행되었고 우린 전반엔 안전 운행을 하는 쪽으로 결론을 냈다. 세 명의 미드필더가 있으면 각자 담당할 영역이 줄어들게 되고 공격을 자제하면 체력을 아낄 수 있기에 일단 경태와 재범이와 나는 수비 위주로 전반을 끌고 가면서 공격은 중앙에 집중하기로 했다. 그러면서 과감하게 부딪혀 상대의 반칙을 유도하는 플레이를 공격진에 주문했다. 종인이와 상만이가 신장이 크지 않아 돌파를 시도하면서 파울을 유도할 수 있을 거라 생각했기 때문이었다. 인성이는 미드필더들에게 전반에는 확실하게 수비에 집중하자고 했고 특히 나와 경태에게 동서중의 좌우 윙어를 막아 달라고 말했다. 동서중은 전에 연습 경기를 치른 경험이 있어서 좌우 윙어의 돌파력이 강하다는 걸 다들 잘 알고 있었다.

8강전부터는 시내의 경기장에서 진행되어 숙소로부터 그리 멀지 않았다. 다만, 7월 말이다 보니 휴가객으로 인해 시내의 교통이 많이 복잡해 이동하기가 쉽지 않았다. 우리 숙소 근처에도 휴가객이 넘쳤고 태풍으로 바다에 들어갈 수 없자 바닷가에는 사람들로 인산인해를 이루고 있었다. 다들 밝고 유쾌한 표정이었지만 또 승부를 결정지어야 하는 우리 얼굴에는 비장함이 서려 있었다.

경기장 입구에 어머니와 아버지가 함께 서 계셨다. 버스에서 내리면서 두 분을 향해 손을 흔들자 어머니가 얼른 달려오셨다.

"부상은 없지?"

"네."

"오늘은 강팀이랑 한다며?"

"괜찮아요. 우리가 잘할 수 있을 거예요."

"그래, 꼭 이겨야 할 텐데."

"꼭 이길게요."

"오늘은 골을 넣는 걸 봤으면 좋겠구나."

"오늘 제 포지션이 미드필더라 좀 힘들 거예요."

"그래? 어쩐 일로?"

"공격은 상만이하고 재선이, 종인이가 해요."

"그래도 네가 골 넣을 기회는 있잖아."

"네. 한번 해 볼게요."

"그런데 상만이와 종인이가 공격이야?"

"네."

"왜 그렇게 하지?"

"감독님이 생각이 있으시겠죠."

"그래도 상대가 강팀이라며."

"둘 다 잘해요."

"잘하는 건 알지만 몸집이 작아서……."

"잘할 거예요. 걱정 마세요."

이젠 어머니도 축구를 계속 보셔서 그런지 나름 경기에 대해 말씀을 하셨다. 조금은 걱정이 되시는 모양이었다. 경기장에선 우리 앞 경기가 한창 진행되고 있었다. 아마도 저 경기의 승자가 우리 경기의 승자와 4강에서 맞붙게 될 거 같았다.

동서중의 선발은 거의 다 전에 연습 경기에서 본 그대로였다. 정확히 기억하진 못하지만 낯선 얼굴은 한 명밖에 없었다. 그리고 동서중의 선축으로 경기가 시작되었다. 예상한 대로 공격이 진행되었다. 동서의 윙어는 나름 속도도 있고 킥도 좋아 크로스가 중앙으로 날아들었다. 미드필더들까지 내려가 수비를 하는 상태였기에 위험한 상황을 만들지는 않았지만 계속 내려서면 당할 수도 있을 거 같았다.

"올리자! 올려!"

인성이가 크게 소리쳤다. 아마 인성이도 좀 밀린다는 생각을 한 모양이었다. 그와 동시에 수비 라인과 미드필더들이 밀고 올라가 압박을 가하기 시작했고 내 앞에 있던 상만이는 계속 공을 달라고 손짓을 했다. 자신감이 넘쳐 보였다. 하긴 오랜만의 선발이니!

우리가 라인을 올리자 중원에서 치열하게 접전이 진행되었다. 동서중은 우리의 선발 진형이 좀 이상했던지 초반에 잠시 주춤거리다 밀어붙였는데 다시 우리가 라인을 올리자 공격이 주춤거렸다. 한참을 뺏고 뺏기는 공방전을 하던 중 재범이가 내게 공을 보내는 걸 보고 잠깐 전방을 살피니 재선이가 왼쪽 방향을 가리키며 뛸 자세를 취하기에 상대 뒷공간 왼쪽으로 롱 킥을 했다. 공은 딱 내가 예상했던 방향으로 날았고 재선이가 빠르게 공을 잡아 돌아서서 오른쪽으로 쇄도하는 상만이에게 바로 공을 연결했다. 공이 정확히 상만이의 오른발 인사이드에 걸리는 게 보였다. 그리고 상만이의 발을 떠난 공이 상대 골네트를 갈랐다. 상만이가 펄쩍펄쩍 뛰었다. 우리 모두 상만이에게 몰려갔다. 상만이가 우리들 사이에 파묻혔다. 그리고 얼마 후 전반전이 종료되었다. 감독님께서 웃으며 우릴 맞이하셨고 상만이에게 잘했다고 칭찬을 하셨다. 그러고는 쉬라는 말씀만 하시고 자리를 떠나셨다. 조쌤도 우릴 불러 푹 쉬라고 했다.

상만이가 지나가면서 나를 보고 웃었다. 골을 넣은 자신감이 웃음 속에 배어 있었다. 축구에서 골은 모든 노력의 결실이다. 그 결실을 이룬 선수는 당연히 축하와 칭찬을 받아야 한다. 상만이의 골은 대기석에서의 시간을 충분히 보상 받을 수 있는 골이었다. 엄지손가락을 들어 올려 주었다.

감독님과 조쌤은 후반전 시작을 앞두고도 아무런 지시가 없었다. 그리고 교체에 대해서도 언급이 없었다. 전반전 멤버 그대로 후반전을 맞았다.

한 골을 먹은 동서중은 마음이 급했다. 후반전 시작과 함께 라인을 올려 압박에 나섰고 좌우 윙어가 크로스를 올렸다. 하지만 제원이와 인성이의 높이는 상대의 크로스를 넉넉하게 막아 냈고 재건이를 심심하게 만들었다. 거기다 미드필더들이 중앙을 봉쇄하고 있으니 압박의 강도가 약해져 오히려 우리가 천천히 라인을 올리기 시작했다. 동서중은 차츰 물러나기 시작했고 오히려 우리가 압박을 가하면서 성인이와 주선이의 오버래핑이 이어졌다. 하지만 높이에서 상대 수비수에게 밀리자 인성이가 우리에게 소리쳤다.

"재범아, 성원아, 올라가. 그리고 상만이하고 종인이는 내려와. 경태가 중앙으로. 상만이가 오른쪽, 종인이가 왼쪽!"

인성이의 주문은 나와 재범이 그리고 재선이가 스리 톱을 만들고 경태·종인이·상만이가 미드필더를 맡으라는 거였다. 바로 자리를 바꾸었다. 그러자 동서중 전체가 내려앉으며 수비를 강화했다. 느낌에 동서중 선수들이 많이 지쳐 보였다. 성인이의 크로스가 날아오자 재범이가 헤더를 했지만 골키퍼의 선방으로 아웃되어 코너킥을 얻었다. 경태가 킥을 준비하자 인성이와 제원이가 올라왔다. 그리고 경태의 코너킥을 제원이가 뛰어올라 헤더로 내리찍었고 공은 보기 좋게 네트에 꽂혔다. 두 번째 골이 나왔다. 제원이는 잠시 어리둥절한 표정을 지었지만 곧 환하게 웃었고 동료들이 몰려가 축하해 주었다. 2:0이 되자 감독님은 운제와 성인이를 먼저 바꾸고 이어서 성오와 상만이를 교체했다. 조금 후에는 나와 시운이를 교체했다. 그리고 얼마 지나지 않아 경기는 종료되었다.

감독님과 두 분 코치님께서 동서중 감독님께 인사를 하고 오는 동료들을 웃으며 맞아 주셨다. 감독님은 웃으며 제원이의 어깨를 두드렸고 제원이가 어설픈 표정을 지었다. 제원이가 골을 넣은 걸 나도 본 기억이 없을 정도니 감독님도 신기했던 걸까?

"다들 수고 많았다. 그리고 인성이는 코치를 맡아도 되겠다."

감독님의 갑작스런 말씀에 인성이가 놀라서 멈칫거렸다. 나와 동료들은 감독님의 갑작스런 농담(?)에 말을 잊었고 잠시 침묵이 흘렀다.

"진심이다."

다시 감독님이 확인을 하자 인성이는 머리를 푹 숙이고 땀으로 범벅이 된 머리만 긁었다. 나는 감독님이 인성이를 칭찬하고 있지만 아마도 우리 모두에 대한 칭찬일 거라 생각했다.

아침식사를 마치고 방에서 쉬고 있는데 운제가 찾아왔다.

"뭐 해?"

"보다시피 쉬고 있잖아."

"너 석초중이 어느 정도인지 알아?"

"아니. 너도 모르는데 내가 알겠니?"

"재선이가 그러는데 석초중에 초등학교에서 같이 운동하던 친구가 둘이나 있다고 하더라."

"그래? 그럼 재선이가 좀 알겠네."

"그래서 말인데 석초중이 만만치가 않다고 하더라. 다른 팀을 거의 두세 골 차이로 이겼다고 하네."

"그래? 센 모양이네."

"넌 걱정되지 않냐?"

"글쎄. 어차피 맞붙어 봐야 얼마나 센지 알 수 있을 거고 경기가 끝나 봐야 누가 이겼는지 알 수 있는 거 아냐?"

"그렇기는 하지만."

"대진 일정 보니까 내일 우리가 이기면 모레 바로 결승이라 난 그게 더 문제인 거 같아. 우리 체력도 하루는 쉬어야 좀 회복이 되는데 바로 경기를 하면 많이 힘들 거야."

"넌 내일 준결승도 통과하지 않았는데 벌써 결승전을 걱정하고 있냐?"

"어떻게 되겠지. 너하고 내가 걱정한다고 해서 질 경기를 이기거나 이길 경기를 지거나 하진 않을 거니까 이긴다고 생각하고 결승전을 어떻게 준비해야 하나 생각해 보는 거지. 그러면 기분이 좋아져."

"참 편하다. 난 요즘 계속 교체잖아. 뛰고 싶은데. 전반전에 빨리 승부가 나야 후반이라도 뛰어 볼 텐데."

"그런데 석초중이 그렇게 강해?"

"아까 말했잖아. 너하곤 말 안 해!"

내가 엉뚱하게 말을 하자 운제가 화를 냈다. 운제는 올 초까지는 주전이었지만 시운이가 복귀하면서 자리가 애매해져서 대기석에 자주 앉아 있었다. 그러다 보니 조바심도 나고 더구나 진로 문제도 확정되질 않아 마음고생을 하고 있었다. 그래도 워낙 밝은 성격이라 표를 내지 않았지만 내가 좀 놀리자 바로 발끈해 버렸다.

"운제야. 농담이야, 농담. 실은 나도 걱정 돼."

"그렇? 너도 걱정되지?"

"그래. 걔네들이 세다는데 걱정을 안 하면 그게 이상한 거지."

"알았고, 방에서 그만 뒹굴고 나가서 바닷가나 걷자."

운제와 함께 걸어 나오는데 후배들이 여기저기 뭉쳐서 이야길 하고 있었다. 뭔 일인가 싶어 물었더니 내일 준결승 상대가 가원중인데, 가원중이 아주 강해서 어떻게 할 건지 이야길 하고 있다고 했다. 친한 후배인 종은이와 현우에게 감독님께서 가르쳐 준 말을 해 주었다.

"너희가 잘하는 걸 더 잘하면 돼!"

운제와 바닷가를 걷는데 파도가 크게 넘실거렸다. 운제가 진로 문제를 이야기했다. 결정이 되지 않으니 걱정이 되고 축구에 전념하기가 어렵다고 했다. 그 상황에서 내 진로가 결정되었다고 말하기가 힘들어 다 잘될 거라는 말로 위로해 주었다.

점심식사를 하고 얼마 후 훈련장에 가기 위해 버스에 올랐다. 경기장에 도착해 축구화로 갈아 신고 달리기를 시작하기 위해 동료들이 모였다. 이젠 누가 뭐라 하지 않아도 스스로 움직이는 동료들이 낯설지 않았다. 달리기를 시작하기 전에 인성이가 먼저 손짓으로 모이라는 신호를 했고 3학년만 모였다.

"감독님 오더인데 내일 공격은 성원이·재선이·민한이·시운이, 미드필더는 재범이와 경태, 수비는 주선이·제원이·운제와 나를 선발로 정하셨어."

동료들은 인성이가 말을 마치자 알았다는 듯이 머리를 끄덕이고는 바로 달리기를 시작했다. 감독님께서도 석초중이 강하다는 걸 인정해서 공격적인 오더를 결정하신 거라고 혼자 생각했다. 바람이 강하게 불고 구름이 잔뜩 껴 있어 훈련하기에는 오히려 좋았다.

훈련을 마치자 재건이 어머니가 특별히 준비했다며 수박화채를 내주셨다. 재건이 어머니는 숙소에서 우리와 같이 생활하시며 경기복과 훈련복 등의 세탁과 간식 등 모든 걸 챙기셨다. 그리고 우리가 어디 아프기라도 하면 차에 태워 바로 병원을 오가셨고 저녁에는 아이싱 팩을 만들어 우리에게 나누어 주시기도 했다. 그래서 우린 재건이 어머니를 만나면 늘 머리를 깊이 숙여 감사를 표했다. 수박화재를 먹고 쉬고 있는데 감독님과 조쌤이 오셨다.

"시원해?"

"네."

"잠깐 이야길 하자. 내일 우리와 경기를 할 석초는 꽤 센 팀이다.

경기를 보니 좌우 윙어도 좋고 중앙 미드필더도 탄탄하다. 수비도 좋고. 뭐 나쁜 곳이 보이지 않는데 어떻게 해야 할까?"

"……."

"선발 오더는 확인했을 거고 이젠 너희끼리 전술 미팅을 해 봐라. 그리고 재선이가 잘 알지? 친구도 있고."

감독님이 굳이 재선이 친구 이야기를 한 건 재선이가 상대를 잘 아니 전술을 짤 때 보탬이 되라는 의미일 거다. 그러고는 감독님과 조쌤은 2학년들이 있는 곳으로 가셨다.

"재선아. 석초중에 대해 말 좀 해 봐."

인성이가 재선이를 재촉했다.

"석초중은 감독님이 말씀하신 그대로 양쪽 윙어가 빠르고 크로스도 좋아. 둘 다 친구인데 공격은 거의 걔네가 주도할 거야. 그러니 주선이와 운제가 둘을 잘 막아야 해. 그리고 미드필더 중 한 명이 중거리 슛을 잘해. 이번 대회에서 두 골을 중거리 슛으로 넣었어. 중앙 수비도 탄탄해. 한 명이 친구인데 몸싸움도 잘해. 이 정도야."

"우린 어떻게 할까?"

"늘 하던 대로 하면 되겠네. 그런데 전반부터 확 밀어 버릴까? 아니면 하는 거 보고 할까?"

운제가 나섰다.

"쟤네도 세니까 초반에 확 기선을 제압하는 게 좋지 않을까?"

시운이였다.

"그래. 초반에 확 잡자. 그래야 또 다 뛸 수 있잖아."

민한이가 시운이의 말을 받았다.

"뭐 의견이 초반부터 밀자는 쪽인데, 반대 없지? 그래 그럼 초반부터 밀어붙이자. 주선이와 운제가 윙어를 잡고, 공격은 중앙 아니면 크로스?"

"중앙!"

경태가 강하게 중앙 공격을 주장했다.

"상대 센터백이 단단하면 크로스보다는 성원이가 몸싸움하고 재선이가 후선에서 침투하는 게 효과적일 거라 생각해."

"그래. 그럼 민한이와 시운이는 크로스도 하지만 중앙으로 연결 좀 부탁해. 나머지는 다 알지?"

동료들이 고개를 끄덕이고는 흩어졌다. 나는 운제와 함께 움직였다.

석초중 선수들은 모두 머리를 짧게 깎아서인지 강해 보였다. 그리고 피지컬도 우리와 비슷했고, 재선이가 먼저 상대 선수 몇 명과 손을 잡으며 인사를 했다.

경기가 시작되었다. 시작과 함께 나는 센터백 사이로 올라갔고 재선도 내 밑으로 자릴 잡았다. 석초중도 초반에 밀어붙이려는지 공격진이 우리 진영으로 넘어올 준비를 단단히 하고 있는 게 느껴졌다. 재범이와 경태는 여전히 여유가 있었다. 공을 계속 소유하며 인성이의 콜에 따라 좌우로 공을 돌렸고 상대가 압박하면 수비

쪽으로 공을 내린 후 다시 받으며 공간을 찾고 있었다. 잠시 팽팽한 시간이 흘렀다고 생각하는 순간 경태가 공을 몰고 올라오면서 재선이에게 연결했고 재선이는 돌아서면서 바로 나에게 공을 보내며 손으로 센터백과 골키퍼 사이를 찍었다. 재선이가 2:1 패스로 센터백 사이를 뚫겠다는 의도였다. 난 드리블을 하는 척 수비가 앞으로 나오도록 유도하면서 재선이가 뛰는 방향으로 공을 밀었다. 재선이가 공을 잡지도 않고 인프런트 킥으로 강하게 차는 게 보였고 골이라는 생각이 들었다. 재선이가 그런 기회를 공중에 날리는 걸 본 적이 없었다. 그리고 공은 골키퍼를 지나 네트를 강하게 갈랐다. 재선이는 친구들이 있어서 그런지 세리머니 없이 우리와 손바닥만 부딪혔다. 친구라는 센터백이 재선이에게 주먹을 쥐어 보였다. 재선인 그냥 웃었다.

두 번째 골은 민한이가 넣었다. 경태가 슈터링한 공을 골키퍼가 펀칭하자 떨어지는 공을 발리슛으로 차 넣었다. 두 골 차로 벌어지자 석초중이 거칠어졌다. 인성이와 재범이가 공을 빨리 돌리라고 계속 소리쳤다. 우리가 공을 잡고 있으면 바로 부딪쳐 오거나 태클이 들어왔다. 한 번은 내가 공을 잡고 돌파를 시도하자 바로 오른발을 걸어 전에 다쳤던 부위를 다시 다치는 바람에 한동안 일어서질 못하고 굴러야 했다. 조쌤과 의무진이 들어와 간신히 밖으로 나가 치료를 받은 후 다시 경기장으로 들어왔고 얼마 후 전반이 종료되었다. 경기장을 나오는데 관람석에서 아버지가 손짓으로 발목을 가리커 난 손으로 원을 그려 괜찮다고 알렸지만 계속 뻐근했다. 조쌤도 괜찮은지 물었지만 경기를 계속 뛰고 싶어서 이상 없다고 말씀드렸다.

후반전 시작하기 전에 감독님께서 상태를 체크하셨지만 난 이상 없다고 말씀드리고 바로 경기장으로 들어갔다. 조금 뛰면서 발목을 점검하니 통증은 있지만 그럭저럭 뛸 수는 있을 거 같았다.

후반전 시작과 함께 석초중이 힘을 냈다. 우리도 지지 않고 라인을 올리자 하프 라인 부근에서 공방전이 벌어졌다. 난 최전방 공격수였지만 수비에 가담하며 오르내렸고 재선이는 제 친구와 몸싸움을 마다하지 않았다. 그 상황에서 우리가 연결하다가 상대 윙어에게 공을 뺏겨 한 골을 먹었다. 그러자 석초중이 힘을 다해 압박을 해 와 우린 잠시 멈칫거렸지만 이번엔 경태가 중거리 슛으로 득점에 성공했다. 석초중이 한 골 차로 쫓아오니 우리가 다시 한 골을 도망간 양상이 되었고 얼마 후 상대의 반칙으로 우린 페널티 킥을 얻었다. 특이하게 우린 서로 페널티 킥을 양보했는데 결국 운제가 킥을 해 4:1로 점수를 벌렸다. 그리고 잠시 후 감독님이 나를 성오와 교체하셨다. 아무리 내가 티를 내지 않으려고 해도 뛰는 폼이 엉성해서 들통이 난 거 같았다. 내가 나온 후에는 재범이가 원톱으로 올라가고 성오가 재범이 자리로 이동했다. 이후 다시 한 골씩 더 주고받은 후 경기가 종료되었다. 그동안 나는 재건이 어머니께서 챙겨 주신 아이싱 팩을 발목에 대고 있어야 했다. 마지막 골은 재선이가 넣었다. 멀티 골이고 친구들 앞에서 체면치레를 톡톡히 했다.

하지만 거친 경기로 인해 나와 민한이, 그리고 경태가 부상이 심했다. 바로 다음 날이 결승전이기에 부상은 팀 전력에 문제를 불러일으켰다. 부모님들께서도 이런 상황을 재건이 어머니를 통해 듣고선 바로 우리에게 달려오셨다. 아버지와 어머니도 계속 나를 보며 어떠냐고 물으셨지만 말로 답하기가 어려웠고, 당장의 바람은 빨리붓기가 빠지고 통증이 사라지는 거였다. 답답했다. 경태는 무릎을, 민한이는 어깨를 다쳤다. 민한이는 어깨를 움직이지 못할 만큼 심각한 상황이었다. 15명 중에 3명이 부상이니 내일 결승을 뛸 수 있는 인원이 12명뿐이었다. 그저 내일 발목 상태가 나아지기를 바랄뿐이었다. 아버지와 어머니는 병원에 가자고 했지만 난 일단 아이싱만 한 후 내일 아침에 상황을 보겠다고 고집을 피웠다. 여기까지 왔는데 결승은 어떻게 해서라도 뛰어 보고 싶었다. 나뿐 아니라 누구라도 이 상황에선 뛰고 싶을 것이다. 마지막 대회의 결승인데!

다음 날 아침 얼음주머니를 감고 잠을 자서인지 발목에 감각이 없었다. 천천히 일어나 걸어 보았는데 다행히 발을 디뎌도 심한 통증은 없었다. 밴딩을 하면 충분히 뛸 수 있을 거 같았다. 후배들도 결승에 올랐는데 신기하게도 결승전 상대가 둘 다 이랜드 유스팀이었다. 그리고 후배들의 결승전이 먼저 진행되고 우리 결승전은 마지막이었다. 세 시간 동안 같은 학교의 선후배들이 결승전을 치르는 진기한 상황이었다.

아침식사를 하고 잠깐 바깥으로 나가니 아버지와 어머니가 와 계셨다. 부모님은 내 발목 부상이 염려되어 아침부터 숙소로 찾아오셨다고 했다. 그리고 나를 보자마자 발목 상태부터 물어보셨고 난 붓기도 가라앉고 뛸 만하다고 말씀을 드렸지만 어머니는 내 앞에 앉아 한참 동안 내 발목을 들여다보셨고 정말 괜찮은지 다시 물어보셨다. 나는 뛸 수 있다고 대답했다. 그렇게 부모님과 이야기를 나누고 있는데 인성이가 또 소집을 알렸다. 부모님께 인사를 하고 숙소 안으로 들어갔다.

"선발 오더야. 공격은 재범이·재선이·종인이·시운이, 미드필더는 성오와 성인이, 그리고 수비는 주선이·제원이·운제와 나야. 그리고 결승전 주장은 운제야."

부상자들이 다 빠졌다. 그러자 다른 동료들이 웅성거렸다. 지난 주말 리그에서 우리가 이미 이랜드 유스팀에게 2 : 0으로 완승한 경험이 있지만 선발진 변화는 부담이 된 거 같았다. 일단 공격을 위해 재범이를 올렸지만 성오와 성인이가 미드필더로 발을 맞춰 본 경험이 없어 공수 조절이 만만치 않을 거고, 운제와 시운이의 오른쪽 조합도 너무 공격적이라 우려가 되었다. 하지만 일단 선발이 결정되었으니 우리 나름의 전술을 짜야 했다. 그리고 특이한 건 감독님이 주장 완장을 운제에게 맡긴 거였다. 혹시 작년 제천에서의 결승전을 생각하신 걸까?

"부상자가 많으니 어떻게 해야 하지?"

운제가 주장으로서 동료들에게 물었다.

"재범이와 재선이가 있으니까 좌우에서 크로스로 가자."

시운이가 말했다.

"이랜드가 선수 보강이 돼서 만만치 않다고 하던데……."

운제가 어디서 들었는지 상대의 전력에 대해 이야기했다.

"어디가 보강되었는데? 그럼 저번과 다른가?"

성인이가 물었다.

"응. 공격수가 보강되었는데 잘하는 모양이야. 이번에 결승전에 올라온 것도 걔 덕분이라고도 하고. 제법 잘하는 모양이야."

"그럼 미드필더는 수비에 치중하면서 좌우로 연결할 테니 크로스 후에 재범이와 재선이가 결정짓는 걸로 하자."

성인이가 다시 의견을 냈다. 내가 생각해도 괜찮은 전술 같았다.

"그래. 그럼 공격은 그렇게 하고 수비는 라인을 올리고 중원에서부터 압박을 하자. 어때?"

운제의 제안에 동료들이 머리를 끄덕였다. 현재 상황에선 좋은 방법인 것 같았다. 동료들이 흩어지는데 경태가 다가왔다.

"뛸 수 있는데 감독님이 허락을 하지 않네. 너는 어떠냐?"

"당연히 뛰고 싶지. 마지막 대회잖아."

"혹시 후반전에라도 좀 뛰게 해 주실까?"

"그러시지 않을까? 마지막인데. 그나저나 무릎은 어때?"

"뛸 만은 한데, 너는 어때?"

"나도 뛸 만해."

"감독님께 말씀을 드려 볼까?"

"……."

"좀 그렇지? 감독님 성격에."

"그래. 그냥 기다려 보자."

점심식사 전까지 방에서 꼼짝하지 않고 발목이 얼얼할 정도로 계속 아이싱을 하고 있었다. 재건이 어머니께서 팩을 갈아 주시며 상태를 계속 확인하셨고 내가 뛰지 못하는 걸 안타까워하셨다. 고마웠다. 감각이 없어서인지 아프지는 않았다.

점심식사를 마치니 조쌤이 두 시까지는 집합하라고 안내를 했다. 네 시에 후배들의 결승전이 있고 여섯 시에 우리 결승전이 나이트 경기로 이어지니까 두 시쯤에는 경기장으로 이동해야 몸을 풀 수 있었다. 방에서 계속 아이싱을 하며 뛸 수 있게 되기를 빌었다. 꼭 뛰고 싶었다.

경기장으로 가는 버스 안은 의외로 조용했다. 아니 아무도 말을 하지 않았다. 2, 3학년이 춘계 대회에서 동반 우승을 하고 추계 대회까지 같이 결승에 올라 기쁘긴 했지만 둘 중 하나가 패하면 실망이 클 거란 생각도 들었다. 어떻게 해서라도 이겨서 동반 우승을 해야 한다는 결의가 느껴졌다. 얼마 후 경기장에 도착하니 부모님들께서 걸어 두신 우승을 기원하는 대형 현수막이 눈에 띄었다. 그걸 보기만 해도 가슴이 울렁거렸다. 정말 뛰고 싶다는 생각이 간절했다. 부모님들께서는 조금 떨어져서 박수를 쳐 주셨고 파이팅을 외치기도 하셨다. 아마도 우리에게 너무 부담을 주지 않으려고 그러시는 거 같았다. 아버지와 어머니도 박수를 쳐 주셨지만 어머니는 손나팔을 하고 괜찮냐고 물으셨다. 난 괜찮다는 의미로 머리를 끄덕였다.

후배들이 경기를 잘 풀었다. 감독님께서는 전반전을 1:0으로 앞서자 후반전엔 대기석에 있던 후배들을 전부 교체해 결승전을 뛰게 하셨다. 감독님은 가능한 한 결승전에서 전원이 뛰어 볼 수 있도록 배려하셨다. 전에 내가 선배들의 왕중왕전 결승에서 마지막에 투입되어 잠시라도 경기장을 밟을 수 있도록 배려해 주신 것처럼.

후배들은 1:0 우세를 잘 지켜 결국 우승을 했다. 2학년 부모님들이 엄청 좋아하셨다. 춘계 대회에 이어 연속 우승을 달성했으니 충분히 기뻐하실 만했다. 그러면서도 아직 우리 3학년의 경기가 남아 있어서인지 그대로 자리를 지키며 함께 응원을 하셨다.

나와 경태 그리고 민한이와 상만이는 동료들과 함께 몸을 푼 후 경기장 밖으로 나왔고 동료들은 선수증을 목에 걸고 입장을 준비했다. 주장 완장을 찬 운제가 대기석에 있는 나에게 웃음을 지어 보였다. 자신 있다는 걸까? 그 순간 난 전반전에 꼭 앞서 주기를 바랐다. 그러면 후반에 경기장을 밟을 기회가 올 거란 생각에.

주말 리그에서 맞붙은 지 몇 개월 지나지 않았지만 낯선 선수도 눈에 띄고 이랜드 유스팀이 많이 변한 느낌이 들었다. 만만치 않아 보였다. 경기를 계속하다 보면 상대의 변화가 감지되곤 한다. 그런 느낌은 마주하기만 해도 아는 경우가 있고 실제로 경기를 진행하다 보면 느낄 때도 있다. 그런데 지금 이랜드는 경기를 시작하기도 전에 강하게 변화한 느낌이 들었다. 특히 피지컬이 변했다. 그리고 이랜드 유스팀의 감독님이 우리가 잘 아는 전 국가 대표 출신이라는 게 조금은 부담이 되었다. 또, 2학년 경기를 패한 상태이니 우리는 꼭 잡으려 할 거라는 생각이 들어 경기가 힘들겠다는 느낌이 들었다. 동료들이 잘해 주기를 진심으로 바랐다.

휘슬과 함께 우리의 선축으로 경기가 시작되었다. 초반부터 이랜드가 라인을 올리고 공격에 비중을 두었다. 동료들이 수비를 하느라 급급했다. 특히 이번에 처음 보는 왼쪽 윙어는 스피드가 빨라 운제와 성인이가 애를 먹었다. 크로스보다는 측면으로 들어오다가 중앙으로 방향을 전환해 슈팅까지 시도하는데 스피드가 있다 보니 막기가 쉽지 않았다. 개인 기술도 상당했다. 반대로 우리 공격은 단조로웠다. 성오와 성인이가 공을 잡으면 바로 종인이와 시운이에게 연결한 후 크로스로 이어졌는데 재범이가 혼자서 결정짓기에는 수비가 만만치 않았다. 포스트 플레이를 하려면 자리다툼을 해야 하는데 재범이가 키는 컸지만 힘에서는 밀리다 보니 크로스를 받기가 쉽지 않았다.

그런 상황에서도 감독님은 지시를 내리지 않았다. 조쌤은 손짓으로 조정을 하라고 했지만 밀리는 상황에선 잘 먹히지 않고 있었다.

운제와 인성이가 계속 다른 동료들을 조율했지만 쉽지 않은 상황이 이어졌다. 그런 상황이 이어지던 중 결국 이랜드 왼쪽 윙어의 슈팅이 재건이가 지키던 골문을 갈랐다. 재건이가 다이빙을 하며 손을 뻗었지만 공은 허공을 가르며 네트에 꽂혔다. 처음으로 우리가 상대에게 먼저 골을 내주고 쫓아가는 입장이 되었다. 동료들이 라인을 서로 확인하고 다시 밀고 올라가려 했지만 쉽지 않았다. 동료들의 패스가 계속 끊기고 상대의 압박이 심해지면서 오히려 우리가 밀렸다. 감독님께선 팔짱을 끼고 묵묵히 상황을 지켜보기만 하셨다.

전반전이 종료되었다. 구름이 끼어서인지 날이 어두워지자 경기장에 조명이 켜졌다. 동료들이 땀을 흘리며 감독님 앞에 섰다.

"수고했다. 몸에 이상 있는 사람은 없나?"

"네."

"그래. 쉬어라. 물 충분히 마시고."

감독님께서는 여전히 작전 지시를 내리지 않으셨다. 난 동료들에게 물병과 물수건을 돌렸다. 성인이가 고개를 설레설레 저었다. 어떤 의미인지 알 거 같았다. 성인이와 운제 방향으로 상대 윙어가 계속 침투를 하니 그걸 막기 위해 애를 먹었던 모양이다.

"성인아. 어땠어?"

"윙어가 엄청 빠르네. 빤히 보면서도 막질 못하겠어. 그렇다고 손으로 잡을 수도 없고."

"빠르긴 빠르더라. 그런데 너하고 운제하고 같이 눌러야지 따로 움직이니까 자꾸 공간을 내주는 거 같아."

"운제가 계속 앞에서 막으라고 해서 그렇게 한 건데?"

"내가 보기엔 너는 옆에서 돌아서질 못하게 하고 운제가 앞에 서는 게 맞아. 전에 감독님이 수비 전술 알려 줄 때 그렇게 하라고 하셨잖아."

"맞아. 그렇지. 후반 시작하기 전에 운제에게 말해야겠다."

성인이도 휴식이 필요한 거 같아 더 말을 시키지 않고 쉬게 두었다. 재범이가 손짓을 했다. 천천히 재범이에게 다가갔다.

"성원아. 이러다가 우리가 지는 거 아냐?"

"에이, 설마 그러기야 하겠어?"

"아냐. 이랜드가 예전 같지 않아. 그리고 지금은 우리가 문제야. 저쪽 속도를 우리가 못 따라가."

"그건 알겠는데 그렇지 않아도 성인이하고 그거에 대해서 얘기했어."

"어떻게?"

"전에 빠른 선수 수비하는 방법 배웠잖아. 미드필더와 풀백이 막아서는 법!"

"그래. 기억난다."

"성인이가 운제에게 말하겠다고 했으니 후반전엔 잘될 거야."

한동안 늘 전반전을 앞서는 입장에서 후반전을 준비했기에 여유가 있었던 동료들이 전반전을 뒤지자 무언가 균열이 생긴 느낌이 들었다. 운제를 찾았지만 근처에 보이질 않아 경기장 바깥으로 나가 보니 거기서 경태와 이야길 나누고 있었다.

"많이 힘들었지?"

"응. 정말 빠르네. 거기다 드리블까지 좋아. 아까 성인이가 태클이라도 했어야 했는데."

"그러다 프리킥 주면 그게 그거야. 거기다 카드라도 받으면 더 문제야. 후반엔 전에 감독님이 가르쳐 준 수비를 해 봐."

"……."

"성인이가 말할 거야. 휘슬 울렸다. 빨리 가 봐."

"알았어."

운제가 빠르게 경기장으로 이동했고 경태와 나만 남았다.

"우리가 들어가야 하는데……."

경태가 아쉬움을 말했다. 나 역시 같은 마음이었지만 굳이 말을 덧붙이기 뭣해서 대꾸를 하지 않았다. 우리도 대기석으로 이동했다. 관중석에서 아버지가 나를 보고 손을 흔드셨다. 나도 손을 흔들었다. 아버지는 내가 뛰지 못하는 게 많이 아쉬운 모양이었다.

후반전 시작하기 전 동료들과 함께 감독님 앞에 둥글게 원을 그리고 섰다.

"최선을 다해라. 운제가 리드를 잘해!"

감독님의 말씀이 끝난 후 동료들이 경기장으로 들어가자 조쌤이 우리 네 명에게 몸을 풀라고 지시했다. 그 말이 무엇을 뜻하는지 알기에 대기석에 있던 우리 네 명은 서로를 보며 일어나 조끼를 입고 몸을 풀기 시작했다. 분명 감독님도 우승을 생각하고 계실 거고 그러기 위해서는 공격력을 강화할 필요가 있었다. 경기장은 완전히 어둠이 내려 라이트만 환하게 경기장을 비추었다.

후반전 초반은 중앙에서의 공방전이었다. 상대도 밀었지만 우리 역시 골을 넣어야 하는 상황이라 라인을 올리자 중앙에 대부분의 선수들이 몰려 뒤엉켜 있었고 공은 그 안에서 놀았다. 10여 분을 특별한 공격 없이 공방전을 보이는 상황에서 조쌤이 나와 경태를 불렀다. 조끼를 벗으며 조쌤에게로 가자 들어갈 준비를 하라고 했다. 경태가 나를 보며 씩 웃었다. 나도 웃었다. 밴딩을 한 발목이 다소 부담스러웠지만 크게 아프지 않아 뛰는 데 지장을 줄 거 같지는 않았다. 조쌤이 내가 몸을 푸는 걸 계속 지켜보았을 거다.

"성원이, 경태, 뛸 수 있겠어?"

감독님께서 몸 상태를 물으셨다.

"네!"

둘이 힘차게 대답했다. 그러자 감독님께서는 포지션을 이야기하지 않고 바로 성오와 종인이를 경태와 나로 교체하라고 지시하셨다. 순간 내가 종인이와 교체면 왼쪽 윙어인데 어렵겠다는 생각이 들었지만 지금 그런 걸 따질 상황이 아니었고 바로 경기장 안으로 들어갔다. 운제가 소리쳤다.

"재선아 왼쪽 윙어! 성원이는 재선이 자리! 경태는 미드필더!"

운제가 자리를 지정하자 재선이가 움직였고 내가 재범이 밑으로 이동했다. 전에 우리가 아주 공격적으로 나설 때 쓰던 포메이션이다. 나는 재범이가 떨구는 공을 골로 만들어야 한다. 바로 경기가 다시 시작되었다. 나와 경태가 들어가면서 운제는 라인을 더 올리라는 주문을 했고 경태가 특유의 돌파로 공을 나와 재범이에게 배달하기 시작했다. 상대도 우리에 대한 분석을 했다면 중앙 공격이 강하다는 걸 알고 있을 터였다. 상대가 뒤로 물러섰다. 그러자 운세와 주선이도 오버래핑을 시도했고 크로스를 올렸다. 재범이와 내가 헤더하려고 덤볐지만 이랜드 수비진도 밀리지 않고 막아섰다. 우리가 공을 점유하는 횟수가 늘면서 계속 크로스와 중앙으로의 연결이 이어지자 상대는 완전히 수비로 내려섰고 파고들 공간이 보이질 않았다. 이럴 때는 페널티 에어리어 밖에서의 중거리 슛 시도도 타개책 중의 하나였다. 경태가 내게 연결한 공을 그대로 슈팅했다. 공이 날아가다 센터백의 발에 맞고 아웃돼 코너킥이 주어졌다. 하지만 난 슈팅을 하는 순간 발목에 다시 충격이 와 주저앉았다. 잠시 축구화 끈을 다시 묶는 것처럼 하고는 이빨을 꽉 물고 일어섰다. 몹시 아팠다. 이번엔 재선이가 키커로 나섰다. 우린 운제만 뒤에 남기고 모두 골문 앞에서 자리를 다투었고 얼마 후 재선이의 킥이 정확하게 골문으로 향해 날아오는 걸 보고 뛰어올랐고 내 바로 앞에 있던 경태가 헤더로 공의 방향을 바꾸는 게 사진처럼 눈에 찍혔다. 그리고 공은 역동작에 걸린 골키퍼의 어이없는 시선을 뒤로하고 네트를 갈랐다. 동점골이 터졌다. 경태가 하늘을 향해 어퍼컷을 먹이며 펄쩍 뛰었다. 그리고 우리 모두가 경태에게 몰려가 경태를 두들겼다. 1:1 동점. 이제 다시 시작이었다.

그런데 문제가 생겼다. 발목이 계속 아프니 제대로 뛸 수가 없었다. 잠시 주춤거리는데 조쌤이 나를 부르며 손을 흔들었다. 뛸 수 있냐는 질문이지만 답하기가 어려워 멈칫거리자 바로 감독님께 무어라 말씀을 드리고는 상만이를 불렀다. 뭐라 할 수 없는 안타까움이 가슴에 치밀었지만 나 하나가 움직이지 못하면 우리 팀이 문제가 되니까 어쩔 수 없는 상황이었다. 난 상만이와 교체되었다. 그리고 감독님은 시운이와 민한이를 다시 교체하셨다. 상만이와 민한이는 힘을 비축한 상태라 열심히 뛰어다녔고 우리가 우세하게 경기를 이끌었지만 상대가 밀집 수비로 대응하면서 기습 공격만 하니 결국 무승부로 끝났다.

그리고 연장전! 전후반을 뛴 선수들 모두 지쳐 있는 상태에서 경기가 계속되었지만 골은 터지지 않았다. 아이싱을 하면서 동료들을 지켜보았지만 모두들 몸이 무거워서인지 뛰는 게 힘들어 보였다. 미안한 생각이 들었다. 결국 연장전마저도 승부를 내지 못하고 승부차기로 이어졌다. 그러자 이제까지 지시가 없었던 감독님께서 운제를 불렀다. 그리고는 승부차기 오더를 불러 주시는 듯했다. 이랜드 역시 감독님이 둘러선 선수들에게 지시를 내리는 게 보였다. 이젠 오롯이 골키퍼의 몫이었다. 우리가 해 본 최근의 승부차기는 묵동중과의 소년 체전 결승이었지만 그땐 패했었다. 하지만 지금은 경기를 할 때마다 발전하고 있는 재건이를 믿어야 했다.

먼저 재건이가 골문 앞에 서서 상태 1번 키커의 킥을 막을 준비를 했다. 승부차기는 키커와 골키퍼의 기 싸움에서 시작된다. 서로 상대가 어디로 찰지, 또 어디로 다이빙을 할지 상대의 움직임이나 시선을 보면서 판단해야 한다. 재건이는 판단이 끝났는지 골문 선상에 자리를 잡았고 상대 키커가 뒤로 물러났다가 킥을 위해 달렸다. 공은 골문 좌측을 향해 날았고 그 전에 재건이가 먼저 그쪽으로 다이빙을 했다. 그리고 재건이의 손끝에 공이 걸리면서 상대의 첫 번째 킥은 실패로 끝났다. 재건이가 두 팔을 번쩍 들며 함성을 질렀고 동료들도 어깨동무를 한 상태에서 함께 함성을 질렀다.

이윽고 재범이가 우리의 첫 번째 키커로 나섰다. 잠시 뜸을 들인 후 킥을 했고 공은 골키퍼가 다이빙한 반대쪽 골네트에 꽂혔다. 우리가 앞섰다. 재범이가 다음 킥을 막기 위해 들어오는 재건이와 손을 잡은 후 악을 썼다.

그리고 이랜드의 다음 키커와 재선이가 모두 성공했다.

이랜드의 세 번째 키커와 주선이도 강하게 킥을 해 성공시켰다.

상대의 네 번째 키커는 재건이가 다이빙하는 걸 본 후 반대쪽으로 공을 밀어 넣었다. 그리고 우린 운제가 나서서 특유의 자신만만함으로 강하게 공을 차 성공시켰다.

그리고 상대 다섯 번째 키커가 조심스레 공을 놓고 킥을 시도했다. 재건이는 크게 움직이지 않고 거의 정면으로 날아오는 공을 손바닥으로 걷어 냈다. 공은 앞으로 힘없이 굴러 나왔다. 더 이상 킥을 할 이유가 없었다. 승부차기는 4 : 3으로 끝났다.

대기석에 있던 동료들과 뒤에 있던 후배들이 경기장 안으로 뛰어들었다. 물병을 하늘로 던지고 함성을 질렀다. 모두 엉겨서 소리를 지르며 함께 울었다. 그동안 그 힘든 체력 훈련을 이겨 내고 여기까지 온 과정들이 우릴 모두 울게 만들었다. 잠시 후 정신이 차리고 상대 팀 감독님께 인사를 하러 갔다. 이랜드 유스팀 감독님은 우리에게 잘했다고 칭찬을 하셨다. 그리고 우리는 감독님과 코치님들께 인사를 드리기 위해 모여들었다. 감독님께서는 박수를 치셨고 코치님들도 환하게 웃으며 우릴 맞아 주셨다. 우린 바로 감독님을 경기장 중앙으로 모시고 나와 헹가래를 쳤고 연이어 두 분 코치님들도 헹가래를 쳤다.

춘계 대회에 이어 3학년과 2학년이 동반 우승을 했고 우린 3연패에 성공했다. 비록 부상으로 경기를 끝까지 뛰지는 못했지만 동료들과 함께 마음껏 우승을 자축했다.

뭐라 말로 표현할 수 없을 만큼 신나는 밤이었다.

10

새
로
운

출
발
을

위
해

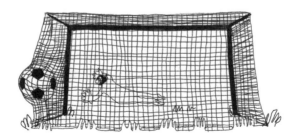

두 번째 국제 대회

　일주일의 휴가는 가족들과 함께 보냈다. 할아버지 할머니가 계신 양평을 찾아 계곡에서 물놀이도 하고 맛있는 음식도 맘껏 먹었다. 할아버지께서 학교를 다니실 때 축구를 한 이야기는 도무지 이해할 수 없었다. 할아버지는 중학교 때 축구 선수셨는데 증조할아버지께서 축구를 못하게 하셔서 몰래 선수로 뛰다가 혼나셨다며 그땐 참 배고픈 운동이었다고 말씀하셨다. 아마도 그때는 지금처럼 생활이 풍족하지 못해서 그랬던 거 같았다. 할아버지와 할머니, 그리고 고모님들과 같이 있으면서 며칠을 쉬다가 집으로 와서 발목 치료를 시작했다. 의사 선생님은 깁스를 한 후 한참을 쉬어야 한다고 했으나 아버지와 상의한 후 깁스는 하지 않고 밴딩만 한 채 당분간 운동을 쉬기로 했다.

　일주일을 집에서 쉬고 학교로 향했다. 아버지 차를 타고 가면서 이런저런 이야기를 나눴다. 아버지는 할 만큼 했으니 지금부터는 부상 치료에 전념하고 경기는 당분간 출전하지 않는 게 좋겠다고 하셨다. 그렇게 하겠다고 말씀은 드렸지만 마음속엔 슬금슬금 국제 대회가 떠올랐다. 작년에 좋지 않은 기억이 있었기에 이번 대회에서는 제대로 하고 싶었는데 발목이 좋지 않으니 뛰기도 그렇고 생각이 복잡해졌다. 이동 중에 경태와 운제로부터 진로가 결정되었다는 전화가 왔다. 아마도 지난 금강대기 때 관련자 분들이 오셔서 뛰는 걸 보고 결정이 된 거 같다고 했다. 그렇게 동료들 대부분이 진로가 결정되고 도전하는 대회마다 의미 있는 성적을 거두었기에 국제 대회에서 유종의 미를 거두면 좋겠는데 발목 부상이 방해를 하고 있었다.

학교에 도착하니 동료들과 후배들이 웅성거리며 여기저기서 이야기를 나누고 있었고 부모님들께서도 모여 계셨다. 차에서 내려 어디로 갈까 하고 두리번거리는데 운제가 나를 보고 손짓을 했다. 아버지는 주차를 하고 부모님들이 계신 곳으로 가셨고 나는 운제와 성오에게 다가갔다.

"이번에도 이달 말에 국제 대회에 간단다."

성오가 먼저 이야기를 꺼냈다.

"작년처럼 이번에도 3학년 단일팀으로 출전하고 2학년도 전원 함께 간대."

운제가 말을 보탰다.

"우린 언제 출발이야?"

"그건 너희 아버지가 잘 아실 거야. 아버지께 여쭤봐."

내가 묻자 운제가 답했다.

"그건 그렇고 네 발목은 어떠냐?"

"응. 당분간 운동하지 말고 쉬래."

"그럼 국제 대회 출전도 어렵지 않아?"

성오가 걱정스러운 듯이 물었다. 하지만 난 오히려 성오가 걱정되었다. 지난 대회에서도 허리가 불편해 제대로 경기를 뛰지 못했는데 오히려 내 걱정을 하고 있었다. 그렇게 이야기를 나누고 있는데 조쌤이 운동장으로 집합하라고 알렸다. 동료들과 함께 기숙사로 들어가 집에서 가져온 것들을 옷장에 정리한 뒤 운동복으로 갈아입고 운동장으로 나섰다.

"성원이 너 발목에 문제 있어?"

"네. 병원에서 당분간 발목을 쓰지 말라네요. 발목 인대가 좋지 않답니다."

"그래? 그럼 넌 저기서 쉬고, 또 아픈 사람 있나?"

"없습니다."

"그럼 좀 뛰어."

"네!"

동료들과 2학년 후배들이 열을 맞추어 운동장을 뛰기 시작했다. 아마도 1학년은 좀 더 있다가 기숙사에 들어올 모양이었다. 8월 중

순의 오후는 후끈했고 운동장을 뛰는 동료들과 후배들은 얼마 뛰지 않아 얼굴과 목에 땀이 번들거리고 호흡이 거칠어졌다. 일주일 넘게 집에서 쉬었으니 지금 뛰는 게 가장 고통스러울 거다. 한 일주일은 계속 뛰어야 다시 몸이 적응을 할 텐데 그동안은 몸이 따라가지 않아 몹시 힘든 순간들을 맞이할 거였다. 하지만 그저 뛰고 또 뛰어 빠르게 몸이 적응하도록 만드는 수밖에 다른 방법이 없었다. 나는 그늘에 앉아 뛰는 모습을 보며 여유를 부렸다. 하지만 그것도 잠시 조쌤이 나에게 운동장을 뛰지는 못해도 걸으라고 말해 천천히 운동장 가를 걸었다. 동료들이 지나가면서 놀렸지만 웃으며 받아주었다. 30여 분을 뛰고 잠시 쉴 때 조쌤이 운동장에 피지컬 트레이닝을 위한 도구를 깔면서 내게 도움을 요청해서 함께 깔기 시작했다. 항상 대회가 있기 전 체력을 키우기 위해 우리를 힘들게 했던 도구들이었다. 아주 단순하게 만들어진 것들이지만 훈련과 결합되면 우리에게서 마지막 에너지와 땀방울을 빼냈다. 지금 그 도구들을 깔고 있으니 동료들과 후배들이 내게 야유를 보냈다. 난 돌아서서 씩 웃어 주었다.

피지컬 트레이닝이 시작되자 농담이나 이야기를 할 여유조차 없고 운동장엔 끙끙거리는 소리와 거친 숨소리만 들렸다. 쉬었던 근육이 간만의 운동에 부르르 떨었고 버티는 과정에선 앓는 소리가 저절로 나오고 있었다. 하지만 주쌤은 계속 밀어붙이고 있었다. 내 경험으로 여기쯤이 거의 한계라는 생각이 들 무렵 조쌤이 훈련 종료를 알렸다. 모두가 축 늘어진 모습으로 물통 앞으로 모여들었다. 그러고는 재건이 어머니께서 준비해 주신 물수건을 받아 들고 너나 할 것 없이 벤치에 드러누웠다.

샤워를 마친 동료들과 함께 저녁을 먹기 전 숙소 바깥으로 나와 이야기를 나눴다. 대화를 하면서 재밌는 사실을 알 수 있었다. 그건 우리가 우승이라는 데 익숙해져 있다는 거였다. 전에는 우승했다는 걸 말하고 또 말했지만 지금 동료들은 우리가 우승한 걸 잊고 있었다. 어쩌면 서로 무심한 듯 행동하는 건지도 모르겠지만 지난 대회에 대해 말을 꺼내지 않았다. 나 역시 아무런 말을 하지 않았다.

그 시간까지 부모님들은 우리의 훈련 모습도 보며 말씀을 나누고 계시더니 아버지와 재범이 아버지가 앞장서서 함께 어디론가 이동을 하셨다. 조금 후에는 감독님도 나가셨다. 아마도 함께 회식을 하려는 거 같았다. 대회에서 우승한 건 우린데 어른들께서 더 즐기셨다.

국제 대회까지 남은 시간은 2주일밖에 없었다. 저녁을 먹고 잠시 쉬는데 재건이가 운동복으로 갈아입고 운동장에 나가려고 준비하고 있었다.

"또 운동 나가나?"

"응. 너도 할래?"

"아직은 발목이 좀 그래. 너 진짜 독하다."

"늦게 시작했으니 따라잡으려면 열심히 하는 수밖에 없어. 그리고 아직도 잘 모르겠어."

"뭐! 그래도 네가 승부차기에서 두 개나 잡아내서 우승했잖아."

"그건 걔네가 못해서 그런 거야. 디딤 발을 보니 공 방향을 알겠더라. 그러니까 걔네가 미숙했던 거지."

"정말 디딤 발을 보면 공의 방향이 보여?"

"어느 정도는……. 정 선생님이 가르쳐 주신 건데, 강하게 킥을 하려고 하면 디딤 발이 놓이는 방향으로 공이 온다더라. 그래야 중심 이동이 잘되어 킥에 힘이 실리잖아. 그러지 않고 속이려면 디딤 발을 놓고 몸이나 발을 틀어야 하니 공을 강하게 찰 수 없어. 그래서 항상 강하게 찬다고 가정을 하고 디딤 발을 본 후 그 방향으로 다이빙을 하는 거야. 그럴 때는 다이빙이 빠를수록 공을 걷어 낼 확률이 높아져. 잘하면 발이나 몸 어딘가에 맞을 수도 있고. 그러니 그걸 생각하면서 내가 반응하는 속도를 계속 높이려는 거야."

그렇게 말하고는 입구에 있는 자기 줄넘기를 들고 밖으로 나갔다. 그 순간 가슴이 덜컥했다. 저것이었구나! 재건이가 두 개의 승부차기를 잡아 낸 게 저 지독한 노력 때문이었구나! 저렇게 본인도 노력하고 거기에다 정 선생님이 노하우를 알려 주니 재건이가 성장할 수밖에 없었다. 재건이가 저렇게 노력을 하니 정 선생님도 기꺼이 지도해 줄 마음이 생길 거고 또 나날이 실력이 느니까 보람도 있으셨을 거다. 그 스승에 그 제자랄까. 재건이가 나간 입구를 한참 바라보다 천천히 나도 걸음을 옮겼다. 재건이가 줄넘기를 하며 뛰는 모습을 한참 바라보며 나 스스로를 자책했다. 나는 기껏 진로 문제가 어긋나 잠시 힘들었고 그래서 슬럼프에 빠지기도 했지만 재건이는 저렇게 열심히 노력해 결국 결과를 만들어 냈구나!

다음 날 아침 다시 훈련이 소집되었다. 난 열외가 되었지만 스스로 운동장 가를 발목에 무리가 가지 않을 정도로 천천히 뛰었다. 발목에 밴딩을 한 상태이고 운동화를 신고 뛰어서인지 통증이 거의 없었다. 동료들이 뛰는 내내 같이 운동장 가를 뛰었더니 나 역시 동료들처럼 땀이 흠뻑 났다. 동료들이 이상하다는 표정으로 날 보았지만 그냥 웃었다. 마음이 뿌듯했다. 또한 조쌤에게 말씀을 드리고 피지컬 트레이닝 중 발을 이용하지 않는 과정에는 참여를 했다. 조쌤은 처음에는 의아해 했지만 내가 열심히 하자 어깨를 툭 치며 나를 격려해 주었다.

둘째 날 훈련이 끝나자 지쳤을 텐데도 운제가 내게 와서 물었다.

"그냥 있지, 뭐 하러 뛰고 그래. 네가 뛰면 다음부턴 우리도 뛰어야 하잖아."

"발목이 좀 아픈 거지 다른 곳은 멀쩡하니까."

"그래도 그건 반칙이지. 반칙."

"그렇지만 해야 할 이유가 있어."

"이유?"

"그래, 이유가 있어."

"뭔데?"

"알고 싶으면 재건이에게 물어봐."

"재건이?"

"그래, 재건이. 이유를 알게 되면 너도 지금보다 두 배는 열심히 운동할 거야."

운제가 이상하다는 듯 나를 쳐다보고는 함께 가자고 했다. 그러고는 곧장 재건이를 찾아서 움직였다.

"재건아. 성원이가 그러는데 너에게 물어보면 운동을 두 배로 열심히 할 수 있는 비결을 알 수 있다던데 그게 뭐야?"

"그게 무슨 말이야?"

재건이가 뜬금없는 운제의 질문에 어이없다는 듯 바라보았다.

"성원아. 그게 무슨 말이야?"

"응. 네가 하도 열심히 해서 나도 너를 따라 열심히 한다고 했더니 운제가 저러네."

"아! 그래? 그럼 운제 너도 열심히 해라."

"뭔 비결이 그러냐."

"잘됐다. 우리 새로 생긴 실내 운동실 갈까?"

"그래. 가자."

재건이의 제안으로 우린 훈련을 마쳐 힘든 상태였지만 실내 운동실로 향했다. 실내 운동실은 교장 선생님이 우리에게 근력 운동을 할 수 있도록 각종 운동 기구를 빈 교실에 설치해 주신 공간이었다. 그곳에는 많은 운동 기구들이 있어서 짧은 시간에 근력을 키울 수 있었다. 재건이와 운제 그리고 나는 거기서 다시 운동을 시작했다. 난 부상 때문에 약해질 수 있는 하체 힘을 유지하기 위해 주로 스쿼트를 했고 둘은 다양한 기구로 운동을 했다. 한참을 운동하고 숙소로 왔을 때 이미 저녁식사를 하고 있어서 우리도 부지런히 샤워를 하고 식사에 끼어들었다. 다른 동료들이 우리 세 사람을 힐끗 힐끗 쳐다보았지만 개의치 않고 여유 있게 식사를 했다. 뿌듯했다.

일주일을 밴딩을 하고 있다가 풀고 발목을 점검하니 충분히 운동을 할 수 있을 거 같았다. 조쌤에게 알렸더니 훈련에 복귀하고 혹시라도 문제가 있으면 바로 말하라고 하셨다. 곧바로 오후 훈련에 합류했다. 그동안 하체 운동을 꾸준히 해서인지 허벅지가 단단해졌고 정식으로 뛰진 않았지만 계속 달리기를 했기에 훈련을 감당할 만했다. 국제 대회 일주일을 남기고는 공을 다루는 데 별 무리가 없었다. 그리고 부평서중과 연습 경기가 있었다. 부모님들이 많이 오셨고 우리가 모르는 분들도 많이 오셔서 경기를 지켜보았다. 동료들 중 누가 그분들이 유명한 고교 팀 감독님들이라고 알려 주었다. 어쩌면 경태 때문이 아닐까 하는 생각이 들었다. 감독님은 여전히 우리에게 지시를 내리지 않고 우리끼리 소통하며 경기를 했다.

국제 대회가 시작되어 네 번째 영덕에 왔다. 2학년 때 춘계 대회와 국제 대회, 올해 춘계 대회에 이어서 다시 국제 대회!

작년에 선배들과 함께 왔지만 지금은 우리가 선배가 되어 후배들과 함께 왔다. 내심 후배들에게 멋진 모습을 남기고 싶었다. 마지막까지 최선을 다하고 좋은 성적을 내는 모습을 보여 주고 싶었다. 작년에 선배들이 좋지 않은 모습을 보였을 때 감독님께서 선배들과 우릴 모아 놓고 하신 말씀이 아직 기억에 남아 있었다. 감독님께서 올해는 우리에게 어떤 말씀을 하실지 궁금하기도 했다. 항상 대회 때마다 우리에게 오래 기억될 말씀을 해 주셨기에 은근히 기다려지기도 했다.

우리 숙소는 항상 같은 곳이었다. 아버지 말씀에 따르면 감독님도 은근히 징크스가 많다고 하셨다. 그래서 좋은 결과가 나왔던 숙소나 식당은 계속 이용하신다고 하셨다.

조쌤이 우리가 속한 조의 상대를 알려 주었는데 포천중과 일본 그리고 호주 팀이 우리와 한 조에 속했다. 첫 번째로 경기를 치를 포천중이 강하다는 건 이미 알고 있지만 외국 팀에 대해서는 아무런 정보가 없었다. 아마도 감독님께서 그들의 경기를 보신 후에 우리에게 알려 주실 거라 생각했다. 하지만 경기 일정을 보고 놀라지 않을 수 없었다. 예선 경기가 휴식일 없이 사흘 연속으로 잡혀 있었다. 우리도 힘들지만 다른 팀도 어려울 텐데 왜 그렇게 일정을 빡빡하게 잡았는지 이해하기 힘들었다. 하지만 일정이 그러니 따르는 수밖에 없었다.

도착한 다음 날 바로 포천중과 경기가 있었다. 포천중은 경기도에서는 최상급이고 전국 대회에서도 좋은 성적을 내는 팀이었다. 물론 국제 대회에 참가하는 국내 팀들은 다 성적이 좋아서 참가한 거였지만.

경기기 시작되기 전 감독님께서 우리를 불러 모았다.

"어쩌면 이번 대회가 너희의 마지막 대회일 거다. 아직 주말 리그가 한 경기 남았지만 그건 이미 우승이 확정되었으니 지금부터는 이번 대회에 최선을 다해 주길 바란다. 이 경기 또한 너희 스스로 해 보고 문제가 있으면 내가 힌트를 주는 걸로 하자. 외국 팀들에 대해선 나도 잘 모르니 그렇게 하자. 오더는 이미 알고 있을 테니 각자 역할을 잘해 주기를 바란다. 특히 이번엔 주장도 돌아가면서 맡길 테니 좋은 경험이 되길 바란다. 잘해라."

감독님께서 이번엔 조금 길게 말씀을 하셨다. 말씀 중 특이한 건 힌트를 언급하신 거와 주장도 돌아가며 맡기겠다는 거였다. 그래서인지 제원이가 주장 완장을 찼다.

8월 말의 영덕 경기장은 햇볕이 따가웠지만 산 중턱이라 그나마 바람은 시원했다. 포천중은 피지컬도 괜찮았고 공격력도 좋았지만 우리 상대는 아니었다. 제원이가 계속 공수 간격을 조율하면서 수비 라인을 올려 상대를 압박했다. 재선이의 첫 골과 성오의 프리킥 득점으로 전반을 2:0으로 마칠 수 있었다. 성오의 프리킥은 거의 30미터쯤 되는 거리를 날아간 공이 골문 오른쪽 끝을 아슬아슬하게 통과해 골이 되었다. 오랜만에 성오가 활짝 웃는 모습을 볼 수 있었다.

후반전이 시작되자 감독님께서는 여유 있게 교체를 했고 마지막에는 2학년까지 뛸 수 있는 기회를 주셨다. 그리고 지현이가 골을 보태 3:0으로 완승했다. 난 다친 발목을 의식해 가능한 한 상대와 부딪히지 않으려 했고 그래서인지 경기 후 조쌤이 몸을 사린다고 조용히 나무랐다. 그러면서도 괜찮냐며 몸 상태를 살펴서 무척 고마웠다.

경기가 끝난 뒤 우린 재건이 어머니가 나눠 주시는 얼음 팩을 통증이 있는 근육 부위에 올려놓고 아이싱을 했다. 내일 또 경기를 치러야 해서 몸을 돌볼 시간적 여유가 없었다. 부모님들께서는 우리를 칭찬하시고는 다함께 어디론가 차로 이동했다. 아마 부모님들이 회식을 할 거라고 윤제가 말했다. 어쨌든 부모님들께서 우리가 이겨서 기분을 내시는 거라 마음이 편했다.

다음 날 경기도 오후였다.

작년에 선배들이 일본과의 경기에서 호되게 당한 기억이 있어서 직접 경기를 해 보고 싶었는데 기회가 왔다. 일본 팀과 인사를 나누면서 눈짐작으로 보니 피지컬은 우리와 비슷했지만 어깨 넓이는 우리보다 좁아 보였다. 웨이트 트레이닝을 하지 않은 몸매였다. 경기가 시작되어 서로 탐색전을 마치고 중원 싸움이 시작되었을 때 나와 경태는 힘으로 상대 공격진을 눌렀다. 특이하게 일본 팀은 몸싸움을 싫어했고 개인 돌파와 패스로 공격을 전개해 우린 더 몸싸움을 벌였다. 특히 일본 팀의 주공격수는 뛰어난 개인기로 우릴 돌파하려 했지만 나와 경태가 어깨싸움과 협력 수비로 밀어붙이자 우리

둘 사이로 오는 것 자체를 꺼렸다. 어제 경기와 같이 전반에 재범이와 시운이의 골로 2 : 0으로 앞서자 감독님께서는 후반에 또 교체를 해서 2학년까지도 일부 뛸 수 있는 기회를 주셨다. 세 번째 골은 운제가 스트라이커처럼 공을 몰고 돌진해 직접 골을 만들었다. 처음엔 중앙에서 연결할 거라 생각했는데 직접 몰고 들어가자 상대 수비도 미처 준비를 하고 있지 못하다가 골을 먹었다. 운제가 펄쩍펄쩍 뛰었다. 일본을 3 : 0으로 이기자 우린 기가 살았다. 중앙에 모여서 손나팔을 하고 함성을 질렀다. 바깥에선 부모님들께서 박수와 환호를 보내셨다.

하지만 우리도 문제가 생겼다. 성오가 허리 상태가 나빠져서 완전히 전력에서 이탈했다. 가뜩이나 좋지 않은 허리로 경기를 계속 뛰다 보니 부상이 깊어졌기 때문이었다. 안타깝지만 어쩔 수 없는 상황이었다. 재건이 어머니께서 성오를 데리고 병원을 다녀오셨다.

우린 저녁을 먹고 다시 여기저기 아이싱을 하며 내일 있을 호주와의 경기에 대해 이야기했다. 조쌤 말로는 피지컬이 우리보다 월등하다고 했다. 이틀 연속 경기를 해서 다들 체력이 많이 떨어져 있었지만 새로운 상대와 경기를 치른다는 설렘은 그런 상황을 이겨내게 했다. 더군다나 우린 2연승에 두 경기를 3 : 0으로 마무리했다. 누구랑 붙어도 자신 있었다.

다음날 경기는 오전이어서 우린 부지런히 아침을 먹고 버스에 올랐다. 이미 2연승으로 조 1위가 확정된 상황이었지만 그것과 상관없이 나와 마찬가지로 동료들도 호주 팀을 이기고 싶은 마음이 간절해 보였다.

경기장에서 만난 호주 팀은 일단 체격이 컸다. 골키퍼를 제외하고도 대부분이 180센티미터가 넘는 신장이었고 덩치도 만만치 않았다. 우리 팀에서 제일 키 큰 제원이가 겨우 어깨를 견주었다.

전반전 휘슬이 울리면서 우린 주장 완장을 찬 주선이의 주문에 따라 일단 라인을 내리고 상대 전력을 탐색했다. 호주 팀은 좀 거칠기는 했지만 힘이 있고 빨랐다. 얼마 뒤 주선이가 라인을 올리자고 해 경태와 함께 공을 돌리며 올라가려 했지만 상대 공격진이 우릴 힘으로 눌러 중원에서 서로 물러서지 않는 싸움이 이어졌다. 우리가 빠르게 공을 돌리면 상대는 우리를 밀착 마크하다가 공을 빼앗았고 우리 패스는 호주 선수들의 긴 다리에 걸려 계속 연결이 끊어졌다. 그때 상황을 보다 못한 조쌤이 소리쳤다.

"간결하게 해!"

우린 그 의미를 알고 있었다. 소년 체전 결승에서 감독님이 주문하셨던 그 전술! 조쌤이 중간을 생략하고 전방으로 공을 투입하라는 말을 던지자 곧바로 주선이가 외쳤다.

"성원아. 올라가! 재선아. 내려와!"

재범이와 나의 높이를 이용하자는 의미였고, 또 재범이가 공을 연결하면 내가 마무리를 하는 작전이었다. 재선이와 자리를 교대했다. 재선이가 날쌔기는 하지만 힘에서 상대에게 밀릴 수 있다는 생각을 했지만 주장인 주선이의 주문이니 바로 자리를 바꾸고 틈을 노렸다.

"간격 유지해!"

주선이가 다시 소리쳤다. 밀리지 말라는 의미였다. 그렇게 상대와 부딪치면서 맞서는 순간 제원이가 쏘아 올린 첫 번째 공이 골키퍼 앞으로 날아왔다. 재범이가 다이빙을 하며 헤더를 시도했지만 공은 살짝 비켜 맞고 골포스트를 벗어났다. 아까웠다. 나도 모르게 오른손 주먹으로 왼쪽 손바닥을 쳤다. 재범이가 옷을 털고 일어서며 뒤쪽의 제원이에게 엄지손가락을 들어 올렸다. 제원이의 롱패스는 정확했다. 하지만 상대도 만만치 않았다. 나와 재선이가 자리를 바꾼 뒤 일어나는 공격 패턴을 보고 우리 전술이 바뀌었음을 이해했는지 상대 수비 라인이 올라오질 않았다. 이렇게 되면 다음은 좌우에서 중앙으로 크로스가 날아들어야 했다. 운제와 주선이의 오버래핑이 이어졌다. 우린 이미 이런 전술과 작전을 수행해 보았고 변형도 할 줄 알았다. 경태와 재선이가 빠르게 움직이며 상대를 압박하자 동료들도 함께 속도를 높였다. 경험상 우리가 무언가를 바꾸었을 때는 확실한 결과를 얻어야 했다. 만약 그러질 못하면 상대에게 역습을 허용해 위험에 처하는 상황이 펼쳐지곤 했다.

압박으로 상대가 당황해 할 때 재선이가 날쌔게 공을 낚아챘고 바로 내게 연결했다. 재선이의 검지손가락이 앞을 가리켰다. 2:1 패스! 재선이가 속도를 올렸고 나는 팔을 넓게 벌려 수비를 견제하며 재선이가 돌파하는 센터백 뒤로 공을 밀었다. 재선이가 그대로 슈팅을 시도했다. 하지만 상대 골키퍼가 손을 뻗어 막았고, 튕겨져 나오는 공을 쇄도하던 시운이가 왼발 인사이드로 정확히 골문 안에 밀어 넣었다. 순간순간이 마치 사진을 찍은 것처럼 머릿속에 정리되었다. 골이 터졌다. 시운이가 양손 주먹을 불끈 쥐고 점프를 했다. 그리고 잠시 후 동료들의 뭇매를 맞아야 했다. 휘슬이 요란하게 울려 다시 하프 라인 아래로 이동하면서도 시운이는 계속 어퍼컷을 먹이고 있었다. 전반전은 그렇게 종료되었다.

후반전 시작 전 감독님은 우리에게 잘하고 있다고만 하셨고 특별한 지시는 하질 않으셨다. 감독님이 물러서자 조쌤이 우리에게 압박을 주문했다.

후반전 시작과 함께 호주가 먼저 불을 붙였다. 피지컬의 우세를 앞세워 라인을 올리고 우릴 압박하면서 좌우에서 크로스를 올렸다. 우리가 전반전 마지막에 썼던 전술을 지금 호주 팀이 그대로 펼치고 있었다. 경태와 재선이가 지키는 중앙이 높이에서 밀리는 것 같아 나도 합세해 중앙 수비를 두텁게 했다. 하지만 호주의 높이와 힘은 나도 감당이 되질 않아 몸싸움에서 밀렸고 경태와 재선이도 마찬가지였다. 이럴 때는 공을 옆으로 빼야 하는데 상대가 거의 다 올라와 있으니 연결할 동료도 보이지 않고 공간도 없어서 겨우 상대를 저지해 공을 뺏어도 줄 곳이 마땅치 않아 멈칫거리다 다시 공을 뺏기는 상황이 되곤 했다. 밀리면서도 제원이와 인성이가 마지막 방어선을 치고 있었지만 재건이가 공을 향해 몸을 날리는 상황이 하나둘 늘어가고 있었다.

결국 골을 허용했다. 밀리는 상황에서 상대편 왼쪽 윙어가 크로스한 공을 스트라이커가 헤더로 찍었고 재건이가 반응도 하지 못하고 공은 네트를 갈랐다. 힘이 쭉 빠졌다. 주선이가 자릴 지키라고 악을 썼고 우린 다시 힘을 냈다. 하지만 호주의 힘은 강했고 우리가 계속 밀리는 상황이 이어졌다. 그러는 사이 나는 미드필더로 내려와 중앙에 섰고 재선이가 오른쪽, 경태가 왼쪽을 담당했다. 수비를 위해서는 어쩔 수 없는 상황이었다. 재범이와 지현이, 그리고 시운이가 스리 톱을 서게 되어 우린 4-3-3으로 자연스레 포메이션이 변경되었다. 주선이와 운제가 좌우에서 계속 악을 썼지만 피지컬과 체력이 호주에 밀려 어찌할 방법이 없었다.

"재범이, 내려와!"

갑작스레 조쌤이 소리쳤다. 계속 밀리는데다 헤더에서도 밀리자 보다 못한 조쌤이 재범이에게 내려오라고 지시를 했다. 얼핏 감독님을 보니 아무런 표정 변화가 없으셨다. 재범이가 내려오면서 우린 다시 4-4-2로 포메이션을 바꾸고 미드필드 중앙에 재범이와 내가 서서 상대의 높이를 견제했다. 재범이의 수비 가세는 확실히 효과가 있어서 호주의 공격이 점차 약화되었고 우린 라인을 조금 올릴 수 있었다. 재선이와 지현이만으로는 공격이 원활히 진행될 수 없어서 나와 재범이가 번갈아 올라가며 공격을 지원했지만 호주의

두터운 수비벽을 깨기에는 벅찼다. 감독님은 이번 경기에서는 교체를 하지 않으셨다. 그렇게 무승부로 경기가 끝났다.

호주 감독님께 인사를 하러 가자 우리에게 엄지손가락을 들어 보이며 뭐라고 하셨다. 민한이가 엑설런트라고 말했다며 알려 주었다. 우리가 제갈 감독님 앞에 원을 그리며 둘러서자 감독님은 웃으며 말씀하셨다.

"덩치도 큰데 속도도 있고 호주가 강하네. 그래도 너희가 잘 버텼다. 특히 주선이가 수비를 잘했다. 수고했다. 내일은 2학년이 좀 뛸 거다."

땀으로 범벅이 되면서도 가까스로 무승부를 만들어 처음엔 칭찬을 들었지만 마지막 말씀은 내일은 2학년이라니! 순간 작년의 기억이 떠올랐다. 작년에도 예선이 끝나고 선배들이 16강전에서 탈락하자 우리에게 기회를 주셨는데 이번에는 조 1위로 16강에 올랐는데도 후배들에게 경기를 뛸 기회를 주시겠다는 거였다. 동료들이 서로 얼굴을 쳐다보며 당황스러워 했다. 이제까지 열심히 뛰어 16강에 올랐는데, 후배들이 그 경기를 뛰고 우리는 지켜봐야 한다는 걸 금방 받아들일 수는 없었다. 우리가 당황한 표정으로 움직이지 않고 서 있자 감독님은 다시 우릴 보며 말씀하셨다.

"너희도 작년에 뛰었잖아!"

역시 감독님은 2학년에게 기회를 주시려는 거였다. 그리고 상대가 군모중이라 2학년으로도 상대할 수 있다고 판단하신 듯했다. 우린 후배들이 건네는 물병과 물수건을 받아 들고 경기장을 벗어났다. 내 생각으로는 오늘 저녁에 감독님이 우릴 모아 놓고 작년에 하셨던 말씀을 또 하실 거 같았다.

숙소로 돌아와 쉬면서 우린 아이싱을 하느라 정신이 없었다. 사흘 연속 경기를 하니 체력도 체력이지만 근육이 감당을 못하고 땀을 너무 많이 흘려서 수분 결핍으로 계속 갈증이 났다. 얼핏 16강 경기마저 뛴다면 나흘 연속 경기를 치르는 거라 아마도 우린 무너질 수도 있겠다는 생각이 들었고 감독님께서 옳은 결정을 내린 거라고 판단되었다. 저녁식사를 마치고 혹시나 하고 기다렸지만 올해는 감독님께서 우릴 소집하지 않으셨다.

다음 날 아침 감독님께서는 우리가 전부 모인 자리에서 2학년과 경기를 많이 뛰지 않은 3학년으로 구성된 선발 명단을 알려 주셨다. 2학년들은 신이 나서 자기네들이 꼭 이길 거라고 우리에게 자신 있게 말했다. 군모중이 쉽지 않은 팀이라 이야길 해 줬지만 자신들이 추계 대회도 우승한 걸 내세우며 꼭 이길 거니 잘 보라고 으쓱거렸다. 군모중은 우리가 연습 경기에서 두 번을 맞붙어 보았는데 만만치 않은 실력을 갖고 있었다. 후배들이 걱정이 되면서도 안 되면 감독님이 우릴 후반에 투입하지 않을까 하는 생각을 했다.

관중석에서 부모님들과 함께 경기를 보는 건 무척 어색했다. 늘 경기장 안에서 뛰었기에 후배들이 경기하는 걸 지켜만 보기엔 마음이 편치 않았다. 당장이라도 뛰어들고 싶은 마음이었지만 예비 명단에도 우린 빠져 있어서 결과만을 기다려야 했다.

군모중은 작심하고 뛰었다. 우리와 뛰어도 한 골 차 이상을 내주지 않는 팀인데 후배들에게는 많이 힘들 거라 생각은 했지만 예상보다 격차는 더 컸다. 더구나 후배들은 연습 경기도 없었기에 경기 감각도 많이 떨어졌다. 연결이 계속 끊어졌고 상대의 압박에 전진을 하지 못했다. 그러다 결국 먼저 한 골을 먹었다. 군모중 윙어가 드리블하며 중앙으로 들어오다가 공간이 열리자 그대로 슈팅한 게 골로 연결되었다. 군모중 관중석에선 박수와 함성이 터졌지만 우리 부모님들은 조용하다 못해 숙연한 분위기였다. 특히 2학년 부모님들은 더 조용했다.

후배들은 나름 열심히 뛰고 있었지만 피지컬에서도 차이가 났고 속도는 눈에 띄게 차이가 났다. 어쩌면 우리와 2학년의 연습 경기 같은 느낌이 들었다. 그리고 전반전 마지막에 다시 한 골을 더 먹었다. 후배들이 어깨를 늘어뜨리고 감독님 앞에서 무언가 이야기를 듣고 있었다. 멀리 떨어진 관중석에 있어서 어떤 이야기를 하고 계신지 알 순 없었지만 후배들이 고개를 들지 못하고 듣고 있었다. 잠시 후 감독님의 말씀이 끝나자 조쌤도 이야기를 했고 그 이야기가 끝나고서야 후배들은 쉴 수 있었다. 난 감독님께서 어떤 이야기를 하셨는지 궁금했다.

후반전도 같은 양상이었다. 다만 전반전과 다르게 후배들이 라인을 내려 완전히 내려 수비 형태로 전환했다. 4-4-2 포메이션으로 서서 공격을 막기에 급급했다. 결국 한 골을 더 내주고 후반전이 마무리되었다. 함께 경기를 보던 동료들이 감독님에 대해 좋지 않은 이야기를 했다. 우리가 경기를 했으면 8강에 올라갔을 텐데 후배들이 뛰게 해 졌다고 투덜거렸다. 나 역시 후배들이 좋은 기회를 놓친 게 안타까웠지만 한편으론 다른 생각도 들었다. 우린 몹시 지쳐 있기 때문에 우리가 뛰었다 해도 장담할 순 없었을 거란 생각이 들었다. 우리 학년은 상대적으로 인원이 적어 다른 팀들에 비해 주전들의 체력 소모가 컸기 때문이다.

8강 진출 실패로 우린 내일 마지막으로 9위 결정전을 치르는 것으로 일정이 잡혔다. 상대는 스페인의 말라가FC 유스팀이었다.

후배들이 침울한 표정으로 저녁을 먹었다. 나도 그랬지만 동료들은 후배들이 침울해 하자 대놓고 뭐라 하지도 못하고 우리끼리 궁시렁거렸다. 식사를 마친 후배들은 우릴 피해 바깥으로 나갔고 우리만 시원하게 에어컨이 켜진 방에서 뒹굴고 있었다. 그렇게 한참을 쉬고 있는데 조쌤이 집합을 알렸다.

"오늘 2학년들이 고생이 많았지?"

"……."

"녀석들. 3학년들이 후배들 고생했다고 위로는 해 주지 않고 혼만 낸 모양이구나. 너희들 따로 불러서 군기 잡고 그러진 않았지?"

"네."

"오늘은 3학년이 뛰었어도 힘들었을 거다. 군모는 3학년이 인원

266

이 많아 충분히 교체를 하면서 뛰었기에 상대적으로 체력이 남았지만 너흰 오늘 뛰었다면 아마 지금 다 쓰러져 있을 거다. 물론 그래도 뛰고 싶었겠지. 하지만 오늘 3학년이 2학년에게 경기를 양보한 건 후배들에게 큰 경험을 선물한 거라고 본다. 그러니 이젠 후배들을 봐주고 나에 대한 감정도 내려놓았으면 한다. 너희도 알다시피 이 대회는 친선 경기다. 그래서 여기서 꼭 우승하기보다는 가능한 많은 경험을 쌓는 게 훨씬 도움이 될 거라는 생각에 2학년을 뛰게 한 거였다. 8강에 오르지 못했어도 어차피 내일 한 경기를 더 치르니 좀 더 경험을 쌓을 수 있을 거다."

작년에도 모였던 숙소 앞 공터에 어둠이 내리기 시작했다.

"3학년들은 내일 경기가 대회로는 마지막 경기가 될 수 있겠네. 오늘 하루를 쉬었으니 내일은 최선을 다해 경기에 임해 주기 바란다. 스페인 팀이니 개인기가 아주 뛰어날 거다. 너희끼리 잘 연구해 봐라. 2학년들은 선배를 잘 만났다. 이제까지 너희가 본 선배들 모습 그대로만 하면 너희도 선배들처럼 될 수 있겠지. 그렇지 않나?"

"네!"

후배들이 큰 소리로 대답했다.

"좋아. 잠깐만 이야길 하자. 2학년에게 3학년 선배들을 닮으라고 한 건 내가 하고 싶은 말을 압축한 거다. 2학년들은 선배들이 지금까지 해 온 걸 옆에서 지켜보았고 최근 들어서는 내가 자율 축구를 추구하는 것도 알고 있을 거다. 그건 내가 그만큼 3학년을 믿는다는 뜻이고 3학년들이 충분한 실력을 갖고 있다는 걸 의미한다. 그런데 이렇게까지 3학년들이 성장할 수 있었던 이유를 잘 알아야 한다. 3학년들은 2학년 춘계 대회 때 16강에서 무너졌고 1학년 추계 대회 때는 예선에서조차 탈락하기도 했다. 그때는 참 많이 무너졌었지. 하지만 2학년 초부터 서로를 격려하며 힘든 과정을 꾀부리지 않고 이겨 냈고, 그래서 많은 기록들을 만들 수 있었다. 축구는 개인의 능력이 아무리 뛰어나도 그것이 조화롭게 팀에 녹아들지 않으면 의미가 없는데, 3학년은 팀을 위해 개인의 능력을 조절할 줄도 알았고 때로는 자신을 희생하기도 했다. 해마다 많은 선수들을 받아들여 키워 왔지만 지금의 3학년은 아마도 잊지 못할 거다. 나에겐 아주 특별했다. 그리고 3학년에게 부탁하고 싶은 건 후배들에게 너희가 걸어 온 길을 잘 알려 주라는 거다. 내일 경기가 아침에 있으니 오늘은 여기까지만 하겠다. 쉬어라."

말씀을 마친 감독님께서 천천히 숙소로 걸어가셨다. 잠깐 동안 멍하니 있던 우리는 하나둘 자리에서 일어나 감독님께 뜨거운 박수를 보냈다. 어둠이 내려앉은 공원에 우리의 박수 소리만 계속 울렸다. 가슴속에서 뜨거운 무언가가 울컥 올라왔다. 그리고 뺨에는 눈물이 흘러내렸다.

다음 날 스페인 말라가FC 유스팀과의 경기는 오전 10시에 시작되었다. 감독님의 오더는 경기 전에야 우리에게 오픈되었다.

말라가FC와의 경기는 스페인 축구를 경험할 수 있는 흔치 않은 기회라 꼭 뛰고 싶었는데 다행히 경태와 함께 미드필더를 맡게 되었다. 경기를 치르면서 확실히 선수들의 개인기가 뛰어나다는 걸 알 수 있었다. 드리블로 우리들 한두 명은 가볍게 제치고 수비벽을 쉽게 넘어가는 걸 보면서 속으로 감탄을 했다. 드리블이나 연결이 아주 자연스러웠고 동작이 크지도 않았지만 우리의 벽을 깨고 슈팅을 했다. 우리는 강하게 밀었지만 상대는 그저 툭툭 쉽게 공을 차는 거 같은데도 우리 수비 라인을 무너뜨렸다. 주장 완장을 찬 운제가 계속 큰 소리로 막으라고 했지만 어이없이 첫 골을 먹고 말았다. 전반전이 그렇게 끝났다.

"말라가 선수들이 공을 아주 쉽게 차는구나. 그런 반면에 너희는 너무 힘이 들어가 있고. 쟤들은 재미로 공을 차는데 너희는 이기겠다는 생각이 너무 강한 것 같다. 어차피 이 경기가 끝이야. 그리고 어떤 결과가 나와도 상관없으니까 너희도 쟤네들처럼 즐겨 봐."

감독님께서는 여유 있게 우리에게 말씀하셨다. 이미 승패를 염두에 두지 않으신 거 같았다. 감독님이 자리를 비키자 운제가 나섰다.

"잘 차네. 쟤네들. 그냥 툭툭 차는데 연결이 끊어지질 않아. 감독님 말씀대로 우리가 너무 힘이 들어간 거 같아. 후반엔 우리도 즐겨 보자. 여유 있게 차 보자."

모두 동의를 했다. 그냥 개인기도 좀 부려 보고 재미있게 공을 차자고 서로 약속을 했다.

후반전은 우리도 여유를 갖고 공을 돌렸다. 꼭 전진해서 골을 넣겠다는 것보다 공 점유 시간을 늘리며 우리가 잘할 수 있는 걸 해보려 했다. 종인이가 민한이와 교체했고 재선이도 성인이가 교체해 들어왔다. 감독님께서 아마도 우리 모두를 경기에 뛰게 할 거라 생각했다. 조쌤이 성인이에게 내 자리로 가라고 손짓했고 나에게는 재선이 자리를 가리켰다. 그리고 조금 후 운제와 교체한 상만이가 내 자리로 갔고 나는 시운이 자리로 이동했다. 시운이는 운제 자리인 풀백을 맡았다. 조쌤이 계속 자리 이동을 지시했다.

우린 힘을 내어 밀어붙였고 얼마 후 동점골을 넣었다. 내가 오른쪽 라인을 타고 올라가다가 반대편에서 골문을 향해 뛰는 재범이를 보고 길게 크로스한 공을 재범이가 놓치지 않고 몸을 날려 헤더를 한 게 그대로 네트에 꽂혔다. 나는 크로스를 한 후 공의 궤적을 계속 쫓았는데 재범이의 다이빙과 헤더가 마치 슬로 모션처럼 눈에 들어왔다. 마치 영화에서나 나올 법한 장면이었다. 동료들이 몰려가 축하해 주었다. 우리보다 오히려 부모님들이 더 좋아하셨다. 아버지는 엄지손가락을 들어 주셨다. 내가 생각해도 크로스가 정확했다. 재범이의 다이빙도 멋있었고!

1:1로 경기가 끝나고 연장전 없이 바로 승부차기가 진행되었다. 난 재건이가 있기 때문에 우리가 이길 거라고 생각했다. 상대편 첫 번째 키커는 실패했고 우린 재범이가 첫 번째로 나서서 성공시켰다. 재건이는 두 개를 막아 냈는데 상대 키커들이 어이없다는 표정을 지었다. 우린 주선이가 실패했지만 성인이와 시운이가 성공시켜

3:2로 승부차기를 이겼다. 재건이의 선방은 놀라움 그 자체였다. 아니 그건 재건이가 전에 내게 보여 준 끊임없는 노력의 당연한 결과였다.

주말 리그 우승

국제 대회를 마치고 서울로 돌아오면서 아버지는 수고했다고 말씀하시며 차에서 푹 자라고 했지만 올라오는 내내 머릿속에는 여러 생각들이 얽혔다. 특히 어제 저녁에 감독님이 우리 3학년에게 해주신 말씀은 계속 가슴을 울렁이게 했다. 어쩌면 동료들도 다 그럴 거라 생각했다.

학교는 이미 개학을 한 지 일주일이 지났다. 검게 탄 얼굴로 등교해 담임 선생님과 반 친구들을 만났다. 어떻게 알았는지 모르지만 우리가 금강대기 우승한 것과 국제 대회에 출전한 것도 모두들 알고 있었다. 많은 질문들이 쏟아졌다. 수업 시작 벨이 울리고서야 끝없는 질문에서 겨우 해방될 수 있었다. 하지만 쉬는 시간마다 질문이 계속되었고 점심시간에는 운제가 여러 명을 모아 놓고 또 신나게 이야기보따리를 풀었다.

훈련은 계속되었고 주말 리그 마지막 경기를 준비해야 했다. 상대는 보연중이었다. 이미 연습 경기를 해 보았기에 내 생각으로는 우리가 전승으로 주말 리그를 우승할 수 있을 거 같았다. 동료들도 우리의 마지막 목표는 전승 우승이라며 꼭 이기자고 결의를 다졌고 다들 훈련에 집중했다. 그리고 화요일 저녁에 마지막 주말 리그 경기가 이번 주 토요일 열린다고 일정표에 게시되었다. 이미 알고 있던 일정이지만 게시판에 공고되자 마음이 싱숭생숭했다.

나는 훈련하면서 계속 발목을 조심했다. 2학년과의 연습 경기에서는 조쌤에게 말씀드리고 빠지기도 했다. 그러면서 계속 아이싱을 했고 훈련 중에는 밴딩을 했다. 하루 이틀 훈련이 계속되면서 우린 전승만을 생각했고 당연히 그렇게 되리라 믿었다. 하지만 그건 우리의 희망일 뿐이었다. 경기를 이틀 앞둔 목요일 훈련을 마치자 감독님께서 우리에게 보연중 감독님이 2학년으로 경기를 하자고 제안해 그렇게 하자고 승낙했다고 말씀하셨다. 동료들 모두 놀랐지만 감독님이 결정을 하셨다니 받아들일 수밖에 없었다.

저녁식사를 마친 뒤 경기에 대한 부담도 없어진 우리는 경기를 예측하면서 후배들을 불러 물어보았다. 후배들은 당연히 무조건 이긴다고 했지만 너무 자신감이 넘쳐 조금은 불안했다. 하지만 후배들도 춘계에 이어 추계 대회까지 우승했고 얼마 전에 군모중에게 패해 나름 정신을 차렸을 테니 보연중은 충분히 이길 거라 믿었다.

느긋한 마음으로 후배들이 몸을 푸는 걸 지켜보는데 옆자리에 운제가 앉았다.

"보연중 2학년이 잘한다던데……."

"그래. 내 후배들이 둘 있어. 저기 센터백 있지. 쟤가 내 후밴데 수비를 잘해."

"그래? 공격도 꽤 강하다던데 혹시 우리가 질 상황은 아니겠지?"

"설마 지기야 하겠어?"

"그래. 이길 거야. 맘 편하게 보자."

효창운동장의 관중석은 여유가 있었고 우린 부모님들 아래층에 함께 모여 앉았다.

얼마 후 경기가 시작되었다. 후배들은 라인을 올리고 계속 패스를 연결하면서 경기를 잘 풀어 가고 있었다. 하지만 계속 지켜보니 경기가 진행될수록 문제가 있었다. 공격이 시작되면 공이 지현이에게 집중된다는 걸 알고 상대 수비가 지현이를 집중 마크하는 바람에 제대로 슈팅으로 연결되지가 않았다. 저렇게 지현이에게 수비가 집중되면 빨리 다른 공격 길을 찾아야 하는데 이상하게 후배들이 헤매고 있었고 얼마 후에는 보연중이 오히려 우릴 압박하면서 라인을 올렸다. 느낌이 좋지 않았다. 그리고 전반전이 종료되기 전에 우리가 먼저 골을 먹었다. 보연중이 중앙을 공략하면서 밀고 들어와 슈팅한 게 골인되었다. 조쌤이 수비에게 밀어 내라고 지시를 했지만 보연중의 공격이 더 집요했다.

후반전 시작과 함께 후배들은 만회를 위해 빠르게 움직였다. 반면에 보연중은 라인을 내리고 수비하면서 역습에 집중했다. 공이 주로 보연중 진영에 있지만 후배들이 골로 연결하지 못해 안타까웠다.

　1:0으로 후배들이 패했다. 그건 우리에게 단순한 패배가 아니었다. 우리가 지금까지 리그 전승 우승을 목표로 노력했는데 그게 어이없게 깨진 거였다. 말할 수 없이 아쉬웠다. 하지만 우리보다 더 아쉬워한 건 부모님들이었다. 2학년 부모님들이 3학년 부모님들께 연신 죄송하다고 말씀하셨고 3학년 부모님들은 괜찮다고는 하셨지만 마음은 그렇지 않으셨을 거다. 부모님들께서도 가장 멋지게 끝을 장식하는 걸 보고 싶으셨을 텐데. 역시 세상일이란 모든 게 뜻대로만 되지는 않는 거 같았다.

다시 불러 본다

긴 여정이 끝났다.

주말 리그까지 마무리되면서 우리가 중학교에서 도전할 수 있었던 모든 공식적인 경기는 종료되었다. 그리고 이제부터는 각자 진학할 학교 때문에 전학해야 하는 동료도 있어서 우리가 그동안 힘들게 만들었던 우리 팀도 이젠 해체를 해야 하는 시간이 다가오고 있었다.

나를 포함한 15명의 서일중 3학년들은 때론 힘들어 낙오하려는 동료를 붙잡고 부상으로 쓰러진 동료를 부축하면서 학교 운동장과 여러 경기장에서 함께 땀을 흘렸고, 그 결과로 기숙사 입구에 많은 기록을 새길 수 있었다.

2학년 첫 춘계 대회에서의 아픈 기억은 우리를 더 단단하게 만들어 주었고 도전할 수 있는 힘을 주었다.

그 기억을 바탕으로 우린 한 발 한 발 앞을 향해 전진했고 감독님과 코치님들이 방향을 잡아 주셨다. 때로는 고된 훈련으로 감독님과 코치님들께 반발하는 마음도 있었지만 훈련의 결과가 우승으로 귀결되면서 그분들에 대한 우리의 믿음은 깊어졌다.

대회 때마다 감독님께서 우리에게 알려 주신 많은 축구 이야기는 무척이나 감동 깊었고 우리의 성장에 도움이 되었다. 그리고 그 이야기들을 나는 축구를 하려는 누군가에게 꼭 다시 전달해 주고 싶었다.

제갈학 감독님! 정 선생님! 그리고 우리의 영원한 선배 조쌤!

부모님들의 정성은 고맙고 또 고마운 것이었다. 우리가 경기에서 패했을 때 위로해 주셨고, 우리가 힘들어 할 때 용기를 불어넣어 주셨으며, 우리가 힘든 과정을 거쳐 우승이라는 목표에 도달할 때까지 기다려 주셨다. 특히 재건이 어머니는 총무를 맡으셔서 세세한 부분까지 우릴 챙겨 주셨다. 임원 분들은 우리가 편하게 운동을 할 수 있도록 배려해 주셨고 때때로 우리가 지치지 않도록 도와주셨다. 그분들의 헌신과 정성 때문에 우린 큰 고비 없이 성장할 수 있었다.

그리고 다시 불러 본다. 나와 함께 고난과 영광을 함께했던 나의 동료들!

재건!

주선!

제원!

인성!

운제!

성인!

선오!

성오!

경태!

재범!

재선!

종인!

상만!

시운!

민한!

이름을 부르면 당장이라도 축구화를 신고 나타나 함께 뛰자고 할 것 같은 나의 동료들!

그들이 있어서 내가 있을 수 있었다.

다시 한 번 그들과 함께 축구를 하고 싶다.

그리고 동료들 모두 우리가 함께했던 시간을 기억했으면 한다.

훗날 어딘가에서 다시 만나면 우리가 꿈꾸었던 그런 사람이 되어 있기를 기도한다.